ISABELLE AUTISSIER

Herz auf Eis

Buch

Louise und Ludovic sind jung und verliebt und haben alles, was sie brauchen. Aber ihr Pariser Leben langweilt sie, also nehmen die beiden ein Sabbatjahr und umsegeln die Welt. Während eines Kletterausflugs auf einer unbewohnten Insel vor Kap Hoorn werden sie von einem schweren Sturm überrascht. Als sie tags darauf auf ihre Jacht zurückkehren wollen, ist diese verschwunden. Was als Ausbruch aus dem Großstadtalltag gedacht war, wird zum existentiellen Kampf gegen Hunger und Kälte. Sie sind auf sich allein gestellt und haben keine Möglichkeit, um Hilfe zu rufen. Ungewollt wird ihre Beziehung auf eine harte Probe gestellt: Was wird aus der Liebe, wenn es ums nackte Überleben geht?

Autorin

Isabelle Autissier, 1956 in Paris geboren, lebt heute in La Rochelle. Mit sechs Jahren entdeckte sie ihre Leidenschaft für das Segeln; 1991 machte sie Furore als erste Frau, die allein die Welt umsegelte. Ihr Roman »Herz auf Eis« war für den Prix Goncourt nominiert und wurde in zahlreiche Länder verkauft.

Isabelle Autissier
Herz auf Eis

Roman

Aus dem Französischen übersetzt
von Kirsten Gleinig

GOLDMANN

Die Originalausgabe erschien 2015 unter dem Titel
»Soudain, seuls« bei Editions Stock, Paris.

Sollte diese Publikation Links auf Webseiten Dritter enthalten,
so übernehmen wir für deren Inhalte keine Haftung, da wir uns
diese nicht zu eigen machen, sondern lediglich auf deren Stand
zum Zeitpunkt der Erstveröffentlichung verweisen.

Verlagsgruppe Random House FSC® N001967

1. Auflage
Taschenbuchausgabe November 2018
Wilhelm Goldmann Verlag, München,
in der Verlagsgruppe Random House GmbH,
Neumarkter Str. 28, 81673 München
Copyright © 2017 by mareverlag, Hamburg
Umschlaggestaltung: UNO Werbeagentur, München
Unter der Verwendung der Umschlaggestaltung von
Farnschläder & Mahlstedt, Hamburg
mb · Herstellung: kw
Satz: Buch-Werkstatt GmbH, Bad Aibling
Druck und Bindung: GGP Media GmbH, Pößneck
Printed in Germany
ISBN: 978-3-442-48774-5
www.goldmann-verlag.de

Besuchen Sie den Goldmann Verlag im Netz

DORT

Sie sind früh aufgebrochen. Es verspricht einer der erhabenen Tage zu werden, die zuweilen in den wilden Breiten herrschen, der Himmel tiefblau, wie flüssig, so klar wie nur hier, am fünfzigsten Breitengrad Süd. Das Wasser ist spiegelglatt, *Jason*, ihr Schiff, scheint schwerelos auf einem dunklen Teppich zu schweben. Kein Wind regt sich, sodass die Albatrosse um den Schiffsrumpf paddeln.

Sie haben das Beiboot weit auf den Sandstrand gezogen und sind an der alten Walfangstation entlanggegangen. Die verrosteten, von der Sonne in goldenes Licht getauchten Dächer wirken beinahe fröhlich im Farbenspiel von Ocker, Gelb und Rot. Die Tiere haben die aufgegebene Station zurückerobert, dieselben Tiere, die so lange hier gejagt wurden, totgeschlagen, aufgeschlitzt, gekocht in den riesigen Kesseln, die nun verfallen. Hinter jedem Ziegelhaufen, in den eingestürzten Hütten, zwischen lauter Rohren, die nirgendwo mehr hinführen, aalen sich stoische Pinguine, Robbenfamilien und See-Elefanten. Sie sind eine ganze Weile stehen geblieben, um die Tiere zu beobachten, und es ist schon spät am Vormittag, als sie das Tal hinaufsteigen.

Gute drei Stunden, hatte Hervé ihnen gesagt, einer der wenigen Menschen, die jemals hier waren. Sobald man sich auf der Insel von der Küstenebene entfernt, ist kein Grün mehr zu sehen. Alles wird steinig, Felsen, Klippen, mit Gletschern bedeckte Bergspitzen. Sie gehen zügig voran, albern herum, wenn sie einen bunten Stein sehen oder einen klaren Bach, wie Kinder beim Herumstreunen. Als sie die erste Erhebung erklimmen, machen sie noch eine Pause, bevor sie das Meer aus dem Blick verlieren. Es ist so elementar, so schön, im Grunde unbeschreiblich. Die von schwärzlichen Hängen eingefasste Bucht, das Wasser, das unter der aufkommenden leichten Brise silbern glitzert, der orange Fleck der alten Station und ihr Schiff, ihr treues Schiff, das zu schlafen scheint, die Flügel angelegt wie die Albatrosse am Morgen. Draußen auf dem Meer schimmern die reglosen weißblauen Kolosse im Licht. Nichts ist friedlicher als ein Eisberg bei ruhigem Wetter. Riesige Kratzer ziehen sich über den Himmel, schattenlose Wolken in großer Höhe, die die Sonne golden säumt. Fasziniert verharren sie, kosten den Anblick lange aus. Etwas zu lange wohl. Louise bemerkt, dass es sich im Westen zuzieht, und ihr Bergsteigersinn schaltet auf Alarmbereitschaft.

»Vielleicht sollten wir lieber zurückgehen, es ziehen Wolken auf.«

Es soll unbeschwert klingen, doch in ihrem Tonfall schwingt Beunruhigung mit.

»Auf keinen Fall! Du mit deiner Ängstlichkeit. Wenn es sich bedeckt, ist uns immerhin nicht so warm.«

Ludovic versucht, nicht ungeduldig zu klingen, aber sie geht ihm auf die Nerven mit ihren ständigen Sorgen. Hätte er auf sie gehört, wären sie jetzt gar nicht hier, majestätisch, vollkommen allein am Ende der Welt. Sie hätten das Schiff nicht gekauft und diese grandiose Reise gar nicht angetreten. Tatsächlich, der Himmel verdüstert sich in der Ferne, aber schlimmstenfalls werden sie eben nass. Das gehört zum Abenteuer dazu, genau das ist doch ihre Absicht, aus der Erstarrung des Pariser Büroalltags auszubrechen, in dessen bequemer Trägheit sie draufzugehen und an ihrem Leben vorbeizuleben drohten. Irgendwann hätte der sechzigste Geburtstag vor der Tür gestanden, und sie hätten es bereut, nichts erlebt, nie gekämpft, sich selbst nie kennengelernt zu haben. Er zwingt sich zu einem versöhnlichen Ton.

»Wir kriegen nicht noch mal die Chance, den ausgetrockneten See zu sehen. Hervé meint, so ein Eislabyrinth, das einfach auf dem Erdboden steht, gibt es sonst nirgendwo. Denk doch mal an die unglaublichen Fotos, die er gezeigt hat. Außerdem schleppe ich die Eispickel und Steigeisen nicht umsonst mit. Es wird bestimmt toll, vor allem für dich.«

Er weiß, wie er sie kriegen kann, die Bergsteigerin. Für sie hat er das Ziel doch ausgesucht: eine Insel tief im Süden, aber bergig, eine Ansammlung von Gipfeln, einer unberührter als der andere, mitten im Atlantik, noch über den fünfzigsten Breitengrad hinaus.

Es ist schon vierzehn Uhr, und der Himmel wird nun deutlich dunkler, als sie den letzten Bergkamm erreichen. Hervé hat nicht gelogen, es ist fantastisch. Ein

Krater von mehr als einem Kilometer Länge, ein perfektes Oval. Er ist gänzlich trocken, und auf den Hängen zeichnen sich konzentrische Kreise ab, Spuren des versiegenden Wassers, die einen Mond formen, wie auf einem riesigen Fingernagel. Der See hat sich über ein seltsames Ablaufsystem unter einer Felsbarriere entleert. In dem alten Becken sind nur die riesigen Eisblöcke zurückgeblieben, einige zehn, zwanzig Meter hoch und größer, die von Zeiten zeugen, als sie eins waren mit dem Gletscher weiter unten. Seit wann mögen sie schon so daliegen, eingekesselt wie eine vergessene Armee? Unter dem inzwischen grauen Himmel verströmen die mit altem Staub bedeckten monolithischen Blöcke etwas Schwermütiges. Louise mahnt noch einmal umzukehren.

»Jetzt wissen wir ja, wo es ist, und können wiederkommen. Ist doch nicht nötig, dass wir nass werden ...«

Aber Ludovic rennt schon juchzend den Abhang hinunter. Eine Weile streifen sie zwischen dem gestrandeten Eis umher. Von Nahem wirkt es unheimlich. Das eigentlich strahlende Weiß und Blau ist mit Erde verschmiert. Schmelzwasser trübt die Oberfläche und lässt das Eis wie von Insekten zerfressenes Pergament erscheinen. Dennoch sind sie gebannt von dieser düsteren Schönheit. Ihre Hände gleiten über die ausgehöhlten Mulden, streicheln verträumt die kalten Wände. Das, was da vor ihren Augen schmilzt, hat schon lange existiert, bevor es sie gab, lange bevor der *Homo sapiens* kam und die Ordnung auf der Erde durcheinanderbrachte. Sie flüstern wie in einer Kirche, als könnten ihre Stimmen ein fragiles Gleichgewicht zerstören. Der einsetzende Regen reißt sie von dem Anblick los.

»Auf jeden Fall ist das Eis ziemlich marode. Keine Ahnung, warum Hervé da raufgestiegen ist. Wir sollten uns lieber beeilen. Bei dem Wind wird's nicht leicht mit dem Beiboot und dem kleinen Außenborder.«

Jetzt nörgelt Louise nicht mehr, sie hat ganz einfach die Führung übernommen. Ludovic kennt diesen entschiedenen Ton an ihr. Und er weiß, dass sie oft einen guten Riecher hat, die Lage richtig einschätzt. Also gut, zurück.

Sie klettern den Krater wieder hoch und eilen den Abhang hinunter. Ihre Jacken flattern peitschend im Wind, und sie rutschen auf den feuchten Steinen. Das Wetter ist innerhalb kürzester Zeit umgeschlagen. Als sie den letzten Pass erreichen, stellen sie schweigend fest, dass sich die Bucht vollkommen verändert hat und nicht mehr so friedlich anmutet wie auf dem Hinweg. Eine böse Fee hat sie in eine schwarze aufgewühlte Fläche verwandelt, auf der messerscharfe Wogen wüten. Louise rennt, Ludovic stolpert fluchend hinterher. Außer Atem erreichen sie den Strand. Die Wellen brechen sich in alle Richtungen. Das Schiff schlägt am Ende seiner Ankerkette hart gegen das Wasser.

»Na gut, dann werden wir eben nass, als Belohnung gibt es heiße Schokolade!«, kündigt Ludovic vollmundig an. »Geh du nach vorn und rudere gegen die Wellen an, ich schiebe! Wenn wir die Brandung hinter uns haben, schmeiß ich den Motor an.«

Sie schleppen das Beiboot über den Strand und

warten auf ein kurzes Abflauen. Das eisige Wasser klatscht ihnen an die Knie.

»Jetzt! Schnell! Na los … rudere doch, mein Gott!«

Ludovic schlittert über den feuchten Sand, Louise müht sich vorne mit dem Riemen ab. Eine erste Welle braust nieder und füllt das kleine Boot mit Wasser, die nächste trifft es quer, hebt es wie ein Spielzeug hoch und lässt es kentern. Sie landen in der sprudelnd weißen Gischt, die sie gegeneinanderschleudert.

»Mist!«

Ludovic bekommt mit einer Hand die Leine des Beibootes zu fassen, das die Brandung bereits mit sich zieht. Louise reibt sich die Schulter.

»Ich hab den Motor in den Rücken gekriegt. Das tut weh!«

Triefend sinken sie sich in die Arme, fassungslos angesichts der plötzlichen Naturgewalt.

»Wir ziehen das Boot da drüben hin. Am Ende der Bucht ist die Brandung nicht so stark.«

Tapfer hieven sie das Boot an eine Stelle, die geeigneter erscheint. Doch dort angekommen, stellen sie fest, dass es kaum besser ist. Zwei Mal wiederholen sie das Manöver, zwei Mal werden sie von wirbelnder Gischt zurückgeworfen.

»Hör auf! Das schaffen wir nie, und es tut so weh.«

Louise hat sich auf den Boden fallen lassen. Sie hält sich den Arm und verzieht das Gesicht, in das der Regen peitscht, sodass die Tränen nicht zu sehen sind. Ludovic tritt wütend in den Sand, der fontänenartig aufspritzt. Er ist frustriert und zornig. Verdammte Insel! Verdammter Wind, verdammtes Meer! Eine halbe Stunde früher, höchstens eine, und sie würden sich jetzt vor dem Ofen wärmen und darüber lachen, was sie erlebt haben. Er ärgert sich über sein Unvermögen und das Schuldgefühl, das sich schmerzlich einschleicht.

»Okay, wir schaffen's nicht. Lass uns in der Station Schutz suchen und warten, bis das Ganze vorbei ist. Der Wind hat schnell aufgefrischt, bestimmt nimmt er auch schnell wieder ab.«

Mühsam bringen sie das Beiboot hoch auf den Strand, machen es an einem Pfahl fest, der aus der Zeit gefallen scheint, und steuern auf die Trümmer aus Blech und Brettern zu.

Sechzig Jahre hat der Wind sein Werk an der alten Walfangstation verrichtet. Einige Gebäude sind von innen so zerstört, als wäre etwas explodiert. Auffliegende Steine haben die Fensterscheiben eingeschlagen, der Wind hat sich verfangen und gewütet. Andere Bauten neigen sich gefährlich und warten auf den Gnadenstoß. Neben einem großen, schiefen Fachwerkbau, der zum Zerlegen der Wale diente, entdecken Louise und Ludovic eine kleine Hütte. Doch im Inneren schlägt ihnen ein fürchterlicher Gestank entgegen. Vier See-Elefanten liegen dort zusammengedrängt, und angesichts der Störung stoßen sie geräuschvoll auf.

Missmutig gehen sie weiter durch die Ruinen zu einem zweistöckigen Haus, das besser erhalten scheint. Eine Gruppe Pinguine kreuzt völlig unbeeindruckt ihren Weg, und Ludovic ist versucht, sie zu verjagen, ihnen ihre Gleichgültigkeit heimzuzahlen. Drinnen ist es trostlos, düster und feucht. Der alte Fliesenboden, die Blechtische und verrosteten Töpfe deuten darauf hin, dass sich hier einst die Großküche befand. Und tatsächlich, der angrenzende Raum erinnert an einen Speisesaal. Schlotternd lässt Louise sich auf eine Bank fallen. Sie hat Schmerzen, vor allem aber hat sie Angst. Mit dem Wüten der Berge kennt sie sich aus, sie weiß, was dann zu tun ist, schlimmstenfalls muss man sich mit dem Biwaksack im Schnee eingraben und einfach abwarten. Hier hingegen fühlt sie sich verloren. Ludovic steigt die Betontreppe hoch. Oben findet er zwei große Schlafsäle, halbhohe Trennwände formen Kabinen, darin jeweils eine abgenutzte Matratze, ein kleiner Tisch und ein Schrank mit offenen Türen. Verblichene Fotos, ein derber Schuh, zerfetzte Kleidung, die an Nägeln hängt – Zeugen eines überstürzten Aufbruchs, den die Menschen offensichtlich kaum erwarten konnten, glücklich, dieser Hölle wieder zu entkommen. Ganz hinten führt eine Tür, halb aus den Angeln gerissen, in einen kleinen Raum, der holzvertäfelt und besser ausgestattet ist: zweifellos das Zimmer eines Vorarbeiters.

»Komm hoch, hier ist es besser. Wir warten im Warmen.«

»Im Warmen« – das sind große Worte. Sie lassen sich auf das knarrende Bett fallen. Der Regen peitscht gegen die losen Scheiben, dringt durch die Ritzen und bildet eine Lache in der fauligen Ecke des Fensterbretts. Das fahle Licht enthüllt die Spuren der Feuchtigkeit auf den einst weißen Wänden. Der einzige Stuhl ist kaputt, und

Ludovic huscht zu seiner eigenen Verwunderung die Frage nach dem Warum durch den Sinn. Nur ein alter Sekretär, ähnlich einem Lehrerpult vor hundert Jahren, scheint noch heil zu sein.

»Das ist jetzt unsere Berghütte! Los, zeig mal deine Schulter. Und wir müssen uns abtrocknen.«

Er bemüht sich, ruhig zu klingen, den Eindruck zu erwecken, es sei alles nur ein kleiner Zwischenfall, aber seine Hände zittern ein wenig. Er hilft ihr, sich auszuziehen, um die triefnassen Kleider zu trocknen. Nackt wirkt ihr schlanker, muskulöser Körper ganz zerbrechlich. Sie wollte sich nie sonnen, als sie in den warmen Meeren unterwegs waren. Nur Arme, Gesicht und Waden sind sonnengebräunt und lassen die übrige Haut umso blasser erscheinen. Aus dem schwarzen Pony sickern Tropfen über die grünen Augen mit den braunen Sprenkeln. Diese Augen, die es ihm vor fünf Jahren als Erstes angetan haben. Eine Welle von Zärtlichkeit ergreift ihn. Er rubbelt sie mit seinem Pullover ab, so schnell er kann, damit sie wieder warm wird, und wringt ihre durchnässten Sachen aus. Auf der linken Schulter klafft eine Wunde, zweifelsohne vom Propeller, und ein großer Fleck zeichnet sich ab, der schon ganz blau wird. Zitternd lässt sie alles geschehen wie eine Puppe. Auch sich selbst rubbelt er ab, aber die nassen Kleider kleben kalt an seiner Haut. Im Sommer sind es hier selbst bei schönem Wetter kaum mehr als fünfzehn Grad. Jetzt dürften es etwa zehn Grad sein.

»Haben wir ein Feuerzeug dabei?«

»Im Rucksack.«

Selbstverständlich, als Bergsteigerin geht sie nirgends hin ohne ihr kostbares Feuerzeug. Er findet noch zwei Rettungsdecken und wickelt sie rasch darin ein.

In der Küche stöbert er ein großes Backblech aus Aluminium auf und reißt Bretter aus den klapprigen Regalen. Er schafft alles nach oben, schneidet das Holz mit seinem Messer in Stücke und macht damit ein kleines Feuer. Trotz der offenen Tür ist der Raum schnell voller Rauch, aber immerhin wird es ein wenig warm.

Er zwingt sich, noch einmal hinauszugehen, um die Lage zu sondieren. Der Wind hat weiter aufgefrischt, und die Böen lassen das Meer schäumen. Ein ordentlicher Sturm. Kein Weltuntergang, aber unmöglich, zum Schiff zu gelangen. Zwischen den Regenwänden erkennt er es und sieht, wie es sich tapfer auf den Wellen hält. Die Wolkendecke hängt so niedrig, dass die Steilküste oben schon im Grau verschwindet, und es wird langsam dunkel.

»Ich glaube, wir müssen über Nacht hierbleiben«, ruft er beim Hinaufkommen. »Gibt's noch was zu essen?«

Louise hat sich ein wenig erholt. Sie hält das Feuer in Gang, die Wärme tut gut, auch wenn die alten Bretter beim Verbrennen fürchterlich nach Teer stinken. Sie hängen ihre Jacken nahe an den Flammen auf, rücken dicht zusammen, während sie an ihren Müsliriegeln knabbern.

Keiner kommentiert die Situation. Sie bewegen sich, das wissen beide, auf vermintem Gebiet, wo sie leicht in Streit geraten können: sie, die Vorsichtige, er, der Im-

pulsive. Sie werden später alles klären, wenn dieses un-
erfreuliche Kapitel hinter ihnen liegt. Dann werden sie
die ganze Geschichte noch einmal aufrollen. Sie wird
ihm beweisen, dass sie zu unbedacht waren, er wird
erwidern, es sei unvorhersehbar gewesen, sie werden
herumstreiten und sich schließlich wieder versöhnen.
Das ist fast ein Ritual geworden, ein Sicherheitsven-
til für ihre Unterschiedlichkeit. Keiner von beiden wird
sich geschlagen geben, aber sie werden, in der festen
Überzeugung, selbst im Recht zu sein, einen Waffen-
stillstand schließen. Doch im Augenblick müssen sie
zusammenhalten und abwarten. Mit roten Augen sitzen sie am Feuer und werden langsam wieder trocken,
während das Getöse immer stärker wird. Im unteren
Stockwerk dröhnt der Wind durch die verlassenen Zimmer, Modulationen eines Basso continuo mit Alteratio-
nen, die mit jedem Windstoß durchdringender werden.
Mitunter entstehen Momente der Ruhe, und sie spüren, wie ihre Muskeln sich im Gleichklang entspannen.
Dann setzt das Getöse erneut ein und erscheint ihnen
noch heftiger als vorher. Hin und wieder scheppern Bleche wie Pauken. Stumm verharren sie, versunken in diese düstere Symphonie. Die Müdigkeit vom Wandern
überkommt sie, dazu die innere Erschöpfung, die noch
schwerer wiegt. Schließlich treibt Ludovic eine Decke
auf, sie riecht nach altem Staub, aber sie kuscheln sich
zusammen auf dem kleinen Bett und schlafen sofort ein.

Nachts wacht Ludovic auf. Die Geräusche haben
sich verändert. Wahrscheinlich hat der Wind gedreht,
kommt jetzt vom Land her, so vermutet er. Er ist noch

stärker als zuvor. Weit über ihnen ist das Grollen zu hören, das in einem Trommelwirbel ins Tal hinunterstürzt und dann auf ihr Haus trifft, das unter diesen Schlägen hin und her zu schwanken scheint. Er hält das Drehen des Windes für ein gutes Zeichen, das Ende des Sturmes kündigt sich an. In der Dunkelheit und warmen Feuchtigkeit ihrer verschlungenen Körper spürt er einen Augenblick tiefe innere Ruhe. Sie sind hier, sie beide, ohne irgendein anderes menschliches Wesen im Umkreis von Tausenden Kilometern, ganz allein, mitten in diesem Sturm. Aber sie sind in Sicherheit und bieten dem Wind die Stirn. Er nimmt jede Partie seines Körpers wahr, als wäre sie eigenständig, saugt die ungewöhnliche Situation ganz in sich auf: die Kuhle unter seinem Rücken in der durchgelegenen Matratze, die gleichmäßigen Atemzüge von Louise an seiner Brust, den von irgendwoher kommenden Hauch, der sein Gesicht streift. Am liebsten würde er sie wecken und sie lieben. Aber er erinnert sich an ihre wunde Schulter und lässt sie lieber schlafen. Morgen früh vielleicht …

Kurz vor Sonnenaufgang hört der Lärm ganz plötzlich auf. Im Dämmerzustand nehmen beide es wahr, dann schlafen sie noch einmal ein, völlig entspannt jetzt.

Ein Sonnenstrahl kitzelt Louise aus der Erstarrung. Bis der Wind nachließ, hatte sie Albträume. Die Fensterscheiben ihrer Wohnung in Paris wurden eingedrückt von einer Riesenwelle, und sie selbst trieb auf einem Floß durch die Straßen voll braunem Wasser, inmitten von Hilferufen und Armen, die verzweifelt aus den Fenstern winkten.

»Ludovic, schläfst du noch? Ich glaube, es hat aufgehört!«

Sie recken ihre steifen Glieder. Beim Aufstehen verzerrt sie das Gesicht und betastet ausgiebig ihre Schulter.

»Scheint nicht gebrochen zu sein, aber erst mal musst
du das Schiff wohl allein bedienen!«

»Okay, Prinzessin. Na los, das war nicht gerade ein
Luxushotel, aber in einer Viertelstunde wird das Frühstück an Bord serviert. Wenn Madame sich die Mühe
machen möchte.«

Sie lächeln sich an, sammeln ihre Sachen zusammen
und verlassen das Zimmer, in dem noch der kalte Rauch
hängt.

Draußen strahlt die Sonne genauso schön wie am
Vortag.

»Was für eine miese Insel, oder?«

Auf der Türschwelle durchzuckt sie exakt dieselbe
Empfindung. Eine gewaltige Faust fährt ihnen in den
Bauch, ein bitterer Geschmack steigt ihnen die Kehle
hoch wie ein Brennen, ein unkontrolliertes Zittern
überfällt sie. Die Bucht ist leer.

»… das Schiff … kann nicht sein … nicht mehr da …«

Sie stammeln, murmeln etwas, kneifen die Augen
zusammen, als wollten sie das Bild noch einmal kor-
rigieren, das sich ihnen da bietet. Es ist alles nur ein
böser Traum. Man muss den Film der Nacht bloß zu-
rückspulen und die Dinge wieder in ihren normalen
Lauf bringen. Sie hätten aus der Tür kommen, *Jason*
wie zuvor beruhigend reglos daliegen sehen und scher-

zend zum Strand hinuntergehen sollen. Doch die Realität verharrt in ihrer Grausamkeit. Das Boot ist verschwunden. Lange bleiben sie so stehen, suchen die Bucht mit den Augen ab, halten Ausschau nach einem Wrack oder zumindest einem Stück vom Mast, das über eine Klippe ragt. Nichts. Oder vielmehr das ganz normale Leben, Möwen wühlen mit hektischen Schnabelstößen am Strand, dazu rauscht die Brandung. Alles wie immer. *Jason*, ihr Schiff, ihr Haus, der Inbegriff ihrer Freiheit, ist einfach ausgelöscht, wegradiert wie ein Fehler. Das ist unmöglich, das kann nicht sein. Fassungslos stehen sie da, außerstande, auch nur ein Wort zu wechseln. Allmählich breitet sich in ihnen das Entsetzen aus: kein Zuhause mehr, weder Nahrung noch Kleider, keine Möglichkeit, die Insel zu verlassen oder irgendjemand zu erreichen. Sie sind geradezu empört, empfinden ihre Lage als unangemessen. Ludovic hat sich noch nie auch nur eine Sekunde lang mit dem Gedanken beschäftigt, ihm könne irgendwann das Wichtigste zum Leben fehlen, Nahrung oder ein Dach über dem Kopf. Wenn er im Fernsehen das Elend in Afrika oder Asien sah, kämpfte er immer gegen ein seltsames Schuldgefühl an und redete sich ein, die Menschen dort hätten nicht dieselben Bedürfnisse und seien daran gewöhnt, mit wenig auszukommen. Manchmal schickte er einen Scheck an Unicef, aber letztlich ging es ihn nichts an.

Louise hingegen schlief beim Wandern in den Bergen oftmals draußen, immer halb wach, vom Regen durchnässt. Manchmal planten sie sogar so schlecht, dass sie drei Tage lang zu viert mit der Ration auskommen mussten, die für einen kalkuliert war. Sie hatte selbst erfahren, wie angreifbar der Mensch in der Natur ist, weit weg von aller Sicherheit und Zuflucht. Aber das waren immer Ausnahmen, nie stand das Leben auf dem Spiel. Abgesehen von Augenringen und Magenkrämpfen stiegen sie schließlich unbeschadet wieder ins Tal hinab und genossen mit dem wohligen Schauer des hinter ihnen liegenden Abenteuers eine Dusche oder ein Steak. Am Ende blieben nur schöne Erinnerungen übrig, die sie sich untereinander immer wieder lachend ins Gedächtnis riefen, aber diese Situationen hatten Louise doch ein wenig auf das Unvorhersehbare vorbereitet. Instinktiv oder antrainiert konnte sie unterscheiden zwischen dem, was wesentlich war und was überflüssig, zwischen Gefahr und Herausforderung. Um eine gute Bergsteigerin zu werden, hatte sie gelernt, ein Ziel an den Umständen auszurichten, daran festzuhalten oder aufzugeben, je nach der Verfassung der Gruppe, dem Wetter und den natürlichen Gegebenheiten. So ist sie jetzt auch eher in der Lage, sich selbst und Ludovic aus ihrer Apathie zu reißen.

»Vielleicht ist das Beiboot noch da. Lass uns nachsehen. Die *Jason* lag auf halber Strecke zwischen dem Kap und den Felsen gegenüber. Vielleicht ist sie ja dort gesunken.«

»Aber dann würde der Mast doch rausgucken.«

Ludovic kämpft auf seine Weise gegen das Offensichtliche. Normalerweise optimistisch und zu allem bereit, fühlt er sich jetzt völlig leer. Alles ist zwecklos.

»Vielleicht ist er gebrochen. Das Wasser ist nur sieben, acht Meter tief, wir könnten irgendwas wiederfinden, Essen oder Werkzeug. Und in der Tasche mit der Notausrüstung ist das Satellitentelefon. Wir müssen es zumindest versuchen. Los, mach schon!«

»Nein, ich bin mir sicher, dass der Anker nicht gefasst hat. Ich hab es heute Nacht gehört. Der Wind hat auf Nordwest gedreht. Zwischen den Bergen hat er noch Fahrt aufgenommen. Das waren Fallböen, wie in den Handbüchern beschrieben.«

»Ich pfeif auf die Bücher«, schreit sie mit Tränen in den Augen. »Was willst du denn machen? Zurück in unser tolles Hotel von heute Nacht?«

Sie läuft wie eine Furie zum Strand, er folgt ihr. Ihnen schwirren dieselben Gedanken durch den Kopf. Die Insel ist unbewohnt. Sie ist ein Naturschutzgebiet, das sie normalerweise gar nicht hätten anlaufen dürfen. Aber sie waren sich einig gewesen, dass sie sich dieses kleine Vergehen gönnen wollten.

»Hier kommt sowieso niemand vorbei. Ein Ausflug in die unberührte Natur. Ein kleiner Zwischenstopp, es bekommt ohnehin keiner mit …«

Nein, keiner bekommt es mit. Ihre Angehörigen an Land vermuten sie auf dem Weg nach Südafrika. Hier wird man sie auf keinen Fall suchen. Man wird glauben, sie seien auf hoher See verschwunden. Ludovic sieht seine Eltern vor sich in ihrem Haus in Antony, das Telefon ständig in Reichweite. Wenn sie ihr Schiff nicht wiederfinden, ist die Insel ein Gefängnis mit Tausenden Kilometern Wasser als Wärter.

Das Beiboot ist noch da, bedeckt mit Sand und Algen von dem Sturm. Zumindest eine kleine Erleichterung.

Eine Stunde rudern sie rund um die Ankerstelle. Das klare Wasser kräuselt sich kaum im Wind. Es ist von so durchscheinendem Grün, dass man sogar die vereinzelten Steine auf dem Grund erkennen kann und ein paar dunkle Brocken, die versunkenen oder aus der Walfangstation stammenden Maschinenteilen ähneln. Ein Wrack wäre hier unübersehbar.

Entmutigt kehren sie zum Strand zurück.

»Wir haben nicht genug Kette gesteckt«, flucht Louise vor sich hin.

»Doch, genau wie immer, dreifache Wassertiefe.«

»Offenbar ist hier aber nichts wie immer!«

»Außerdem hatten wir einen Bügelanker, einen besseren gibt es nicht. Normalerweise hält der überall. Und teuer genug war er noch dazu.«

»Das hilft uns jetzt auch nicht weiter. Wir hätten die Kette doppelt so lang stecken sollen, dann säßen wir nicht hier. Und ich hab gestern noch gesagt, dass wir früher wieder zurückgehen sollen. Aber nein, der Herr wollte ja seinen Spaß haben, stur, wie er ist, alles wird gut, wir werden höchstens ein bisschen nass …«

Louises Stimme ist tonlos, blanke Wut spricht daraus. Nervös reibt sie sich die Schulter und starrt auf den Boden, Ludovic den Rücken zugewandt. Sie weiß, was sie dahinter sehen würde: diese große Kämpferstatur – machtlos und mit herabhängenden Armen, die blauen Augen – enttäuscht wie die eines Kindes, dessen Spielzeug kaputt ist, diesen Mann, der immer fröhlich und unbekümmert ist und den sie so sehr liebt. Sie würde weinen müssen, und dafür ist es nicht der rechte Augenblick.

Er will nicht antworten auf ihre Sticheleien. Seit sie am Vortag umgekehrt sind, quälen ihn Gewissensbisse und hinterlassen einen beißenden Geschmack im Mund. Aber ihre Bemerkungen gerade eben haben ihn verletzt. Nun ist es an ihm, eine Lösung zu finden, gewissermaßen als Entschuldigung. Und eine Lösung muss es geben.

»Wir könnten die Bucht mit dem Beiboot absuchen, vielleicht ist das Schiff ja an einem Felsen untergegangen.«

»Du träumst wohl. Und außerdem, was würden wir dann machen? Was denkst du denn, wie wir es wieder flottkriegen sollten?«

»Wir könnten zumindest tauchen, ein paar Dinge rausholen ...«

Ludovic beendet seinen Satz nicht. Louise weint geräuschlos. Er zieht sie an seine Schulter. Wie konnten sie nur in diese absurde Situation geraten? Es ist ungerecht, dass eine kleine Wanderung so hart bestraft wird, das kann doch nicht sein. Er ist vierunddreißig Jahre alt, und der Tod hat sein Leben bislang nur selten gestreift. Zwei Freunde hat er verloren, einen bei einem Motorradunfall, der andere war an Bauchspeicheldrüsenkrebs gestorben. Das hatte ihn erschüttert, aber letztlich hatte es ihn zu dieser Segelreise motiviert. Lass uns leben! Lass uns das Leben auskosten, bevor es uns erwischt! Jetzt hat es sie erwischt, auf dieser er-

24

habenen Insel, an diesem milden Tag im Sommer der Südhalbkugel. Scheinheilig lässt die Sonne die Wassertropfen wie Myriaden von Diamanten funkeln. Im Hintergrund steigt leichter Dunst von der Ebene auf. Seelöwen und See-Elefanten aalen sich und gähnen behaglich. Er schaut sich um und denkt, nichts – kein Vogelflug, keine Welle, kein Grashalm –, nichts wird sich ändern, sollten sie hier sterben. Der Wind wird ihre Fußabdrücke schnell verwehen.

Ludovic ist der Inbegriff der Generation Y: Einzel-kind, Eltern in leitender Position, Einfamilienhaus im Vorort von Paris. Es hat ihm an nichts gefehlt, Ski-fahren in Alpe d'Huez und Surfen auf den Balearen, Vi-deospiele zum Zeitvertreib für den lieben Kleinen, wenn die Eltern mal zu spät nach Hause kamen. Klein ist er nicht mehr, eins neunzig groß, und die millimeterkurzen blonden, allmorgendlich mit Gel frisierten Haare unter-streichen seine Größe noch. Die blauen Augen und das Grübchen am Kinn fanden schon die Mädchen in der Schule umwerfend, und er kostete es aus, dass er leich-tes Spiel hatte. Die Lehrer seufzten unterdessen über seine Schludrigkeit: »Bleibt unter seinen Möglichkei-ten«, stand jedes Jahr in seinem Zeugnis. Auf der durch-schnittlich absolvierten Handelsschule reizten Bier und Joints ihn mehr als Hörsäle. Die Beziehungen des Va-ters verhelfen ihm danach zum Job als Kundenberater bei Foyd & Partners, einer, anders als der trendige eng-lische Name vermuten lässt, sehr französischen Event-agentur. Er wirkt ein wenig oberflächlich, doch dahinter steckt sein eigentliches Wesen: Er trägt die Fähigkeit zu tiefem Glück in sich, und das wirkt anziehend, wie ein Magnet. Mit ihm fühlt man sich gut, an seiner Seite ist das Leben leicht, beschwingt und aufregend. Er sieht die Dinge immer positiv, und sein Schwung und seine Lebensfreude stecken an, ganz von selbst. Sie sind weder Fassade noch Pose, sondern Resultat eines Lebens, das immer glücklich und behütet war. Er kann sich nicht erinnern, jemals traurig aufgewacht zu sein oder gar schwermütig. Mit der Zeit begriff er, dass diese Lebenshaltung eine Gabe ist, doch er rühmt sich nicht damit. Die überschäumende Freude an andere weiterzugeben entspricht einfach seinem Wesen, es ist seine Bestimmung. Und jeder hat ihn gern.

Louise wirkt auf den ersten Blick konventionell, fast altmodisch – eine zierliche Erscheinung, ein längliches Gesicht, ein flüchtiges, oft zwanghaftes Lächeln, als wolle sie kein Missfallen erregen. Als Tochter einer Kaufmannsfamilie aus Grenoble, in der man trotz des Wohlstands sehr aufs Geld bedacht war, fehlte es auch ihr an nichts, höchstens an echter Aufmerksamkeit. Ihre beiden großen Brüder waren der ganze Stolz der Eltern, sie, »die Kleine«, rutschte immer so mit durch. Über ihre Ideen und Träume, über ihre Leistungen und Ziele wurde nie gesprochen. Ihr Körper spiegelt diese Achtlosigkeit. Mit ihren eins fünfundfünfzig, den dunklen Haaren, der knochigen Statur und Brüsten, die zu ihrer Verzweiflung lange nicht recht wachsen wollten, empfindet sie sich selbst als Durchschnitt. Als Kind und Jugendliche ging sie ihren Weg, unscheinbar, aber immer gutwillig, als wolle sie um Vergebung bitten. Sie sei unauffällig, hieß es immer … ein schreckliches Urteil. Dann kam das Abi, das Jurastudium in Lyon, danach das Auswahlverfahren für den öffentlichen Dienst und eine Stelle im Finanzamt des 15. Arrondissements in Paris. In all den Jahren litt sie stets darunter, dass man sie nicht sah und wahrnahm. In der Kindheit flüchtete sie sich ins Lesen, verschlang die Werke von Jules Verne, Zola und alles, was ihr in der Bibliothek sonst noch in die Hände fiel. So malte sie sich stundenlang ein aufregendes Leben aus, stellte sich vor, in spannende Abenteuer verstrickt im tiefsten Dschungel zu leben oder umhüllt von Samt und Seide in der hohen Gesellschaft. Sie entspann sich eine Fantasiewelt, in der sie selbst die Hauptrolle spielte. Tag für Tag bewegte sie sich in Gedanken durch die immer gleichen Bilder und entwarf wie eine Regisseurin Heldenszenen, die sie sich auf den Leib schneiderte. Sie war Forscherin, Freiheitskämpferin, Musiktalent oder Ausnahmesportlerin. Sie sah sich selbst in den Kellern der Résistance, auf hoher See oder mitten in der Wüste. Dieses Doppelleben linderte den Schmerz, es gab ihr Zuversicht, sie würde es eines Tages schaffen, die Aufmerksamkeit auf sich zu lenken. Sie machte es sich auf ihrem Bett bequem, schloss die Augen und versenkte sich in ihre Welt. Musste sie daraus auftauchen, weil es Zeit war für die Schule, spann sie den Faden abends ganz genüsslich weiter. Später, als sie älter war, tat sich eine andere Rückzugsmöglichkeit für sie auf: das Klettern und Bergsteigen. Sie entdeckte es durch Zufall während eines Ferienlagers und fand darin genau das, was ihr immer gefehlt hatte: die Begeisterung für den Körper, den sie nicht mochte; die Hartnäckigkeit und den Mut, mit denen sie sich in ihren Träumen schmückte; einen Platz in einer Gemeinschaft, in der es auf jeden ankommt. Leicht und gelenkig, wie sie war, hatte sie schnell Erfolg. Der Gedanke, Bergführerin zu werden, gefiel ihr. Doch sie traute sich nicht, den Bruch mit der Familie zu riskieren: »Das ist doch kein Beruf für eine Frau. Was machst du denn, wenn du mal Kinder hast?«

So blieb das Klettern nur ein Hobby. Und als sie erwachsen war und unabhängig durch die Arbeit in Paris, begnügte sie sich damit, jedes Wochenende so schnell wie möglich zur Gare de Lyon zu kommen, mit Kletterschuhen oder Eispickeln und Steigeisen im Gepäck.

TGV, Wagen 16, Plätze 46, 47. Ludovic ist auf dem Weg zum Wintersport mit Freunden. Nachdem er eine Dreiviertelstunde auf seinem iPhone herumgespielt hat, fängt er gerade an, sich zu langweilen. Sie ist in einen Kletterführer vertieft und dürfte etwa sein Alter haben.

»Sind Sie Bergsteigerin?«

Anfangs antwortet sie nur widerwillig auf die Fragen dieses aufdringlichen Sitznachbarn, der sie vom Lesen abhält, aber schließlich lässt sie sich von seinem aufmunternden Lächeln hinreißen.

Sie hat es oft versucht, sich mit den Kollegen über ihre Leidenschaft zu unterhalten, aber was sie ihnen von Kletterrouten und Schwierigkeitsgraden erzählte und all die Fachbegriffe langweilten sie schon bald. Wieder einmal flüchtete Louise sich in ihre Träume. Das Bergsteigen, das mittlerweile ihre Gedankenwelt beherrscht, wird immer mehr zum Elfenbeinturm. Sie lebt nur noch für die Samstage und Sonntage und absolviert den Rest der Woche mit freundlicher Gleichgültigkeit. Häufig betrachtet sie das Poster der Aiguille du Dru, das in ihrem Büro hängt. Diese Welt ist ihr Geheimnis, eine Welt, die die anderen nicht verstehen, ihre eigene.

Doch neben diesem freundlichen Typ, in der ganz eigenen Zeitlichkeit der Zugreise, fällt die Anspannung von ihr ab. Sein Nicken flößt ihr Vertrauen ein, sodass sie endlich einmal weiter ausholt und ins Schwärmen gerät. Sie erzählt ihm vom blau-rosa Sonnenaufgang, wenn man morgens vor die Berghütte tritt, dass man jede Felssorte mit den Fingerspitzen erfühlen kann, von den Nächten an der Felswand im Portaledge, dem Hängezelt, das im Wind wie ein Strohhalm hin- und herschwingt, während die Lichter im Tal unter den Wolken verschwinden und man sich dem Himmel näher wähnt als der Erde, in der Nähe der Ewigkeit. Sie versucht, ihm die Schönheit eines Weges zu erklären, eines ganz einfachen Weges, der so gerade wie nur möglich verläuft und durch seine Klarheit bezaubert. Sie beschreibt ihm das Knirschen des vereisten Schnees unter den Schuhen, das Pfeifen des Seils, das ins Unbekannte führt. Er hört ihr zu und freut sich über so viel Leidenschaft, die er hinter ihrem unscheinbaren Aussehen nicht vermutet hätte. Noch dazu hat sie schöne grüne Augen mit goldenen Sprenkeln, die funkeln, wenn sie sich begeistert. Als sie sich am Bummelzug in Chamonix verabschieden, lädt er sie aus Höflichkeit zu einem Treffen ein, aber auch, weil er durchaus einen Reiz verspürt.

»Komm doch mit den anderen abends mal vorbei.

Wir gehen nach dem Skifahren immer in den ›Absacker‹.«

Zwei Tage später, als sie die Aiguilles Rouges hinabsteigen, wundern sich Louises Kletterpartner Phil, Benoît und Sam, dass dieses Mal sie es ist, die vorschlägt, etwas trinken zu gehen, wozu sie sie normalerweise überreden müssen. Man ist sich schnell sympathisch, und Ludovic ist überrascht, mit wie viel Ehrfurcht die drei Freunde von ihr sprechen.

»Sie ist die Beste von uns allen. Sie schafft den 7. Grad. Niemand spürt die Gletscherspalten auf wie sie.«

»Sie hat nie Angst, selbst wenn's im Tal schon donnert. Sie kriegt nie genug.«

»So eine Bohnenstange und dabei so viel Energie, das ist unglaublich.«

Aus dem Augenwinkel betrachtet er sie am anderen Ende des Tisches. Nach der Wanderung, die sie gerade hinter sich hat, wirkt sie völlig ruhig, hat ein hübsches Lächeln im Gesicht, während ihre Hände mit den brüchigen Fingernägeln den anderen, die gegenübersitzen, eine Geschichte erzählen – von einem Felsstück, das sie gerade noch zu fassen bekam. Der erste Blick hat offenbar getrogen, diese Frau ist alles andere als gewöhnlich!

Seine Neugier ist geweckt. Zurück in Paris, ruft er sie an und schlägt vor, ihn doch einmal mitzunehmen, wenn sie eine Tour macht, die nicht allzu schwierig ist. Nichts lieber als das. Natürlich fühlt auch sie sich längst schon von ihm angezogen, noch nie hat sich ein Mann wie dieser für sie interessiert. Ihre Erfahrung in Sachen Liebe beschränkt sich auf die ersten Zärtlichkeiten in der Jugend und ein paar Nächte, in denen sie nicht mutig genug war, um Nein zu sagen. Schließlich will man doch dazugehören. Bislang hat ihr die Liebe keinen Spaß gemacht, und sie redet sich ein, das alles sei auch gar nicht wichtig. Allein zu leben ist eine von vielen Möglichkeiten, Enttäuschungen zu vermeiden. Aber dieses Mal fühlt sie sich zugleich geschmeichelt und insgeheim angezogen. Also macht sie sich daran, eine Route zusammenzustellen, die sowohl einem Anfänger zusagt als auch ihren drei Freunden, die sich schließlich damit begnügen, sich grinsend wissende Blicke zuzuwerfen.

Na also! Endlich hat die Gipfelkönigin sich verliebt!

Ein halbes Jahr später ziehen sie zusammen. Aus dem Urlaubsflirt wird leidenschaftliche Liebe. Er bringt sie zum Lachen, sie beeindruckt ihn. Ihre Energie verbirgt sich unter der Oberfläche. Sie wirkt ruhig, zurückhaltend, sogar schüchtern, an einer Felswand aber oder wenn sie miteinander schlafen, verwandelt sie sich. Berührt er sie, verliert sie jede Hemmung, wie ein ruhiges Gewässer, das jederzeit zu einem herabstürzenden Wasserfall werden kann.

Zuerst ist Louise einfach überwältigt, dass so ein schöner Mann mit ihr zusammen ist. Doch immer mehr liebt sie ihn dafür, dass er ihr gibt, was sie nicht hat. Er ist die Freude, die Unbeschwertheit, die ihr, »der Kleinen«, immer fehlten. Manchmal findet sie ihn etwas kindisch, aber im Grunde hat er recht. Sie vergräbt den Kopf an seiner Schulter, er begeistert sie, mit seinen Worten, seinen Plänen. Er lässt alles strahlen.

Natürlich ist es Ludovic, der als Erster die Idee zu einer Auszeit äußert. Entweder hat er Pech gehabt oder nicht richtig aufgepasst, zumindest sind ihm bei der Arbeit gleich zwei Patzer nacheinander unterlaufen: zuerst ein Kongress, auf dem die Teilnehmer Essen bekamen, das nicht schmeckte … das Schlimmste also, was passieren kann. Dann ein schlechter Redner, der die Meute der Führungskräfte während eines Incentive-Events langweilte. Man ließ ihn das Missfallen schonungslos spüren – und Ludovic zog den Schluss daraus, der Job sei unerträglich. Mit fröhlichem Zynismus hatte er Paintball-Spiele oder Korsika-Wochenenden organisiert und immer so getan, als teile er die Auffassung, so ließen sich die Schäden übereilter Unternehmensfusionen reparieren. Er hatte sich alle Mühe gegeben, damit die Apéritifs pünktlich gereicht wurden, damit es schöne Aufnahmen vor entsprechender Kulisse und schwungvolle Musik zum Ausklang des Abends gab. Aber das würde er nicht sein Leben lang tun! Im Frühjahr, als es so viel regnet, muss er oft den Roller stehen lassen und die Metro nehmen, und eines Abends spürt er echte Wut in sich aufsteigen. Wut auf diese antriebslose Masse im ruckelnden Waggon, die Kopfhörer auf den Ohren, mit leerem Blick. Wut auf den leicht ranzigen Dampf, der aus den feuchten Körpern dringt und als Schwitzwasser an den Fenstern herabtropft. Wut auf die Gleichgültigkeit, die Freudlosigkeit, das ewige Einerlei. Ihm fallen all die braunen und die grauen Mäntel auf, die Mundwinkel, die herunterhängen, die Hände, die sich unbewusst an die Metallstangen klammern. Er hat das schreckliche Gefühl, dass er von außen nicht von dieser Masse unterscheidbar ist. Selbstverständlich kann er weitermachen wie bisher. Irgendwann wird er ein Haus am Golf von Morbihan besitzen, Urlaub auf den Antillen machen, feuchtfröhliche Abende verbringen, ganz sicher einen Job als Projektleiter haben und ein oder zwei Kinder. Doch selbst dieser letzte Gedanke tröstet ihn nicht. Hin und wieder, in den Bergen oder am Meer, hat er das Gefühl gehabt, das wahre Leben zu streifen. Er erinnert sich an flüchtige Momente absoluter Intensität, mit zitternden Fingerspitzen und zu wenig Halt an einem Felsen oder völlig durchgerüttelt von den Wellen auf dem Surfbrett. Dabei geht es ihm nicht darum, über sich hinauszuwachsen – ein Ausdruck, der ihn schmunzeln lässt –, sondern darum wahrzunehmen, dass man einen Augenblick völlig im Einklang mit dem eigenen Körper ist. Wenn er jetzt mit dreiunddreißig auf sein Leben schaut, dann sind es, abgesehen von ein paar ekstatischen Liebesnächten, nur diese Momente, die sich tief in seine Erinnerung geprägt haben. Er muss irgendetwas ändern, und zwar schnell, sein Leben ändern oder zugrunde gehen.

Ein halbes Jahr braucht Ludovic, um Louise zu überzeugen. Für sie ist alles bestens. Tagsüber wandelt sie gewissenhaft auf den verschlungenen juristischen Pfaden der Finanzbehörde, abends verdreht er ihr den Kopf. Sie geht jetzt gerne aus, ins Restaurant oder ins Kino, liebt die Gemütlichkeit zu zweit mit ihm zu Hause, lässt sich aber auch auf abgedrehte Partys ein. Am Wochenende sind sie in den Bergen oder auf dem Wasser, er ist ein ordentlicher Kletterer geworden, und sie entdeckt den Spaß am Segeln auf dem Boot seiner Eltern. Warum nicht einfach ganz in Ruhe warten, bis sie irgendwann, und das hat keine Eile, schwanger wird?

Trotzdem spürt sie, dass sie nachgeben muss. Er ist schlecht gelaunt, fängt immer wieder an zu diskutieren. Und schließlich nutzt er einen Trick, mit dem er Louise rasend macht: Er erzählt im Freundeskreis von der geplanten Reise. Seitdem vergeht kein Abend, an dem nicht irgendjemand spöttisch fragt: »Na, wann geht's denn endlich los auf große Fahrt?«

Sie hat Angst, ihn zu verlieren, und lässt sich darum schließlich überzeugen. Was riskieren sie denn schon? Ein schöner und langer Ausflug zum Vergnügen und anschließend wieder nach Hause. Jetzt oder nie, solange sie noch fit und ohne Kinder sind. Man kann nicht immer vernünftig sein, man muss doch leben, intensiv, zumindest ein Mal. Für das letzte Argument ist sie empfänglich, denn es knüpft an ihre Heldenträume aus der Kindheit an. Genau das liebt sie an der Bergwand ja am meisten, diese Intensität, in der man sich mit Haut und Haar dem Augenblick verschreibt. Ludovic hat so viel Wärme und Fröhlichkeit in ihr Leben gebracht. Ohne ihn hätte sie sich eingemauert, in ihrer Einsamkeit verschanzt. Sie weiß, dass es normal ist, auf einem gefährlichen Weg Angst zu haben, vor einer Schwierigkeit ein paar Minuten zu zögern. Es ist ihr schon passiert, dass sie, bereits mit Helm und Eispickel gerüstet, nicht wusste, was sie eigentlich dort machte. Dann hilft es nur, sich auf die Technik zu konzentrieren, und schließlich gelangt man glücklich zum Ende des Seils. Sie kann immer schlechter schlafen, doch eines Nachts scheint ihr alles ganz einfach: Wenn sie nicht einwilligt, wenn sie aus Angst die Gewohnheit vorzieht, wird sie sich das ihr Leben lang vorwerfen. Also weckt sie Ludovic, um ihm sofort zu sagen, dass sie mitkommt, und sich selbst damit jeder Möglichkeit zu berauben, doch noch einen Rückzieher zu machen.

Von nun an handeln sie alles Schritt für Schritt aus. Auf ihren Wunsch hin nehmen sie nur ein Sabbatjahr, dann sieht man weiter. Von den zehn Vorschlägen, die Ludovic ihr macht, scheiden einige gleich aus: die Anden-Überquerung mit dem Pferd, die Fahrradtour durch Neuseeland und die Besteigung der Gipfel Pakistans.

Die Wahl fällt schließlich auf ein Schiff und den Atlantiktörn. Die logische Route führt zum Einstieg auf die Antillen, dann hinunter nach Patagonien, wo sie ein wahres Kletterparadies erwartet, und schließlich nach Südafrika. In Kapstadt wollen sie entscheiden, wie es weitergeht. Sie hätten noch genügend Zeit, das Schiff auf einen Frachter zu verladen, zurückzukehren und wieder brav zu arbeiten. Genauso stünde aber auch der Indische Ozean offen, vielleicht gar eine Weltumseglung. Bei der Planung geraten sie zuweilen aneinander, manchmal sogar heftig. Er macht sich lustig über sie, weil sie im Winter fahren will, um sich für schlechtes Wetter abzuhärten. Sie findet, er ist unverantwortlich, weil er die Notfunkbake als unnütze Investition abtut. Die Beziehung kriselt. Die Reise ist ihr gemein-

samer Traum geworden, der sie begeistert wie ein un-
erreichbarer Stern, und keiner mag davon lassen, ihn
sich nach den ganz eigenen Vorstellungen zu formen.
Ein Jahr lang treiben sie sich auf Bootsmessen herum
und besuchen die »Südpolarmeer-Wochen«, die Reise-
veranstalter anbieten. Sie schließen viele Bekanntschaf-
ten, auch mit Hervé, einem alten Charterveteranen in
Patagonien, der ihnen bei der Suche nach dem richtigen Schiff behilflich ist. Auf den ersten Blick erscheint
ihnen das Segelboot im Hinterhof einer Werft in der
Vendée zu plump und bauchig, doch der Name *Jason*
verzaubert sie sofort. Abenteuer wie in der Mytholo-
gie erleben, ihr eigenes Goldenes Vlies erobern, genau
das ist es, was sie wollen! Der Name ist ein Wink des
Schicksals. Zusammen mit Hervé verbringen sie ganze
Abende über Seekarten, fachsimpeln über die besten
Ankergründe und die Tücken von Fallböen. Sie sprechen über Wind, Kälte, schwere See, Eisberge. Bei Louises Freunden sammeln sie Tipps zu Wanderrouten rund
um Ushuaia, mehr als sie jemals schaffen können.

Eines Morgens lassen sie Cherbourg unter Wolken
zurück, selbst umwölkt vom Glück des Aufbruchs und
freudiger Beklommenheit. Sie machen das Richtige.
Und sie funktionieren wunderbar zusammen, er ein
wenig zu forsch, sie ein wenig zu zögernd, aber immer füreinander. Ihr Leben blüht in voller Pracht. Wo-
chenlang vertrödeln sie die Zeit an einem Ankerplatz,
jubeln beim Erklimmen eines Gipfels, arbeiten Hand
in Hand beim Manövrieren des Schiffes. Jeder Morgen
verspricht ein neues Abenteuer, jeder Tag ist anders,

jeden Abend sind sie voll von dem, was sie entdecken, und von ihrer Freiheit. Es sind nicht einfach lange Ferien, diese Reise befriedigt sie auf eine Weise, die sie regelrecht erregt. Die Kanaren, die Antillen, Brasilien, Argentinien, je weiter sie fahren, desto mehr erscheint ihnen die Welt wie ein wunderbarer großer Spielplatz, vielschichtig, fremdartig, ergreifend und faszinierend. Sie bewundern die alten Azulejos in den Gassen von Lissabon, werden völlig durchnässt bei der Besteigung des 3700 Meter hohen Teide auf den Kanaren und stopfen sich beim Überqueren des Atlantiks mit Doraden voll. Auf den Antillen entfliehen sie den ernüchternden Häfen von Guadeloupe und Martinique, laufen stattdessen die entzückende Insel Montserrat an und verbringen eine Woche ganz wie Robinson, völlig allein an den unendlichen Stränden von Barbuda. Sie singen, tanzen, hecheln Haut an Haut mit Brasilianern in Olinda und weinen, als der Karneval zu Ende ist nach vier Tagen Raserei, Schweiß und Cachaça. Darüber, dass ihnen ihr Handy in Buenos Aires geklaut wird, lachen sie nur und schwören sich, nie wieder eines zu kaufen. Entlang der argentinischen Küste wird die Luft schneidender, der Himmel strahlender, der Wind bläst unentwegt. Sie holen das Ölzeug für schlechtes Wetter hervor mit dem wohligen Gefühl, dass nun der schwierige Teil der Reise beginnt. Tatsächlich haben sie nach zwei aufeinanderfolgenden Stürmen stechende Rückenschmerzen vom langen Sitzen am Ruder und weiße Gesichter vom Salz. Die Angst, die sie befällt, ist groß genug, dass sie es als reines Glück empfinden, als sie in den Beagle-Kanal einlaufen und am heruntergekommenen Anleger in Ushuaia festmachen. Dort treffen sie auf Menschen mit gegerbten Gesichtern, die sie aus Zeitschriften kennen, und werden wie echte Seefahrer empfangen. Das macht sie stolz. Zwei Monate lang unternehmen sie eine Exkursion nach der nächsten durch das Wirrwarr der alten Wälder, gehen auf wunderschöne Touren durch die Cordillera Darwin und trinken Mate-Tee und Pisco Sour, den grauenhaft schmeckenden lokalen Cocktail. Eines Abends lieben sie sich an Deck unter purpurfarbenem Himmel, gestört nur vom Grollen der Eisberge.

So viele gute Tage und so wenig schlechte. Dass sie im Vergleich zum Rest der Welt unverschämtes Glück haben, ist ihnen kaum bewusst.

Mit jeder Meile härten sie ab, gewinnen an Erfahrung, an Vertrauen in ihre *Jason* und an Routine beim Reffen der Segel und Setzen des Spinnakers. Vielleicht hätte Louise es merken können, denn sie sind genau an dem Punkt angelangt, der beim Klettern als gefährlich gilt; man weiß genug, um alles zu wagen, aber nicht genug, um alles zu meistern. Als sie von Patagonien aus die Überfahrt nach Südafrika antreten, ist es bereits beschlossene Sache, dass ihre Reise dort nicht enden wird. Der Indische Ozean ist zu verlockend und danach der riesige Pazifik.

Auf dem Weg liegt die verbotene Insel, sie zwinkert ihnen zu, ein Abenteuer noch dazu … Louise sträubt sich erst ein wenig, doch dann stürzen sie sich mit kindlicher Unbefangenheit ins Verbotene.

»Ein paar Tage, maximal zwei Wochen. Wir sind früh dran im Jahr, die beste Zeit, die jungen Pinguine zu beobachten!«

Ja, sie haben alles richtig gemacht, bis zu dieser Nacht im Januar.

Sie sitzen aneinandergelehnt und schauen auf die Bucht, als wenn ihnen wie durch ein Wunder irgendetwas entgangen sein könnte. Ihre einzige Habe, der Rucksack, wirkt winzig zwischen ihnen. Sie wissen ganz genau, was sich darin befindet: zwei Eispickel, zwei Paar Steigeisen, zwanzig Meter Seil, drei Klemmkeile für den Notfall, zwei Rettungsdecken, die Trinkflasche, das Feuerzeug, eine Schachtel wasserdichte Sturmstreichhölzer, zwei Fleecejacken, der Fotoapparat, drei Müsliriegel und zwei Äpfel vom Frühstück gestern. Das ist alles, was sie mit der Welt von vorher verbindet.

Ludovic wagt einen Versuch: »Ich hab Hunger. Du auch?«

»Wir haben noch Äpfel und Riegel.«

Louise hat ihren überheblichen Tonfall angeschlagen. Am liebsten würde sie ihn zum Teufel jagen. Essen! Dass er das Tragische an ihrer Situation auch noch so herauskehren muss. Aber das passt zu ihm, unverantwortlich, wie immer. Er hat ihnen diese Misere eingebrockt, und jetzt will er erst mal Picknick machen. Aber vom Bergsteigen in der Gruppe weiß sie, dass dies nicht der richtige Moment ist, um zu streiten.

»Willst du auch was?«

»Nein, ich hab keinen Hunger.«

Die Stimme ist so eisig, dass Ludovic sich nicht traut, die dürftigen Vorräte auszupacken.

»Na los, iss nur und genieß es, es ist das letzte Mal.«

Louise ringt immer noch um Fassung, aber es gelingt ihr nicht mehr.

»Los, iss, dann sehen wir weiter, wie immer, erst mal machen, dann nachdenken!«

Ludovic hält dagegen.

»Heh, keine Moralpredigt! Sollen wir die Äpfel etwa verschimmeln lassen? Wir müssen was zu essen auftreiben, das ist schon klar, aber zwei Äpfel mehr oder weniger ändern auch nichts daran.«

»Ich weiß, aber ich bin's leid. Immer dasselbe, und genau darum sitzen wir jetzt hier«, schimpft sie.

»Sag mal! Ich hab dich nicht gezwungen hierherzukommen! Wir haben das zusammen entschieden.«

Jetzt ist es so weit, tatsächlich, ihre Angst schlägt in Wut um. Sie streiten sich, als ob nichts wäre, als säßen sie gemütlich auf dem Sofa. Panik ergreift Louise. Sie sind nicht einfach nur verlassen und schutzlos, sie sind einander vollkommen ausgeliefert, miteinander oder gegeneinander. Welches Paar hält ein solches Gefängnis aus?

Ludovics Gedanken wandern in dieselbe Richtung. Er traut sich nicht mehr, das Essen aus dem Rucksack zu holen, fühlt sich schuldig, wie ein Kind, und regt sich gleichzeitig extrem darüber auf. Anstatt ihm Vorwürfe zu machen, könnte sie doch auch mal positiv denken, sich ein bisschen Mühe geben. Vorsichtig schlägt er vor:

»Die Walfangstation, wir könnten schauen, ob da irgendwas rumliegt.«

»Das würde mich wundern, die ist doch seit den Fünfzigern verlassen!«

»Wir können es zumindest mal versuchen.«

»Okay, versuchen wir es«, lenkt sie ein.

Sie brauchen trotzdem einige Minuten, bis sie sich aufraffen können. Sie fühlen sich noch ganz benommen, ohnmächtig, beherrscht von lähmender Verzweiflung. Sie wabern in einem Gedankensumpf herum, in dem alles vage, ungewiss, vergeblich scheint. Sich von dem hypnotischen Blick auf die leere Bucht loszureißen, etwas in Angriff zu nehmen, zu handeln, bedeutet, die schreckliche Realität zu akzeptieren. Die Niedergeschlagenheit abzuschütteln kostet Kraft, schmerzt beinahe.

Mit erschöpfter Stimme holt Ludovic sie aus der Erstarrung.

»Gehen wir.«

Zwei Stunden irren sie in der Station umher, ein echtes kleines Dorf.

Zwischen heruntergestürzten Balken, schepperndem Blech und fauligen Holzbohlen streifen sie durch die Hallen, in denen einst der Walspeck ausgekocht wurde, durch die Schreinerei und die Labore.

Die Insel Stromness taucht seit Mitte des achtzehnten Jahrhunderts auf den Karten auf, seit der Zeit, als M. de La Truyère auf dem Weg vom bretonischen Lorient nach Kap Hoorn durch eine Reihe gefährlicher Tiefdruckgebiete vom Kurs abkam, bis er schließlich verschneite Gipfel sah, die wie riesige Kuppeln aus Schlagsahne aus dem Nebel auftauchten. Von diesem Tag an blieben der Insel nicht einmal mehr fünfzig Jahre, bis marodierende Robbenjäger eintrafen, Jagd auf Seelöwen und See-Elefanten machten und sie in ihrer Gier in Fässer voller Fett verwandelten. Ein paar Jahrzehnte begnügten sich die großen Schiffe damit, nur in den sichersten Buchten vor Anker zu gehen. Sie setzten ihre Schaluppen aus, die sich auf lebensgefährliche Fahrt begaben und bis oben hin beladen zurückkehrten. Auf dem Flaggschiff wurden in der Zwischenzeit an Deck die Siedekessel aufgebaut. Tag und Nacht watete man auf der einen Seite im Fett, während auf der anderen die Tiere enthäutet wurden. Wenn alle Fässer voll waren und das weiche Robbenfell den Schiffsbauch füllte, nahm man wieder Kurs auf Europa und ließ nicht selten für unglückselige Matrosen armselige Kreuze zurück, die sich im heftigen Regen und Wind schon bald in nichts auflösten.

Im neunzehnten Jahrhundert hatten Lanzen und Harpunen ausgedient, und es begann die Zeit des industriellen Tötens. Man stellte fest, dass es bequemer und vor allem profitabler war, auf der Insel selbst die Hallen zu errichten, die man benötigte, um die Tierkörper zu verarbeiten, die Schiffe instand zu halten und die Menschen zu verpflegen. Schiffeweise wurde alles transportiert, um diese Fabriken am Ende der Welt zu bauen und die armen Kerle unterzubringen, deren Schicksal um nichts besser war als das der Kumpel in den Kohleminen der Midlands.

44

Später, als die Seelöwen und See-Elefanten seltener wurden, verlegte man sich mithilfe besserer Technik auf die Wale, die sich bis in die Buchten hinein tummelten. Seit 1880 wurden aus den Niederlassungen richtige Dörfer, ohne Frauen und Kinder allerdings. Im Winter blieb eine Notbesetzung vor Ort, im Sommer wimmelte es nur so in den Buchten von vielen Hundert Fischern, Arbeitern, die die Fische zerteilten, Heizern, Küfern. Mit ihnen kamen Schmiede, Zimmerleute, Elektriker, Mechaniker, Segelmacher, Kontrolleure, Köche, ja sogar ein paar Pfarrer, Ärzte und Zahnärzte. Die Schiffe versorgten sie mit allem, was sie brauchten, von der kleinsten Schraube bis zur Nahrung, und fuhren beladen mit dem »weißen Gold« wieder zurück: mit Lampenöl, mit Schmierstoff für die Industrie, mit Häuten und Fischbein, Ambra, Fleisch und Knochen.

Die Akkordarbeiter des fünfzigsten Breitengrads waren stolz auf Hunderte getötete Wale.

Die Materialvorräte, die hier angesammelt wurden, waren beeindruckend: Tausende Tonnen Holz, Alteisen, Maschinen, Ersatzteile, ganze Schiffsladungen lieferte man auf die einst unberührte Insel. Ungeachtet der Entfernungen wurde diese durchdachte und durchorganisierte Tötungsmaschinerie für Meeressäuger noch ergänzt durch Fabriken jenseits des Meeres, die wiederum andere Maschinen fütterten, wie in einem Perpetuum mobile. Tausende und Abertausende Seelöwen, See-Elefanten und Wale starben. Das Tierparadies wurde zum Massengrab. Das Werk des Todes war so effizient, dass es das Leben vernichtete. Die Tiere starben

45

aus, die Jagd kam allmählich zum Erliegen. Zur selben Zeit entwickelte sich die Ölindustrie, synthetisches Öl und Plastik wurden hergestellt, der Wal- und Robbenfang ins Museum verwiesen, mit ihnen die Korsetts aus Fischbein, die die Frauen nicht mehr trugen.

Zwischen den Weltkriegen wurden die Walfangstationen nach und nach stillgelegt. Die ersten Maßnahmen des Artenschutzes gingen einher mit dem Rückzug des Kapitals aus dieser ausgebluteten Industrie. Im Herbst 1954 fuhren die letzten Schiffe ab. Die Menschen flohen und ließen Geisterstädte zurück, Zeugen ihrer Gier, riesige Müllhalden unter freiem Himmel, wo allein der Wind sich die Mühe machte, die erschütternden Spuren zu verwischen.

Beim Erkunden der Station werden Louise und Ludovic langsam ruhiger. Sie sind nicht völlig allein, es haben Menschen hier gelebt, und wer weiß, was sie zurückgelassen haben. Beeindruckt schweifen sie durch Werkstätten und Lagerräume.

Manche Orte, die intimeren vor allem, zeugen davon, wie zerbrechlich an Körper und Seele diese Männer waren, die nur die Arbeit auf der Insel hielt: der Zahnarztstuhl, die grob gearbeiteten Votivtafeln in der kleinen Kapelle, das Foto eines durch die Feuchtigkeit fast völlig ausgelöschten Frauengesichts, auf dem die rostige Reißzwecke eine braune Träne hinterlässt. Hier wurde geschrien, befohlen, gerüffelt, aber auch gelacht und gefeiert. All das verströmt den Eindruck von Vergeudung und macht wütend. Jämmerliche Menschenleben, riesige Müllberge, damit man Maschinen ölen und Paris sich die »Stadt des Lichts« nennen konnte.

Doch solche Fragen treiben Ludovic und Louise heute nicht um. Ihre ganze Aufmerksamkeit ist darauf gerichtet, irgendetwas zu entdecken, das die Form einer alten Konservendose oder einer Lebensmittelpackung hat. Nach zwei Stunden Suche glauben sie tatsächlich an ein Wunder. In Ufernähe stoßen sie auf eine echte Werft, die dort einst errichtet wurde. Davon übrig sind ein Walfangboot von guten zwanzig Meter Länge, das vom Helgen gerutscht ist, mehrere Schaluppen und eine ganze Sammlung rostzerfressener Schiffsschrauben. Eines der Gebäude diente offenbar als eine Art Büro, und der angrenzende weitläufige Schuppen wäre die reinste Freude für einen Schrotthändler: Hunderte Kisten voller Ersatzteile, ganze Motoren, sorgfältig verpackt, neben Gerüsten mit Metallstangen, nach Größe geordnet, und Schränken voller Schrauben. Zwei Kartons in der Ecke eines Regals lassen sie außer sich geraten, die Aufschrift ist noch gut lesbar: »Survival Kit«.

Sie kennen die vielen Geschichten über die Boote, die an der Küste entlangfuhren und Jagd auf die See-Elefanten und Robben an den Stränden machten, und von den unvermeidlichen Schiffbrüchen, die dazugehörten. Waren die Reeder tatsächlich besorgt angesichts dieser Gefahr? Hatten etwa ein paar mitfühlende Beamte diese lächerliche Ausrüstung angeordnet?

In jedem Karton liegen zehn in Teerpapier gewickelte, versiegelte Pakete. Darin, bedeckt von drei Schichten Papier, Brot, dunkel und fettig. Es schmeckt abscheulich, nach altem Mehl und ranzigem Öl. Louise muss sich fast übergeben, aber ihr Magen verlangt nach dem, was ihr Mund verweigert. Zu zweit würgen sie eine halbe Portion hinunter, schnappen sich die Kisten und treten den Rückzug zu ihrem Unterschlupf der letzten Nacht an.

Es hat wieder angefangen zu regnen, ohne Wind. Das Plätschern des Wassers erzeugt eine melancholische Musik, die sie endgültig niederschmettert. Ludovic zwingt sich, ein paar Bretter zu suchen, sie machen das Feuer wieder an und starren lange in die züngelnden Flammen, ihr einziger Trost. Sie fühlen sich leer, willenlos, wissen sich keinen Rat. Der Tag in den Polargebieten senkt sich unendlich langsam. Ludovic nimmt all seine Kraft zusammen, um das Schweigen zu brechen.

»Es gibt bestimmt Forscher, die hier vorbeikommen. Schließlich ist es ein Schutzgebiet, sie müssen garantiert irgendwelche Studien machen, Albatrosse zählen oder Pinguine. Wann, wenn nicht jetzt, in der warmen Jahreszeit.«

»Klar, aber wo ist ihr Stützpunkt? Hier ja offensichtlich nicht. Die Insel ist hundertfünfzig Kilometer lang und dreißig breit, und die Gletscher zwischen den Buchten sind unüberwindbar. Es kann sein, dass sie kommen und wieder wegfahren, ohne uns zu sehen.«

»Wir könnten irgendwas machen, was auffällt, ein Notsignal auf dem Hügel aufstellen oder einen Mast und eine Fahne basteln.«

»Okay, aber sie müssen ziemlich schnell kommen, das Essen reicht nicht lange.«

»Dann jagen wir eben Seehunde und Pinguine. Eine Anzeige mehr oder weniger ist jetzt auch egal … Ein kleines Pinguinragout ist bestimmt nicht schlecht. Und wir sind sicher nicht die Ersten.«

Louise schaut Ludovic lange an, versenkt ihre Augen in seine, als suche sie hinter den Pupillen die Quelle dieses erstaunlichen Optimismus.

»Ich liebe dich.«

Er fasst sie um den Nacken, und sie küssen sich langsam, sehr langsam, wie damals, als sie sich zum ersten Mal küssten. Diese dramatische Situation macht sie zu anderen Wesen. Das fühlen und entdecken sie. Vorhin haben sie gestritten, aber das war der Panik geschuldet, die sie ergriffen hatte. Solange sie zusammen sind, wird ihre Liebe sie tragen und beschützen. Genau darin liegt ihre Stärke: ein Mann und eine Frau, zusammen gegen Tausende Kilometer Wasser, gegen die Einsamkeit, gegen den Tod. Sie lassen sich überwältigen von diesem verzweifelten Verlangen nach dem anderen, rollen sich in dem notdürftigen Bett zusammen und lieben sich sanft, getragen eher von der Zärtlichkeit von Eltern, die ihr Kind wiegen, als von der Leidenschaft zweier Liebender.

Um vier Uhr morgens ist es vollkommen hell. Louise ist versucht, wieder einzuschlafen, sich an ihren Riesen zu schmiegen. Einfach die Augen schließen, und wenn sie sie wieder öffnet, ist die Zeit, wie durch ein Wunder, vierundzwanzig Stunden zurückgedreht, und alles geht gut aus. Doch es klappt nicht. Sie verstrickt sich in Gedanken über kleine Dinge, die zu großen werden: ein paar Meter Ankerkette mehr, eine Windbö, die gerade hier heruntergeht und nicht woanders …

Das Licht holt auch Ludovic aus dem Schlaf, er regt sich. Auch er hat nachgedacht. Sie müssen sich den Dingen stellen. Sie sind jung, intelligent, gesund. So viele Menschen haben unter noch viel schlechteren Bedingungen überlebt. Sie haben das Abenteuer gesucht, und nun haben sie es bekommen, ein echtes Abenteuer, das ihnen ihr wahres Ich offenbart. Sie werden die Herausforderung annehmen. Ganz kurz stellt er sich vor, wie er irgendwann vor vielen Menschen einen Vortrag hält, bejubelt mit Standing Ovations …

Nein, jetzt wird nicht geträumt. Er schlägt die Decke zurück.

So beginnt ihr Robinson-Leben. Sie stehen bei Sonnenaufgang auf und machen sich entschlossen an die Arbeit. Die Streitereien scheinen hinter ihnen zu liegen. Die harte Probe wird sie verbinden, denken sie.

Die Walfangstation ist eine großartige Werkstatt. Egal ob man einen Hammer, eine Zange, ein Stück Holz oder Blech braucht, man muss sich einfach nur »im Laden« bedienen. Aus einem Zweihundert-Liter-Kanister basteln sie einen Ofen, mit einer Öffnung als Befeuerungsstelle und Zuglöchern versehen. Sie passen ein Rohr ein, das als Rauchabzug dient und durch ein zerschlagenes Fenster nach draußen führt. So zieht es zwar, aber der Rauch macht ihnen keine roten Augen mehr und kratzt nicht länger im Hals. Dieses Erfolgserlebnis stimmt sie optimistisch. Sie reparieren die Tür, schleppen eine weniger durchgelegene Matratze heran, finden Kochgeschirr, einen Tisch und Stühle. Später werden sie erkennen, dass in diesem Aktionismus eine Art Verweigerung steckt. Zu diesem Zeitpunkt aber können sie Gedanken an ihre Verlassenheit nicht zulassen. Unbewusst leben sie in der Vorstellung, dass jemand kommen wird, es nur eine Frage von Tagen ist, von Wochen höchstens. Sie spielen Puppenküche wie die Kinder und warten darauf, dass es Zeit zum Essen ist. Sich derart zu beschäftigen hilft ihnen immerhin, die Zuversicht zu wahren, es beruhigt sie, hält die Angst fern.

In den nächsten Tagen wagen sie sich aus der Bucht heraus, sie suchen einen Hügel, der zum Meer hin zeigt, und formen dort aus Steinen die Buchstaben SOS mitsamt Pfeil zu ihrem Unterschlupf. Eine ermüdende Arbeit. Sie müssen nach den hellsten, flachsten Steinen Ausschau halten, sie oftmals mithilfe einer Eisenstange ausgraben und dann an den richtigen Platz hieven. Sie arbeiten mit Blick nach unten und kehren dabei instinktiv dem Meer den Rücken, wohl wissend, dass der flache, nur vom Seegang und von den umhertreibenden Eisbergen belebte Horizont ein Widerspruch zu ihrer Hoffnung auf Rettung ist. Um ihr Gewissen zu beruhigen, suchen sie von dort oben die angrenzende Bucht ab, für den Fall, dass ihre treue *Jason* doch wieder auftauchen sollte, auf der Seite liegend vielleicht, wie schlafend. Doch da ist nur noch mehr Fels, Wasser mit treibenden Eisstücken und ein Geflecht aus Bächen, wie ein silbernes Netz, das sich auf dem Strand verliert. Erfreut bemerken sie, dass sich hier ganz besonders viele Pinguine tummeln. Das Ufer ist schwarz, ein Federteppich, in Strömen spuckt das Meer die Tiere aus und verschlingt sie wieder, die Hügel scheinen von einer Unzahl kleiner unregelmäßiger, ruckartiger Bewegungen zum Leben erweckt. Es müssen Zehntausende sein.

»Die Vorratskammer ist zumindest voll!«, scherzt Ludovic.

Die Pinguine werden tatsächlich zum bestimmenden Thema. Obwohl sie alles akribisch durchsuchen, finden sie in der Station nichts anderes zu essen. Der Hunger und die Angst davor, die letzten Reserven aufzubrauchen, zermürben sie schnell. Die friedlichen und unbeholfenen Pinguine sind ihre Rettung. Sie brauchen ein wenig, um eine Technik zu entwickeln. Anfangs jagen sie sie, aber am Ende finden die Vögel immer ihren Weg zum Meer und verschwinden. Der Trick besteht darin, ihnen den Rückzug abzuschneiden und sie langsam gruppenweise zwischen den Gebäuden zusammenzutreiben, ohne sie zu ängstigen, und dann mit schweren Eisenstangen in die Menge zu schlagen. Die Vögel rollen sich zusammen, ohne zu schreien. Hin und wieder versucht einer, ihnen mit dem Schnabel in die Beine zu picken, lässt sich aber mit einem energischen Fußtritt stoppen. Sie haben es vor allem auf den Königspinguin abgesehen, der mit fast einem Meter Größe mehr Fleisch bietet als die kleinen Esels-, Goldschopf- oder

Zügelpinguine. Weder Louise noch Ludovic fühlen sich schuldig, manchmal empfinden sie sogar morbide Lust daran, mit solcher Leichtigkeit zu töten. Sie waren begeistert gewesen von den anmutigen schwarzen Köpfen mit dem strahlenden orangen Fleck, gerührt, als die Eltern ihre Kleinen fütterten, sie hatten gelacht über den zugleich watschelnden und würdevollen Gang. Doch das war in einem anderen Leben, als sie nur auf der Durchreise waren. Jetzt sind sie Teil dieses Ökosystems, Räuber wie die Tiere, und nehmen sich, was ihnen zusteht.

Das Rupfen der Vögel ist ein echtes Erlebnis. Sie wie in den Erzählungen von Louises Großmutter in kochendes Wasser zu tauchen ist unmöglich. Sobald sie versuchen, die Federn herauszuziehen, zerreißt die Haut, und die Federreste kleben beim Essen am Gaumen. Schließlich finden sie heraus, wie sie sie häuten können, wenngleich sie dabei auch das gute Fett verlieren, das der Haut anhaftet. Trotz seiner Größe bietet selbst der Königspinguin keine besonders üppige Mahlzeit. Nach dem Zerlegen bleiben lediglich die beiden Flügelansätze, die einer Hähnchenbrust ähneln und einen üblen Beigeschmack nach Fisch haben. Sie kochen sie in einer Mischung aus Süßwasser und Meerwasser, wegen der Würze, und tun so, als hätten sie Spaß daran, ihrer kümmerlichen Kost hochtrabende Namen zu geben: »Kleines Geschnetzeltes von der Brust ohne Sauce« oder »Bouillon von der Karkasse mit Fleischresten«.

Ludovic hat gelesen, dass der regionale Kohl gegen

Skorbut helfen soll, aber er ist so scharf, dass ihnen der ganze Mund brennt wie von Chili. Man müsste ihn mehrmals kochen und dabei das Wasser wechseln, doch das ist langwierig und verbraucht viel Holz. Zudem wächst wenig davon rund um die Station. Danach probieren sie den langen Blatttang, mit dem die Felsen überwuchert sind, und sammeln Napfschnecken. All das ist nicht besonders nahrhaft und hat am Ende immer den verfluchten Fischgeschmack. Mit vier Pinguinen pro Person und Tag gelingt es ihnen, den Hunger zu stillen, doch in ihrer Bucht sind die Tiere rar.

So beschließen sie, eine Versorgungsexpedition zu unternehmen in jene Bucht, die sie vom Hügel aus gesehen haben. An einem schönen Tag setzen sie das Beiboot ins Wasser und passieren, rudernd, um Benzin zu sparen, nach drei Stunden das Kap im Westen. Schon draußen auf dem Meer empfängt sie ein Gestank nach Exkrementen und Verwesung. Am Strand tobt ein ohrenbetäubendes Spektakel. Die Tiere kommen von der Jagd zurück, den Kropf gefüllt mit Fischbrei, den sie wieder auswürgen, um damit ihre Jungen zu versorgen. Sie erkennen ihre Nachkommen nur am ganz eigenen Klang der Stimme jedes einzelnen Tieres. Und so irren die Ankömmlinge quiekend umher und hacken nach den Jungen, die ihnen im Weg sind, bis sie schließlich die ihren wiedergefunden haben. Dort räumt der Elternteil, der die Jungen bisher gepflegt hat, seinen Platz, und ein, zwei braune Kugeln schmiegen sich mit weit aufgerissenem Schnabel flugs an den Heimkehrer. Hier und da picken taubenweiße Seidenschnäbel in dem ausgewürgten Fischbrei herum, und große Raubmöwen, die wie Greifvögel aussehen, kreisen dicht über der Erde, jederzeit bereit, ein verirrtes oder kränkliches Küken zu packen.

Louise wagt sich vorsichtig mitten in die Kolonie vor, und das Meer aus Federn schließt sich hinter ihr. In dieser kleinen, menschenähnlichen Gesellschaft geht jeder seiner Beschäftigung nach, pflegt seine Brut, weist sie mit dem Schnabel zurecht, pickt nach den Kieseln des Nachbarn, um sein eigenes Nest zu bauen, zankt sich, schmeichelt sich ein. Manche machen ganz den Eindruck, als spazierten sie nur so herum, mit stets erstaunten oder nachdenklichen schwarzen Augen. Zwischen den dicht gedrängten Körpern herrscht eine diffuse Wärme. Louise hat Tränen in den Augen, ohne recht zu wissen, warum. Ist es nur der Anblick dieses Lebens, das so zerbrechlich ist und doch fortbesteht, selbst hier, am eisigen Ende der Welt? Oder die starke Sehnsucht, in der Menge aufzugehen, nach einer Ansammlung von Menschen, mit denen man teilen oder kämpfen kann. Einen Augenblick beneidet sie die Pinguine und fühlt sich zutiefst allein.

Ein Piepskonzert reißt sie aus ihrer Versunkenheit. Getrieben vom beißenden Hunger, hat Ludovic die Kolonie gestürmt. Mit jedem Fuchteln streckt sein Stock mehrere Vögel nieder, und die umstehenden fliehen unter Protest. Er schlägt um sich, besessen, beinahe niederträchtig. Louise starrt diesen dreckigen Mann an, der mit aller Kraft tötet, und ganz kurz flackert Hass in ihr auf. Ohne richtig den Kopf zu heben, herrscht er sie an: »Los, steh nicht so da! Bring sie zum Boot und pass auf, dass die anderen nicht im Wasser verschwinden.«

Sie löst sich aus der Erstarrung und folgt seinem Befehl. Eine halbe Stunde später ist das kleine Boot völlig überladen mit etwa hundert Tieren, ein seidiger schwarz-weißer Berg, dessen feuchte Federn in der Sonne schimmern.

»Hör auf! Das wird zu schwer. Schließlich müssen wir noch zurückfahren. Und außerdem noch alles ausnehmen.«

»Wir kommen ja nicht alle vier Tage her«, knurrt Ludovic und macht sich wieder an die Arbeit.

Letztlich taxiert er den Berg, der das Beiboot völlig bedeckt.

»Okay, wir fahren, jetzt wissen wir ja, wie's zur Vorratskammer geht.«

Der Rückweg erweist sich als deutlich gefährlicher als der Hinweg. Sie sitzen auf dem Berg aus totem Fleisch, der unter ihnen hin und her rutscht. Louise meint zu hören, wie die Körper zerplatzen und die Knochen brechen. Beim Rudern müssen sie all ihre Kraft zusammennehmen. In der kabbeligen See schwankt das überladene Boot, und Gischt schwappt herein. Nach einer Stunde müssen sie die Ladung umpacken, um das Wasser auszuschöpfen, dabei gleiten einige der Tiere ins Wasser, und zum ersten Mal seit ihrem Schiffbruch entzündet sich ein Streit.

Louises Schulterschmerzen sind vom Rudern wieder

aufgeflackert, sie beißt die Zähne zusammen, doch nach einer weiteren Stunde merken sie, dass starker Wind aufkommt und sie das Ufer nur mit Mühe erreichen.

»Schmeiß den Motor an, so schaffen wir es nicht«, fleht Louise.

»Auf keinen Fall! Wir werden kein Benzin vergeuden, stell dir vor, es kommt ein Schiff vorbei, dann müssen wir rausfahren können.«

Zehn Minuten geht der Streit, bis Ludovic schließlich mit dem Ruder wütend auf den Berg aus toten Vögeln schlägt.

»Scheiße!«

Das Geräusch des Motors, dieses Zivilisationsgeräusch, beruhigt sie. Wenn sie die Augen schließen, könnten sie fast meinen, gerade von einem Landausflug zu kommen, zurückzukehren auf ihre treue *Jason*, um sich unter einer kuscheligen Decke zu verkriechen oder auf ein leckeres Essen zu freuen.

Zurück an Land, müssen sie die ganze Fracht ins Erdgeschoss des Hauses bringen, um sie vor dem Regen zu schützen, der noch hinzugekommen ist. Durchnässt und völlig abgekämpft, gelingt es ihnen kaum, das Feuer wieder anzuzünden, die täglichen vier Pinguine zu häuten und eine knappe Stunde zu warten, bis das Wasser kocht und die Tiere gar sind. Normalerweise besteht Louise darauf, dass sie sich waschen oder wenigstens den Körper mit einem Lumpen und lauwarmem Wasser abwischen. An diesem Abend kriechen sie einfach ins Bett, Kleider und Hände noch blutverschmiert und mit Federn verklebt. Ein bleierner Schlaf hüllt sie ein, sodass sie gar nichts mitbekommen von dem Lärm, der unter ihnen ausbricht.

Doch am Morgen, als sie hinuntergehen, um die Tiere zu zerlegen, nehmen beim Geräusch der Schritte hordenweise Ratten Reißaus, die die ganze Nacht lang fröhlich geschmaust haben. Es ist ein einziges Gemetzel. Die Pinguine sind kreuz und quer im Dreck verstreut, Eingeweide, Hautfetzen, Köpfe mit zerfressenen Augen liegen herum. Der Haufen aus Vögeln, den sie so sorgfältig aufgetürmt hatten, scheint wie von innen explodiert, schleimige Klumpen sind überall verteilt. Als sie sich nähern, taucht eine letzte Ratte mitten aus der blutigen Masse auf, ihre weißen Zähne prangen im schwarzen Fell, das schleimig-blutig glänzt. Beide schreien sie auf.

Alles umsonst! Der anstrengende Tag, das ganze Massaker, nur um diese ekelhaften Viecher zu füttern! Durch das schmutzige Fenster streicht die Sonne sanft über drei der Tiere, die verschont geblieben sind. Aneinandergeschmiegt, die Lider geschlossen, scheinen sie zu schlafen. Am liebsten würde Louise sie in den Arm nehmen, sie wiegen. Sie bricht in Tränen aus.

»Louise, jetzt wird nicht geheult.«

Ludovic stürzt auf die Ratte zu, die sofort wegrennt, dann wendet er sich dem Haufen aus Pinguinen zu, greift mit den Händen hinein, um zu sichten, welche Tiere unversehrt sind. Wütend wirft er die übel zugerichteten auf den Boden.

»Na los, komm schon, statt da rumzustehen!«

Schniefend geht sie zu ihm. Den ganzen Tag sortieren sie die Pinguine, zerlegen sie und hängen sie auf eine Stange außer Reichweite. Nur etwa vierzig können sie noch retten. Danach müssen die Gerippe eingesammelt und entsorgt werden, und es muss so gut wie möglich alles wieder sauber sein, damit die Ratten nicht noch einmal kommen. Es ist eine langwierige Schinderei, das Wasser müssen sie am Bach holen, hundert Meter weiter, und den Boden mit einem Besen scheuern, dem bereits die Hälfte seiner Borsten fehlt. Sie arbeiten ohne ein einziges Wort, in Gedanken gibt jeder dem anderen die Schuld an diesem Unglück. Am späten Nachmittag macht Louise sich auf die Suche nach ein paar Napfmuscheln, für ein wenig Abwechslung beim Essen. Sie muss sich die entmutigende Arbeit irgendwie vom Leib schaffen. Es ist Ebbe, der dunkle Sand schimmert, der Wind wirbelt Gischtfahnen von den Wellen auf und gibt der Bucht ein weißes Antlitz. Sie friert, fühlt sich elend und verlassen. Bis heute hat sie die Erinnerung an ihr altes Leben auf Distanz gehalten, sich ganz auf die Hoffnung zu überleben konzentriert, in der Überzeugung, dass sie gemeinsam dazu in der Lage wären. Plötzlich ist sie sich dessen nicht mehr sicher. Sie sieht den vierten Stock des Finanzamts vor sich. Das graue Büro, die Plastikbriefablagen, der Computer, die mickrige Grünpflanze, das Poster der Aiguille du Dru, der Kaffeegeruch im Flur, die schrillen Stimmen ihrer Kollegen hinter den Glastüren, die vielleicht gerade neidisch auf sie sind, dass sie es sich in der Sonne gut gehen lässt. Wie ein Schwall kommt alles wieder hoch und zieht sich in der Brust zusammen, ein auf immer verlorenes Paradies. Sie wehrt sich dagegen, die Bilder ihrer Wohnung in sich aufsteigen zu lassen, ihr warmes Nest, das sie so dumm waren aufzugeben. Warum nur hat sie nachgegeben? Es ist ihre Schuld, sie hätte standhafter sein müssen. Sie hatte Angst, Ludovic zu verlieren, und nun drohen sie sich gegenseitig zu verlieren. Er ist genauso unbedacht wie immer. Hätten sie weniger Pinguine mitgenommen, wären sie auch rudernd ganz entspannt zurückgekommen und hätten Zeit gehabt, die Tiere in Sicherheit zu bringen. Sie grübelt, während sie die Algen ausreißt, und lächelt schließlich, als sie zwei kleine Fische entdeckt, die das abfließende Wasser in einer Felsmulde zurückgelassen hat. Dann scheint ihr, dass diese armen Fische ebenso gefangen sind wie sie und sicher gleich von irgendeiner Raubmöwe aufgefressen werden. Gibt es für sie selbst ein anderes Schicksal?

Als sie zurückkommt, hat Ludovic das Feuer schon in Gang gebracht und sägt Holz, immer noch verbissen, sodass die Säge gleichsam fliegt. Auch er hat nachgedacht. Sie müssen ein schnelleres Tempo vorlegen, der Umgebung, in der sie nichts geschenkt bekommen, viel energischer entgegentreten. Louise ist viel zu unschlüssig und verängstigt. Sie müssen aus dem Misserfolg eine Lehre ziehen, noch einmal zur Kolonie fahren, beim Rudern nicht so schnell schlappmachen. Und warum eigentlich nicht auch Seelöwen oder See-Elefanten jagen? Er wird ein neuer Mensch werden, härter, wilder, er wird kämpfen, kämpfen, kämpfen. Er wiederholt das Wort wie ein Mantra und reißt mit jedem Zug heftiger an der Säge.

An diesem Abend braut sich ein Gewitter zwischen ihnen zusammen. Es bricht aus, als Louise ihre schmutzige Jacke und Hose waschen will.

»Reicht es dir nicht irgendwann, ständig frisches Wasser zu holen? Außerdem verplemperst du das ganze Brennholz«, ärgert sich Ludovic.

»Holz gibt's genug, und du musst ja nicht laufen. Ich will nicht auch noch stinken, wenn ich schon hungern muss.«

Er geht in die Luft: Sie gibt sich nicht das kleinste bisschen Mühe, um sich anzupassen. Wer hier überlebt hat, war sicher nicht derart mimosenhaft. Noch einmal kaut er ihr in allen Einzelheiten die Pinguingeschichte vor, um zu beweisen, dass es hätte gelingen können, mit nur ein wenig mehr Einsatz. Der Ofen, ihre einzige Lichtquelle, verleiht seinem Gesicht eine rötliche, noch cholerischere Farbe. Wie immer, wenn er erregt ist, spricht er ebenso mit Händen wie mit Worten, und sein gestikulierender Schatten fällt wie ein böser Dschinn auf die alte Wandfarbe. Sie betrachtet diese großen, unruhigen Hände und bemerkt, wie sehr sie sich verändert haben in so kurzer Zeit. Voller Schrammen und kleiner Wunden, sind sie angeschwollen, Gelenke und Adern treten hervor und verformen sie fast. Die Handgelenke sind ganz rot vom vielen Schubbern an der salzigen, durchnässten Jacke, »Blumenkohlröschen« nannten das die Kabeljaufischer einst.

Das Leben auf der Insel hinterlässt seine Spuren auf ihren Körpern, und das ist erst der Anfang. Was passiert erst, wenn sie krank werden? Wird die schlechte

Ernährung ,sie schwächen? Irgendwann kommt der Winter … Während sie ihm nur mit einem Ohr zuhört, beobachtet sie den Rauch, der von der aufgehängten Wäsche aufsteigt, wie ein leichter Nebel, der oben am Fenster durch den Luftzug verweht. Doch dann sagt er einen Satz zu viel: »Vertrau mir doch endlich mal!«

Es ist, als würde ein kleiner Stein, der sich löst, den gesamten Damm zum Einsturz bringen. Sie wollte sich nicht aufregen, die alten Geschichten nicht wieder aufwärmen, dieselben Vorwürfe nicht noch einmal vorbringen, aber nun sprudeln ihr die Worte von selbst aus dem Mund, zu lange hat sie sie zurückgehalten, harte, beißend ironische Sätze, wie sie sie noch nie ausgesprochen hat: Vertrauen? Wer hat sie denn in diese überflüssige Reise hineingezogen? Wollte, dass sie ihr friedliches Leben aufgeben, um sich wer weiß was zu beweisen? Wer hat beschlossen, aus Trotz diese Insel anzulaufen? Hat auf dieser blödsinnigen Wanderung bestanden, als das schlechte Wetter sich schon ankündigte? Bis wohin soll sie ihm vertrauen? Bis sie hungernd und frierend in diesem dreckigen Loch zugrunde geht? All ihre Angst, all ihr Schmerz, ihre Hoffnungslosigkeit, der Hunger, die Kälte, die Perspektivlosigkeit nähren die Wut. Schluss mit dem Spiel, es gibt kein modernes, dynamisches Paar mehr, sie sind nur noch zwei Wesen im Angesicht des Todes, der auf sie lauert. Ihre Stimme zittert, wird schrill, driftet ab in hohe Lagen. Je länger sie redet, desto klarer wird ihr, dass sie sich überhaupt nicht mehr beherrschen kann. Ihr Verstand befiehlt ihr, sich zu zügeln, das lebensnotwendige Einverständnis zu wahren. Diese Wut ist eine erste Niederlage, der erste Riss im Optimismus, an den sie sich seit ihrem Schiffbruch wie an einen Pakt gehalten haben.

Ludovic ist wie erstarrt, benommen von der Heftigkeit der Welle, die er ausgelöst hat. Er mag Polemik, denn er weiß, Louise dämpft ihn jedes Mal. Er hat daraus sogar ein Spiel entwickelt, eine Strategie, indem er immer übertreibt, um wenigstens ein bisschen zu bekommen. Aber diese gellende Stimme ist kein Spiel mehr. Louise schreit wie verrückt, stammelt vor Wut. Das durch Entbehrung kantige Gesicht, die dreckverklebten Haare lassen sie noch dünner scheinen, noch zerbrechlicher, bestärken aber paradoxerweise ihre gnadenlosen Worte. Sie wirft ihm seine Unbeständigkeit vor, seine Mittelmäßigkeit, seine Dummheit. Hat sie all das schon von Anfang an gedacht? Was will sie denn von ihm, wenn er ein Versager ist? Ist es nicht eher so, dass diese Insel, die Ereignisse sie in den Wahnsinn treiben? Er starrt auf die Erde, entgeistert, spürt, wie er den Boden unter den Füßen verliert. Das Vertrauen in ihr Schicksal wird brüchig, und dies einsehen zu müssen geht über seine Kräfte.

Die Stimme von Louise kippt schließlich in ein Schluchzen. Sie bleiben sitzen, einer vor dem anderen, vollkommen leer. Eine unwirkliche Stille hüllt sie ein. An diesem Abend rührt kein Wind an der Station und dem großen Haus, nur Stille, als wären sie nicht da, als hätte die Insel sie bereits verschlungen.

Das Zusammenleben geht weiter, sie haben keine Wahl. Sie verspüren weder Kraft noch Lust, den Streit fortzusetzen. Eher überwiegt die Reue, zu weit gegangen zu sein. Nachdem sie am Abend vorher lange niedergeschlagen am Feuer gesessen hatten, haben sie sich hingelegt, eng aneinandergepresst, weil das Bett so schmal ist. Am Ende haben sie sich wortlos umschlungen oder eher ineinander verkrochen, wie um den Ängsten zu trotzen, die diese Szene ausgelöst hat. Beim Aufwachen schließen sie eine stillschweigende Vereinbarung. Nichts ist geregelt, Worte sind gesagt, gehört und lassen sich nicht rückgängig machen. Aber sie müssen Haltung bewahren, denn die Aussicht, ganz allein zu sein, ist noch schlimmer, als alle Unstimmigkeiten es wären. Ihre Beziehung ist wie ein Porzellanteller geworden, wie ein kostbares Objekt, das man mit übertriebener Vorsicht und Sorgfalt behandelt. Von nun an holen sie bei allem, was sie tun, das Einverständnis des anderen ein, jede Entscheidung ist begleitet von einem »okay?«, was ihren guten Willen übertrieben wirken lässt, ja sogar lächerlich.

Eine Woche lang verwöhnt sie gutes Wetter. Ihre Verzweiflung verschwindet davon nicht, wird aber gemildert. Die Umgebung scheint ihnen weniger feindselig.

Jeden Morgen erwachen sie bei strahlendem Sonnenschein. Die Station nimmt wieder jene Farben an, von denen sie am ersten Tag verzaubert waren. Das intensive Licht unterstreicht jede Zacke aus Rost, die sich gegen das reine Blau des Himmels abhebt. Das alte Holz wirkt silbern, nicht mehr grau. Die Helligkeit kehrt das unentwirrbare Geflecht der Ruinen hervor, die versprenkelten Gebäude, die gewaltigen Bottiche, die wie von Riesenhand verteilt scheinen und im Verfall einander überlagern. Alles wirkt wie aufgetürmt, verkantet. Dinge, die plötzlich auftauchen, hier ein Blech, dort eine Holzbohle, scheinen der Zeit zu trotzen. An geschützten Stellen inmitten dieses Durcheinanders brechen grün fluoreszierende Moose, leuchtend gelbe Flechten oder das Blasslila einer Acaena-Staude die Zweifarbigkeit der ocker-grauen Welt auf. In der Bucht, wo es tiefer wird, schlägt der in Ufernähe smaragdgrün schimmernde Ozean in Schwarz um und reflektiert, wie ein klarer Spiegel, die braune Steilküste und die schneebedeckten Anhöhen. Ihre Insel strahlt, und trotz ihrer Notlage genießen sie die flüchtige Schönheit. Über allem herrscht Stille, noch betont vom Ruf eines Pinguins, dem Zwitschern einer Seeschwalbe in ihrem Bau oder dem Rülpsen eines See-Elefanten, beruhigende Geräusche auf ihrem Bauernhof unweit des Südpols.

Mittags ist es beinahe warm, und sie arbeiten im T-Shirt. Da ihr Leben sich ausschließlich um die Nahrungsbeschaffung dreht, kommen sie sich vor, als wären sie in die Steinzeit zurückversetzt. Nach fünf Tagen sind die Vögel, die sie von der ersten Expedition mitgebracht

65

haben, mit Schimmel überzogen und fangen an zu stinken. Ohne sich davon beeindrucken zu lassen, fahren sie noch einmal in die Bucht, mit mehr Gelassenheit dieses Mal, und erwischen etwa fünfzig Tiere, deren Brustfleisch sie wie Entenbrust in Scheiben schneiden. Ausgebreitet unter freiem Himmel, geschützt in einem selbst gebauten Gitterkäfig vor Sonne und gefiederten oder behaarten Räubern, beginnt das Fleisch zu trocknen und wird dunkel. Sie sind stolz auf ihren Trick und wittern die Chance, einen größeren Vorrat anlegen zu können. Doch ihr größter Erfolg ist, dass sie es wagen, eine Ohrenrobbe zu attackieren. Bislang haben sie die aggressiven Tiere gemieden, jetzt während der Fortpflanzungszeit. Hervé hatte sie gewarnt.

»Diese Bestien sind die reinsten Kampfhunde! Die gehen auf euch los und können schneller rennen als ihr selbst. Wenn ihr gebissen werdet, müsst ihr sofort verarztet werden. Das kann sich bös entzünden.«

Gut, dass sie Bescheid wissen. Auf den ersten Blick möchte man sie eher streicheln, diese hübschen Tiere mit dem seidigen beige-braunen Pelz, dem großen Bart, den winzigen Ohren und den schönen schwarzen Augen. Doch Louise und Ludovic haben schnell bemerkt, dass sie sich meistens kabbeln, die Weibchen verteidigen ihre Jungen, und die aggressiven Männchen verwechseln beim Jagen leicht Menschen und Rivalen. So haben sie sich zunächst von ihnen ferngehalten. Zur Zeit der Walfänger waren die Tiere quasi ausgerottet, weil ihr Fell schicke warme Mäntel abgab. Seit sie geschützt sind, haben sie das Terrain zurückerobert, was Lärm und Gestank beweisen. Doch eine Ohrenrobbe, selbst eine junge, bedeutet mehrere Dutzend Kilo Fleisch, dazu das Fett, das Ludovic für Öllampen verwenden will.

Eines Morgens also nehmen sie die Schmiede in Beschlag, um die antiken Speckmesser zu schärfen, mit denen man einst die Wale zerlegte, und machen sich auf den Weg. Sie haben die alten Stiche aus Abenteuerbüchern vor Augen, auf denen der Jäger entschlossen seine Lanze schwingt und stolz mit der an einem Stab aufgehängten Beute zurückkehrt. Aber eine Steuerbeamtin oder ein Kommunikationsmanager sind keine Pelztierjäger. Zunächst haben sie Angst. Bei den Pinguinen haben sie nichts zu befürchten, einen Vogel zu töten kostet nur wenig Überwindung. Hier werden sie zum ersten Mal ein großes Lebewesen angreifen, ein Säugetier, das mit ihnen verwandt ist. Es wird sich verteidigen, vielleicht sogar erfolgreich. Die Möglichkeit eines Nahkampfs versetzt sie in Schrecken, widert sie an. Vertrauen in den eigenen Körper kann man nicht erlernen, man muss es durch Erfahrung erlangen. Und selbst Ludovic hat sich nur selten auf dem Schulhof geprügelt. Lange beratschlagen sie die richtige Strategie und zögern den Moment hinaus, in dem sie zur Tat schreiten. Mehrmals versuchen sie, sich zu nähern, fliehen aber mit klopfendem Herzen, sobald die Robbe sich knurrend aufrichtet. Schließlich stöbern sie in einem Winkel ein kleines Weibchen auf. Kaum dass es sie erblickt, geht es auf sie los mit dem typischen Nasal-Geheul. Es bleibt keine Zeit zum Nachdenken. Ludovic verpasst der Robbe einen kräftigen Schlag gegen die Brust, und Louise schlägt ihr auf den Hinterkopf. An beiden Stellen sprudelt es rot hervor, und das verdutzte Tier quiekt auf. Bevor es sich wieder gefangen hat, haben sie ihm bereits zwei weitere Schläge verpasst. Geleitet von Angst, führen ihre Waffen unkoordinierte, gleichwohl wuchtige Bewegungen aus. Zunehmend schwächer, versucht die Ohrenrobbe sich zu wehren, ihr Pelz saugt sich mit Blut voll, und auf einmal sackt das Tier in sich zusammen. Sie warten, um sicher zu sein, dass es wirklich tot ist, ehe sie sich, zitternd vor Erleichterung und Stolz, heranwagen und sich daranmachen, das Fell abzuziehen, auch das keine leichte Angelegenheit. Die Haut zerfleddert beim Zerschneiden, aber sie erhalten Fettstreifen und dunkelrote Fleischstücke, die ihnen den Mund wässrig machen. Am Ende sind sie blut- und schleimverschmiert von Kopf bis Fuß.

Die plötzliche Nahrungsfülle beruhigt sie. Sicher, der Geschmack der Ohrenrobbe ist schrecklich, und der ausschließliche Verzehr von Fleisch bereitet ihnen schmerzhafte Verdauungsstörungen, aber sie fürchten sich nicht mehr so sehr davor zu hungern. An diesem Abend ziehen lange Federwolken am Himmel auf, die von einem Wetterwechsel künden, und sie setzen sich noch einmal oben an den Strand, Seite an Seite, mit dem Rücken an ein altes Blech gelehnt. Noch wärmt die Sonne etwas und wirft Sprenkel auf die Eisberge in der Ferne, die Bucht liegt ruhig da, das Sommerabendlicht senkt sich sanft auf die Ruinen und lässt die Glimmerspuren im Sand wie lauter goldene Pailletten funkeln. Die Ruhe gibt ihnen den Mut, Bilanz zu ziehen und den Streit, so glauben sie, endgültig zu begraben. Seit dem Verlust der *Jason* haben sie von Tag zu Tag gelebt und sich um Unterkunft und Nahrung gekümmert. Manchmal ist der eine oder andere von beiden, aufgeweckt vom Wind oder von der unbequemen Bettstatt, in angstvolle Gedanken versunken. Nicht darüber zu sprechen war eine Möglichkeit, sie zu verdrängen. Nur den nächsten Tag im Blick zu haben, die Zukunftsgedanken zu verscheuchen, das war ihre Strategie. Heute scheint das Überleben durchaus möglich. Allmählich akzeptieren sie das Offensichtliche: Sie werden länger bleiben müssen. Ludovic prescht wie gewohnt mit einem Scherz vor.

»Wir müssen uns was einfallen lassen für das viele Fleisch, neue Rezepte. Gekochte Pinguinflügel hab ich langsam über!«

Louise stellt sich einen Tomatensalat vor.

»Meinst du, es wird lange dauern? Verbringen wir den Winter hier?«

Sie kauert sich in ihrer Lieblingsposition zusammen, die Arme um die Knie geschlungen, als würde sie der drohenden Kälte trotzen.

»Es kommt bestimmt jemand vorbei … ein Forschungsschiff …«

»Ach hör doch auf, wir haben Anfang Januar. Wenn sie die Tiere zählen wollten, würden sie das im Sommer machen und wären schon längst hier.«

»Vielleicht fangen sie woanders an und hören hier

auf oder in der James-Bucht, wo die Kolonie ist. Dann sehen wir sie vorbeifahren.«

Unwillkürlich wenden sie den Blick aufs offene Meer. Der Horizont ist klar, nur ein wenig diesig, aber hoffnungslos leer.

»Dann können wir sie immer noch verpassen. Weil sie nachts vorbeikommen und die Nachricht auf dem Hügel gar nicht sehen …«, beharrt sie.

»Nein, hier gondelt man nicht nachts herum. Aber wenn du willst, dann legen wir in der anderen Bucht auch ein Notsignal aus.«

Das Argument überzeugt Louise nicht. Es lässt zu viel Raum für den Zufall, für die Launen des Schicksals.

»Wir könnten versuchen, sie zu finden, ihre Station ist bestimmt irgendwo im Osten«, versucht sie es noch einmal. »Im Westen kann sie nicht sein, da sind nur Felsen und unzugängliche Gletscher.«

»Du bist ja verrückt, hinter jeder Bucht lauert so ein ›unzugänglicher‹ Gletscher, und die Insel ist fast hundert Kilometer lang. Das schaffen wir nie. Hier haben wir zumindest ein Dach überm Kopf und finden was zu essen. Wir müssen hierbleiben, wir haben keine Wahl.«

Von ihrem Schlupfwinkel an der Küste können sie die hohen Gipfel nicht sehen. Als sie sich der Insel auf der *Jason* näherten, hatten sie die weithin ausgedehnte, unberührte Gletscherkuppe bewundert, gespickt von spitzen Felsnadeln und Gipfeln, und die weißblauen Flüsse, die dort entspringen, Gletscher, die die Insel quasi in Orangenviertel teilen. Damals hatte Louise vor Freude gezittert bei dem Gedanken, hier überall »die

Erste« zu sein, jetzt versucht sie einzuschätzen, ob es machbar ist, sich dorthin vorzuwagen, mit wenig Ausrüstung und noch weniger Nahrung.

»Das heißt, wir werden wohl hier überwintern müssen.«

Louise spricht diese Worte schließlich aus. Ein langer Winter wartet auf sie, mit Kälte, Dunkelheit und Stürmen. Wie um diesen Satz zu untermalen, neigt sich der Tag. Der zuvor fuchsienrot gefärbte Horizont wird nun blasslila, dann grau und scheint am Ende zu erstarren. Wie ist es möglich, dass sie im Zeitalter des Internets, in dem jeder verortet, verfolgt, erfasst wird, so abgeschnitten von allem, so allein sind? Wie kann ein Stück der Erde sich alldem so vollkommen entziehen? Vor ihrem Aufbruch hatten sie noch überlegt, einen AIS-Transceiver an Bord zu nehmen. So hätten ihre Angehörigen per Passwort und Computer ihren Standort bestimmen können. Aber Ludovic war aufgebraust und meinte, sie wollten doch gerade frei sein, weitab von den *big brothers*, selbst denen der Familie. Und der Abstecher auf die verbotene Insel wäre auch nicht möglich gewesen. All das, sie hatten es gewollt. Freiheit, Sicherheit und Verantwortung sind drei Dinge, die unvereinbar sind. Sie hatten auf Erstere gesetzt, überzeugt davon, dass die beiden anderen sich ergeben würden, dass die Technik sie schon schützen würde, immer und überall. Aber es ist, wie es ist, und die Realität, die schreckliche, gleichgültige Realität hat das letzte Wort. In den Abenteuern, von denen sie geträumt hatten, genügten ein Anruf mit dem Satellitentelefon, ein gut gefülltes Bankkonto, ein ausgereiftes Rettungssystem, um das Spiel zu beenden, bevor es zu weit ging. Was sie zermürbt, ist weniger die Einsamkeit als vielmehr das Abgeschnittensein von jeglicher Zivilisation. Wie lange werden sie hier sein? Sechs Monate, acht Monate? Und wenn im nächsten Jahr niemand kommt? Müssen sie den Rest ihres Lebens in Dreck und Kälte verbringen, Tiere niederknüppeln und häuten wie die Barbaren? Bis der Tod sie holt? Das Gefängnis im Südatlantik schließt sich um sie.

»Ich geh zu dieser Forschungsstation«, beschließt Louise. »Noch ist es fünfzehn Stunden hell am Tag, das muss reichen. Wir haben Steigeisen und Eispickel, und ich nehm getrocknetes Robben- und Pinguinfleisch mit. Und du bleibst hier. Das verdoppelt unsere Chance. In der Station gibt's bestimmt auch irgendwelche Geräte, um Kontakt zur Außenwelt aufzunehmen, ein Funkgerät oder ein Satellitentelefon …«

»Das ist viel zu gefährlich!«, schreit Ludovic.

Die Vorstellung, allein zu bleiben, ist ihm unerträglich.

»Außerdem«, fügt er hinzu, »kann man nur zu zweit jagen und das Boot manövrieren. Und stell dir vor, du fällst oder verletzt dich. Schlimmstenfalls, wenn niemand kommt, überwintern wir eben hier, und nächstes Frühjahr machen wir uns zusammen auf die Suche.«

Beide bringen ihre Argumente vor, aber im Grunde hat Louise doch Angst, allein aufzubrechen. Selbst in den Bergen hat sie niemals irgendetwas riskiert ohne den Schutz der Seilschaft.

Es wird dunkel, die letzten Lichtschimmer fallen blass auf die alten Gebäude, die plötzlich bedrohlich wirken. Ein kalter Wind weht aus Westen, ein Blech quietscht. Sie ziehen sich in ihr Schlupfloch zurück.

Der Entschluss zu überwintern erleichtert sie paradoxerweise. Sie fühlen sich nicht mehr zum Warten verdammt. Auf diese Weise entwickeln sie wieder eine Zukunftsperspektive, eine Kraft, die sie antreibt: dazu, sich für den Winter zu wappnen und nach einer Möglichkeit zu suchen, ihrem Gefängnis zu entfliehen.

Sie sind ganz besessen davon, ihre Unterkunft herzurichten. Es darf keine Höhle mehr sein, kein Loch, es muss ein richtiges Zuhause werden. Sie taufen es die »40«, nach der Nummer ihres Hauses im 15. Arrondissement in der Rue d'Alleray. Im Erdgeschoss hat die »Küche« wieder den Betrieb aufgenommen, hier bereiten sie ihre Beute zu. Sie haben Drähte gespannt, an denen sie ihre wertvolle Nahrung geschützt vor den Nagetieren aufbewahren. Der große Schlafsaal im oberen Stockwerk ist jetzt ihre »Werkstatt«. Eine ausgehängte und auf Ziegelsteinen aufgebockte Tür dient ihnen als Basteltisch. Hier lagern sie auch die Holzvorräte, die Jagdgeräte, Messer, Schleifsteine sowie Eisenstangen, die sie als Knüppel verwenden, alte Jutesäcke zum Muscheln- und Algensammeln. Das Allerheiligste, die ehemalige Dachkammer des Vorarbeiters, ist ihr »Schlafzimmer«. Oft streifen sie in den Ruinen umher und sammeln alten Eisenschrott und Bretter auf. Sie staunen über alles, was ihnen einige Monate zuvor noch als Müll erschienen war und worin sie jetzt wahre Schätze sehen. Dort, wo wohl einst das Öl verarbeitet wurde, stöbern sie alle möglichen Flaschen, Flakons und Gläser mit dickem Boden sowie grün und grau angelaufene Kupferschalen auf. Mühsam schmelzen sie das Robbenfett, drehen aus Stoffresten Dochte und machen daraus Öllampen.

Der Fußboden im Schlafzimmer ist mit Lappen ausgelegt, als Schutz gegen die Kälte, links von der Tür dienen zwei Walwirbel vor dem Ofen als Hocker, und das Fenster lässt sich nachts mit einem Tuch verdunkeln, das an einen Vorhang erinnert. In den Regalen gegenüber liegt das Essen für den Tag, die Bergsteigerausrüstung, Werkzeug, Nägel, Schrauben. Unter dem Regal steht der alte, zum Esstisch umfunktionierte Schreibtisch mit zwei Stühlen. Rechts in der Ecke schützt eine Art Baldachin aus mottenzerfressenem Stoff das Bett vor Luftzug. Wenn sie darunterliegen, fühlen sie sich geborgen. Alles stinkt nach Rauch, nach ranzigem Fett und Feuchtigkeit. Sie bemerken es nicht einmal mehr. Der Geruch ist ihrer geworden, der Geruch ihres Lebens.

Nach der ersten Robbenjagd hatten sie geglaubt, die Ernährungsfrage sei erledigt. Doch weit gefehlt. Solange das Wetter schön und trocken war, ist das Fleisch halbwegs gut getrocknet, doch kaum ist es etwas feucht, verdirbt es. Sie müssen mehr als die Hälfte wegwerfen, nachdem sie sich daran beinahe vergiftet haben. Zwei Tage lang haben sie sich dahingeschleppt und mussten sich übergeben. Sie versuchen sich daran, das Fleisch zu räuchern, zuweilen draußen, zuweilen in der Küche, wenn das Wetter schlecht ist. Mit einigem Erfolg zwar, doch sie verbrauchen dabei viel Holz und müssen stundenlang das Feuer schüren. All diese Schwierigkeiten ziehen endlose Diskussionen nach sich, und sie fragen sich, wie es die Menschen früher wohl gemacht haben, all die Pioniere, die Abenteurer aus den Büchern. Sind sie denn beide so unfähig? Welches Wissen ist verloren gegangen, seit Lebensmittel nicht mehr knapp sind? Haben sie das große Pech, auf einer Insel gelandet zu sein, die besonders wenig Nahrungsquellen bietet? Soweit sie sich erinnern, haben Robinson und all die anderen Schiffbrüchigen nicht so viel Zeit damit verbracht, das Essen zu beschaffen. Sie rufen sich Beschreibungen von Seehundjägern in Erinnerung, die Hunderte von Albatros- und Pinguineiern sammelten, und kommen zu dem Schluss, dass das Leben in der Wildnis vielleicht weniger ergiebig ist, weil ihre Vorgänger sich so maßlos bedient haben. Auch in Frankreich sind Jagen und Angeln inzwischen selten geworden, huscht es ihnen durch den Sinn, niemals mehr könnten sich die Menschen davon heute noch ernähren, und selbst wenn, wären sie, anders als ihre Vorfahren, nicht mehr in der Lage, ihre Beute mit Salz oder Sand zu konservieren.

Außerdem, so wird ihnen klar, gab es früher weniger und schlechteres Essen, während für sie die Nahrung immer selbstverständlich war. Jetzt ist der Hunger ihr ständiger Begleiter, den ganzen Tag lang, und in der Nacht weckt er sie auf. Magenkrämpfe und plötzlicher Speichelfluss quälen sie, die permanente Anspannung und Entsagung treibt ihnen manchmal Tränen in die Augen. Sie gewöhnen sich nicht daran, der Hunger verfolgt sie, je nach Tagesform mal stärker, mal schwächer, heimtückisch und unabwendbar. Ein Teller mit dampfenden Kartoffeln, mit einem Stückchen Butter und einer Prise Salz! Ein Kräuterwürstchen vom Grill! Nudeln mit Schinken! Sich diese wunderbaren Speisen vorzustellen macht den Heißhunger nur noch größer. Und mit Schrecken werden sie gewahr, dass selbst die Erinnerung an den Geschmack der so alltäglichen Gerichte nicht mehr greifbar ist. Ihre Geschmackswelt ist zusammengeschrumpft auf mehr oder weniger ranzigen Fisch, Vogel mit Fischgeschmack, Robbe mit Fischgeschmack. Von allem anderen haben sie nur noch eine vage Vorstellung.

Sie werden immer dünner. Ludovic, dessen Muskeln zusehends schwinden, wirkt noch größer als zuvor. Louise, die nicht viel zuzusetzen hat, erscheint hingegen kleiner und gebeugt, als würden ihre Gliedmaßen sie nicht mehr so gut tragen und somit schrumpfen lassen. Immer ist ihr schwindelig, doch sie wagt es nicht, davon zu sprechen.

Die Tage werden kürzer. Das Wetter ist nun trist, der Himmel beinahe immer grau, aufgebläht von dunklen Schwaden, die zu sintflutartigem Regen aufplatzen. Sie träumen von ruhigen Tagen, doch jeden Morgen hören sie schon im Bett den Wind, der um die Hausecke faucht, und das Prasseln schwerer Tropfen. Es wird immer gefährlicher, mit ihrem kleinen Boot zur James-

Bucht zu rudern, denn dabei müssen sie ein Kap umrunden und sich starkem Seegang aussetzen. Als sie alle Pinguine in der Nähe getötet haben, versuchen sie es auf dem Landweg, in die Bucht zu kommen. Folgen sie dem Küstenverlauf, verletzen sie sich an den moosbewachsenen Felsen. Gehen sie weiter im Inselinneren, ist der Weg erheblich länger. Sie durchqueren das Tal, dem sie am ersten Tag gefolgt waren, biegen dann nach rechts und überwinden mühevoll ein Schotterfeld, klettern bergab zu einem kleinen Fluss, steigen erneut hinauf und überqueren einen windumtosten Pass. Am Ende klettern sie einen gefährlichen Felshang hinunter und gelangen schließlich zu den Pinguinen. Auf dem Rückweg, beladen mit den toten Tieren, schlittern sie auf den feuchten Steinen und zerreißen dabei ihre Jacken an der scharfen Felswand. Für eine Stunde Jagd sind sie sieben Stunden unterwegs und kommen schließlich völlig erschöpft mit höchstens dreißig Tieren wieder in der »40« an.

Eine ganz besondere Errungenschaft sind ein paar alte Hefte, die sie im Labor finden. Seitenweise beschrieben in gleichmäßiger Schrift mit Zahlenspalten, Protokollen von Metzeleien, Ergebnissen der Fleischbeschau, Tonnen von Fett, die sicher eines Tages in gutes Geld umgewandelt wurden. Die Seiten sind gewellt, mit braunen Sprenkeln und Rostflecken übersät. Schimmel hat seine rosettenförmigen Spuren hinterlassen, wie kleine Vulkane, bläulich, rötlich, grünlich. Dieser Schatz erinnert sie an alte Zeiten, an die knisternden weißen Blätter aus den Papierstößen, die sie mit ein paar sinnlosen Kritzeleien verzierten und dann kunstvoll in den Papierkorb warfen. Ludovic sieht all die Stapel nicht verteilter Prospekte vor sich, die sie kistenweise wegschaffen ließen. Louise sehnt sich nach den edlen Notizbüchern, in denen sie Tagebuch führte, ausgesucht schönes, bauschiges, gekörntes Papier samt Wasserzeichen, mit dem, so schien es ihr, ihre Gedanken im Einklang waren und sich schärften. Das Papier wird für sie zum Inbegriff des technischen Fortschritts. Sie fertigen sich aus einem spitzen Stock einen Stift und aus Ruß und Fett eine Art Tinte. Das ist wenig elegant, erlaubt ihnen aber, zumindest kleine Dinge zu notieren. Auf der Rückseite der Blätter legen sie ein Tagebuch an und zanken sich darüber, welcher Tag wohl gerade sein mag. Es wird zu ihrem Ritual, jeden Abend festzuhalten, welche Aufgaben sie erfüllt haben, in wenigen Worten, um Papier zu sparen.

6. Februar: Tisch in der Werkstatt fertiggestellt.

12. Februar: 32 Pinguine erlegt, zum ersten Mal in der Küche geräuchert.

21. Februar: 10 verfaulte Pinguine verloren, einen Sack Algen und drei Handvoll Napfschnecken gesammelt.

23. Februar: die Klinge des guten Messers zerbrochen, ein Ohrenrobbenweibchen getötet.

Diese bescheidenen Aufzeichnungen sind von unglaublichem Wert für sie. Sie geben ihnen wieder eine Geschichte, bringen sie einem normalen, zivilisierten Leben näher. Sie neigen dazu, eher von Erfolgen als von

Misserfolgen zu berichten, eher von ihren Zielen als von ihren Zweifeln. Unbewusst stellen sie sich vor, dass eines Tages jemand diese Zeilen lesen wird, und sie möchten gerne einen guten Eindruck machen. Jeder von ihnen würde manchmal am liebsten seinen Namen unter eine Leistung setzen, aber sie haben sich geschworen, das niemals zu tun, aus Verbundenheit …

Dennoch träumen beide davon, ihr eigenes Tagebuch zu führen, auch als Möglichkeit, sich abzureagieren.

Abends, wenn sie in der Ecke vor dem rötlich schimmernden Kanister kauern, erzählen sie sich Bruchstücke aus Büchern, die sie irgendwann gelesen haben, an die sie sich noch erinnern: die Expeditionen von Shackleton, Nordenskjöld und anderen großen Polarforschern. Manchmal entfacht das ihre Begeisterung und gibt ihnen unendliches Vertrauen, dass der Mensch, wenn ihm Unglück zustößt, sein Schicksal bezwingen kann; in anderen Momenten verzweifeln sie schier daran, dass sie selbst so unbeholfen sind und schwach im Vergleich mit diesen Helden. Sie versuchen auch, sich abzulenken, auf andere Gedanken zu kommen, indem sie sich Romane, historische Ereignisse oder geografische Gegebenheiten in Erinnerung rufen. Louise hatte eigentlich gemeint, eine gute Literaturkennerin zu sein, doch sie ist nicht in der Lage, sich genauer an *Alice im Wunderland* zu erinnern oder *Madame Bovary* oder *Rot und Schwarz* nachzuerzählen. Ludovic kommt durcheinander, wenn er die französischen Könige aufzählt oder Afrika zu zeichnen versucht. All diese Dinge, die sie einst gelernt haben, erscheinen ihnen schon so weit weg, fast unnütz. Sie gehören zu ihrer Kultur, sind Teil dessen, was als Grund-ordnung ihrer Gesellschaft gilt, doch sind sie hier von irgendeinem Wert? Helfen sie ihnen, Nahrung zu finden oder sich gegen Krankheit zu schützen? Trotzdem, diese Erinnerungen zu pflegen ist eine Möglichkeit, sich nicht der Hoffnungslosigkeit hinzugeben, sich weiterhin der menschlichen Gemeinschaft zugehörig zu fühlen, die ih-nen so sehr fehlt. »Normal« zu bleiben ist eine Pflicht, wie eine Wegzehrung, um durchzuhalten. Sie sprechen es nicht aus, doch das, was ihnen deutlicher als alles an-dere ins Bewusstsein steigt, aus dieser Welt von vorher, sind die Dinge aus der frühesten Kindheit, die Abzähl-verse, die sie plötzlich summen, die Bilder vom Spazier-gang mit dem Großvater, der Duft nach Schokoladen-pudding. Keiner wagt es, die Regression einzugestehen, aber sie gibt ihnen Halt.

Sie legen Regeln für den Alltag fest, beschließen Grundsätze und Rhythmen, überzeugt davon, auf diese Weise gefeit davor zu sein, sich gehen zu lassen. Mor-gens zwingen sie sich, bei Sonnenaufgang aus dem Bett zu springen und unter Anleitung von Louise ein paar Dehnungsübungen zu vollführen, dann besprechen sie die anstehenden Arbeiten. Am Abend muss alles erle-digt sein, vorher darf keiner essen. Oft führt ihre Un-beholfenheit dazu, dass sie erst nachts fertig werden, im schwachen rußgeschwärzten Licht der Öllampen. Sie stellen Dienstpläne auf, die festhalten, wer das Wasser heranschleppt und wer das Feuer in Gang hält, bei Tag und bei Nacht, um so das Feuerzeug zu schonen. Sie le-gen sogar Strafen fest für den, der seine Pflichten nicht erfüllt. Louise erinnert sich an das Familienritual im Dezember. Es gab ein Holzbrett mit drei Spalten von jeweils vierundzwanzig Löchern, eine Spalte für jedes Kind. Jeden Abend bewerteten die Eltern die guten und die schlechten Taten des Tages und ließen auf Nägel gesteckte Sterne nach oben oder unten wandern. Es hieß, dass der Weihnachtsmann, bevor er die Geschenke brachte, genauestens überprüfte, dass jedes Kind mit seinem Stern auf dem Brett bis ganz nach oben vorgerückt war und daher Anspruch auf seine Belohnung hatte. Selbstverständlich schafften es am Ende immer alle, indem sie auch die lästigsten Pflichten übernahmen, wenn es darum ging, doppelt so schnell voranzukommen. Ludovic findet das Ganze kindisch, lässt sich aber trotzdem darauf ein, um ihr eine Freude zu machen. Nach der abendlichen Körperpflege teilen sie das Essen peinlich genau auf die angeschlagenen Schälchen auf. Sie haben abgemacht, dass Ludovic einen Löffel mehr bekommt, weil er größer ist. Ein Teil des Abends vergeht mit Wortgefechten darüber, was jeder von beiden im Laufe des Tages geleistet hat. Das Ergebnis ist am Ende an einem rostigen Nagel abzulesen, der auf einem modrigen Brett nach oben klettert. Sonntags wird abgerechnet, und der Verlierer bekommt einen zusätzlichen Wasserdienst aufgebrummt. Louise beharrt darauf, dass der Sonntag frei ist. An diesem Tag sind Arbeiten wie Jagen, Fischen, Werkzeugmachen verboten; eine Art »Tag des Herrn« im Südatlantik, der zu den beiden Ungläubigen so gar nicht passen will. Sie bleiben im Bett, schlafen miteinander, ohne wirklich bei der Sache zu sein, passen aber dennoch auf, keine Schwangerschaft zu riskieren, und genehmigen sich eine kleine Überlebensration. Wenn sie an diesem Tag hinausgehen, dann nur für einen Spaziergang, das Tal hinauf wie damals bei der leichtsinnigen Wanderung. Regenwetter nutzt Louise dazu, das Pinguinleder zu gerben, indem sie sorgfältig die Haut abkratzt, um es weicher zu machen. Ludovic schnitzt derweil Treibholz und lässt daraus ein ungelenkes Bestiarium entstehen.

Allmählich nehmen diese Rituale abergläubische Züge an. Ihren Pflichten zuwiderzuhandeln wäre, so meinen sie, gleichbedeutend mit Verfall, hieße, den stillschweigenden Pakt zu brechen und, wer weiß, vielleicht gar eine höhere Macht gegen sich aufzubringen. Indem sie sich zwingen, sich verpflichten, sich kontrollieren, sich Plus- und Minuspunkte geben, üben sie sich im Umgang mit dieser neuen Welt. Das Schicksal, das auf Denken und Handeln lastet, wird nur dem gnädig sein, der es verdient. Die Aufgaben helfen ihnen auch dabei, die Zeit zu strukturieren, sie halten sie in der Gegenwart, erfüllen ihren Geist, verhindern die Gedanken an die Zukunft. Die Gewissenserforschung, der Stolz auf die geleistete Arbeit, die Anstrengungen – all das beweist ihr Menschsein, unterscheidet sie von Tieren, von Raubtieren zumal, trennt sie vom Leben der Höhlenmenschen, das sie manchmal zu führen meinen. Solange sie die Gesellschaft nachahmen, gehören sie ihr noch an. Ihr Leben hier darf sich nur der Form nach von dem in Paris unterscheiden, nicht dem Wesen nach.

Das Wetter ist trostlos, es nieselt. Ihre Anoraks, die nur für einen kleinen Ausflug gedacht waren, zerreißen überall und lassen Feuchtigkeit und Kälte durch. Sie haben angefangen, Bretter aus einer Hütte am Ufer zu holen, als Feuerholz. Die Planken sind gespickt mit alten Nägeln, und sie müssen aufpassen, um sich nicht zu verletzen. Sie arbeiten, den Blick gesenkt, ohne zu sprechen. Die körperliche und seelische Erschöpfung ist jeden Tag ein wenig schwerer zu ertragen. Irgendwann richtet Louise sich auf und reibt sich die Hüften, sie schaut aufs Meer hinaus. Vor der Bucht, gut sichtbar trotz des Nieselregens, zieht ein gewaltiges Schiff entlang, parallel zur Küste. Für eine Sekunde glaubt sie an eine Halluzination, dann spürt sie, wie eine Wärme sie ergreift und zittern lässt, als würde ein Damm in ihrer Brust brechen, eine angenehme, sanfte Wärme.

»Lu ... Ludo! Da!«

Sie fühlt sich wie versteinert, hat nicht einmal Kraft, den Arm zu heben, doch das ist auch gar nicht nötig, er feixt schon ausgelassen vor sich hin.

»Yippie! Los, komm, schnell ins Boot!«

»Nein, warte, wir müssen Feuer machen, damit sie uns sehen. Ich hol das Benzin.«

Plötzlich sind sie hektisch, wie im Fieberwahn, ganz

außer sich, die Dringlichkeit pocht ihnen in den Schläfen. Sie haben nicht die Zeit, sich eine Strategie zu überlegen. Als sie ihre Botschaft mit den Steinen auf die
äußeren Hügel legten, schien es ihnen offensichtlich,
dass ein Schiff ganz in der Nähe vorbeikommen, die
Botschaft sehen und in der Bucht ankern würde. Dieses Schiff hier ist weit weg, viel zu weit, um auch nur
irgendetwas anderes auszumachen als ein in leichten
Dunst gehülltes Stückchen Land. Es ist ein mächtiges
Schiff, mehr als hundert Meter lang, eines dieser Kreuz-
fahrtschiffe, die die Touristen nach Patagonien oder in
die Antarktis bringen. Durch das trübe Wetter strahlen
Tausende Lichter und heben in der dunklen und mas-
siven Silhouette Brücken, Gänge und Kabinen hervor.
Eine angenehme, durchorganisierte, einfache und schöne Welt. Da, direkt vor ihren Augen!

Während ihrer Segeltour sind sie mehrmals diesen
schwimmenden Städten begegnet und haben sich über
die alten Möchtegern-Matrosen lustig gemacht, die hinter Glasscheiben genüsslich ihren Tee schlürften, während sie selbst das wahre Leben lebten. In diesem Augenblick würden sie alles geben, um einer von ihnen
zu sein. Die Angst packt sie. Und wenn keiner auf dem
Schiff sie sieht? Louise stürzt los, um das Feuerzeug aus
dem Haus zu holen. Ludovic hingegen rennt zum Beiboot auf dem Strand. Als sie wieder herauskommt, sieht
sie, dass sie sich nicht verstanden haben.

»Hör auf, Ludo, wir müssen Feuer machen!«

Mit klopfendem Herzen kommt sie bei ihm an. Wo ist
das Schiff? Es hat bereits die Mitte der Bucht erreicht

und verfolgt in aller Ruhe weiter seinen Weg. Oh nein! Bleib hier! Warte! Sie fleht das Schiff an und springt ins Beiboot, um den Tank abzuklemmen, weil sie mit dem Benzin das Feuer anzünden will. Doch Ludovic stößt sie entschieden zurück.

»Bist du verrückt oder was? Wir müssen da hinfahren, sie einholen!«

»Quatsch, das schaffen wir nie. Die sind zu schnell, die sehen uns nicht. Wir müssen ein Feuer …«

Sie bringt ihren Satz nicht zu Ende, er ist auf ihr, stößt sie heftig zurück. Auf einmal gibt es keine Worte mehr. Sie kämpfen gegeneinander, getrieben von blanker Wut, das Gesicht entstellt von Zorn und Hast. Er ist der Stärkere, doch sie kennt kein Erbarmen, beißt, kneift, lässt nicht locker. Die verwobenen Körper und ihr Keuchen könnten an den Höhepunkt eines Liebesspiels erinnern, funkelten ihre Augen nicht vor diesem jähen Hass. Es geht um ihr Leben. Ludovic gewinnt schließlich die Oberhand, er wirft sie zurück auf den Sand, wo sie mit blutender Nase zusammenbricht. Er nutzt die Atempause, um das kleine Boot mit triumphalem Grunzen ins Wasser zu schieben. In der Eile braucht er drei Anläufe, um den Motor zu starten … er hat vergessen, den Benzinhahn zu öffnen. Seine Hände zittern, er spürt sein Herz in der Brust klopfen, dass es wehtut. Es dauert ewig. Endlich läuft der Außenborder, und er schießt mit Vollgas los.

Louise kriecht wimmernd über den Strand.

»Nein! Oh nein! Komm zurück. Ich brauch doch das Benzin …«

Überwältigt von unerträglicher Verzweiflung, schlägt sie mit der Faust in den Sand, der aufwirbelt und davonstiebt. Die Gewalt, die zwischen ihnen ausgebrochen ist, lässt sie erzittern. Hätte sie ein Messer gehabt, sie hätte es ihm in den Rücken gestoßen, ihm, dem Mann, den sie plötzlich aus tiefstem Innern hasst. Sie spürt Scham in sich aufsteigen, ohne dass sie weiß, woher sie rührt: von dem verlorenen Kampf oder daher, dass sie ihren Trieben die Kontrolle überlassen hat. Das Geräusch des Außenborders lässt sie wieder zu sich kommen, sie springt auf die Füße, wobei sie das Feuerzeug so fest umklammert, dass ihr fast die Fingerknöchel brechen, und stürzt sich auf den Holzhaufen, den sie noch vor wenigen Minuten abgetragen hatten. Ohne sich noch um die Nägel oder Splitter zu kümmern, die ihr die Hände zerreißen, sucht sie die Stücke zusammen, die ihr am kleinsten und trockensten erscheinen, und versucht, sie anzuzünden. Doch umsonst, sie verbrennt sich lediglich die Fingerspitzen. Sie will nicht aufs Meer hinausschauen. Sie muss sich weiter konzentrieren. Vielleicht hat das Kreuzfahrtschiff die Fahrt verlangsamt, damit die Passagiere die Landschaft bewundern können. Vielleicht hat sie noch Zeit, damit zumindest Rauch aufsteigt. Verstört blickt sie sich um. Auf ein Brett sind alte Zeitungen genagelt, wohl einst als eine Art von Isolierung. Sie reißt sie ab, zündet sie zitternd an … Oh, mein Gott, mach, dass … Sie hat nicht mehr gebetet, seit sie achtzehn war und ihrer Mutter offenbarte, dass sie nicht an Gott glaubt und niemals mehr zur Messe gehen wird. Ein Wunder! Die Flamme flackert und greift auf die Holzsplitter über. Sie seufzt vor Glück. Äußerst vorsichtig legt sie Stücke nach. Ein paar Minuten später glimmt das kleine Feuer rot aus seiner Mitte. Noch ein bisschen, und sie kann die modrigen Bretter darauflegen, die einen ordentlichen Rauch entwickeln werden. Sie richtet sich auf.

Die Bucht ist völlig leer. Weder das Schiff noch das Beiboot sind mehr zu sehen, nur der Nebel und die fahlen Umrisse der Eisberge.

Sie sinkt auf die Erde, die nicht den geringsten Geruch verströmt, weil sie so kalt ist, beginnt zu schreien. Ihre Verzweiflung, ihr Hass auf Ludovic, diesen Idioten, der alles verdorben hat, die Nachwirkung des Kampfes, all das quillt hervor wie ein wilder Sturzbach. Sie glaubt, verrückt zu werden. Schließlich kommt noch das Gefühl der Einsamkeit hinzu, schwer wie ein riesiger Stein, der ihr die Knochen bricht. Sie wird sterben. Was im Übrigen auch besser wäre als ein langer Todeskampf. Wer würde wirklich um sie trauern, wenn Ludovic umkommt? Ihre Eltern hatten die Reise aufs Heftigste missbilligt und sie »dumm« genannt, »wenn man eine gute Stelle hat« …

Ist sie denn auf ewig »die Kleine«, die man kaum beachtet? Ihr Schrei erhebt sich über die leere Bucht, schwillt an, wird heiser, mündet in ein Schluchzen und beginnt von Neuem, noch schmerzerfüllter. Zwei verschreckte Pinguine fliehen flügelschlagend.

Ludovic hat mit Vollgas den Eingang der Bucht erreicht. Dort ist die See kabbelig und erfasst das Beiboot von der Seite, sodass er die Geschwindigkeit drosseln muss. Mit Mühe und Not stellt er sich hin, zieht seine Jacke aus und schwenkt sie über dem Kopf. Das Schiff entfernt sich. Na los, es muss doch irgendeinen Matrosen geben, der gerade draußen eine Zigarette raucht, einen Touristen, der sich interessierter zeigt als all die anderen. Er denkt an die Geschichte von dem Typen, der auf dem Mittelmeer ins Wasser fiel und vom Koch gerettet wurde, der gerade die Gemüseabfälle entsorgen wollte und ihn dabei wundersamerweise sah. Er muss es schaffen, er hat keine Wahl. Er dreht das Gas wieder voll auf und schöpft mit der Hand das Wasser aus, das ins Boot spritzt. Eine halbe Stunde später ist das Kreuzfahrtschiff nur noch ein schwaches Licht, das weit entfernt im grauen Nebel tanzt. Es ist unmöglich, das kann nicht wahr sein, aber es ist wahr. Er fühlt sich wie ein Verurteilter, der aus unerfindlichen Gründen noch eine zusätzliche Strafe hinnehmen muss. Wut, Frustration und Angst ballen sich zu einer Kugel, die ihn fast erstickt. Seit Wochen kämpfen sie, ertragen tapfer dieses armselige Leben. Er hat sogar versucht, wie früher weiterhin zu scherzen, um Louise bei Laune zu halten, er hat in all die lächerlichen Rituale eingewilligt, die sie eingeführt hat. Und wozu das alles? Damit dieses Drecksschiff vorbeikommt und sie zum Narren hält! Es ist so ungerecht.

Plötzlich sehnt er sich nach Normalität, nach den einfachen Dingen dieser Welt auf dem Kreuzfahrtschiff, einer Dusche, gedämpfter Musik am schön gedeckten Tisch, und ganz weit weg, dort hinten, hinterm Horizont, nach all den Leuten, die um diese Zeit nach

Hause gehen, schimpfend im Stau stehen, ein Glas mit Freunden trinken. Er will sein Sofa und seinen Computer. Er will das Geräusch, wenn man den Schlüssel aus der Tasche holt, den Geruch nach angebratenen Zwiebeln und sogar den der Metro, wenn es regnet. Er will …

Ein Punkt am Horizont lässt all seine Hoffnung schwinden, er ist durchnässt und fröstelt. Ihm ist schwindelig. Er sieht sich selbst, bärtig und abgemagert, in zerfetzten Kleidern auf diesem lächerlichen Stückchen Gummi, das auf den Wellen tanzt, gedemütigt von seiner eigenen Schwäche. Als er sich endlich dazu durchringt umzukehren, ist es spät. Obwohl er langsam fährt, kentert er mehrmals fast. Er muss diagonal auf die Küste zulaufen, um das Boot stabil zu halten. Vom Meer aus wirkt die Landschaft trist, Ton in Ton, schwarz und schmutzig weiß. Die Wellen fletschen die Zähne vor dieser düsteren und öden, mit Schneeflecken bedeckten Erde. Er stellt den Motor aus und lässt sich treiben. Wozu an diesen feindseligen Ort zurückkehren? Wäre es nicht besser, jetzt Schluss zu machen? Die Nacht wird kommen, die Kälte wird ihn gleichgültig umfangen, nach und nach wird er nichts mehr spüren und einschlafen. Nicht mehr kämpfen, den Albtraum beenden, der doch zu nichts führt. Schlafen, schlafen ohne Hunger, ohne diese ständige Angst vor dem nächsten Tag. Auf einmal fühlt er sich so müde von dem wochenlangen Kampf. Die Hoffnung, die das Kreuzfahrtschiff wieder entfacht hat, schlägt wie ein Bumerang zurück. Er ist völlig zerstört, kraftlos, unfähig, sich zu bewegen, den Elementen ausgeliefert. Er rollt sich zusammen auf dem Boden des Bootes, das vom Seegang hin und her geworfen wird, und lässt die Gedanken schweifen. Er sehnt sich nach Ruhe, nach Wärme, nach etwas oder jemandem, der ihn beruhigt, damit er einschlafen und loslassen kann.

Also, wer war das erste Mädchen, das er geküsst hat? Amélie? Ja, sie war nicht besonders hübsch, aber die anderen meinten, sie habe nichts dagegen. Sie hatte ein spitzes Kinn und, ebenso wie er, eine große Nase. Er erinnert sich, dass er sich fragte, als sein Gesicht sich ihrem näherte, wie ihre beiden Auswüchse wohl aneinander vorbeipassen würden. Er fand, ihr Speichel schmeckte schal. Er sucht nach einer angenehmeren Erinnerung. Louise. Er musste sie erst zähmen, und darauf war er stolz. Die ersten Male, wenn er in sie eindrang, spürte er, wie sie sich verkrampfte, als wäre sie auf der Flucht. Also hatte er das Vorspiel ausgedehnt, sie sanft berührt und plötzlich wieder aufgehört, um ihre Lust zu steigern, bis sie eines Tages schnurrte wie ein kleines Kätzchen. Dann wurde ihre Stimme voller, modulierend zwischen Klage und Gesang, und schließlich höher. An jenem Abend hatte er den Eindruck, dass er das weibliche Prinzip verstanden hatte. Er liebte es, wenn er sie auf sich setzte und ihre kleinen Brüste wie Triangeln herunterhingen. Seine Louise, seine kleine Louise. Er fängt an, vor sich hin zu summen: »Kleine, Kleine, meine Kleine …«

Das Beiboot treibt wie ein toter Fisch. Ein riesiger Sturmvogel, der aufmerksam geworden ist, kreist eine

Weile darüber. Aber dieses große Etwas sieht nicht aus, als könne man es essen.

»Kleine, Kleine …«

Ihm ist kalt, warum kommt Louise nicht, um ihn zu wärmen? Sie ist gemein, er hat so viel für sie getan! Ein bisschen Wärme, das ist alles, was er verlangt. Tief im Innern ist sie schlecht, sie ist schroff und hartherzig, interessiert sich nur für die verdammten Berge. Wenn er nicht gewesen wäre, hätte sie als alte Jungfer geendet, im verstaubten Finanzamt und mit ihren blöden Kletterkumpeln. Ihm ist so kalt, es müsste wirklich jemand kommen und ihn wärmen. Wenn nicht Louise, dann wenigstens Mama, Mama wird kommen. Mama ist so schön. Er liebt es, wenn sie ihn zur Schule bringt, damit seine Freunde sie sehen. Doch auch Mama ist nicht immer nett zu ihm, sie hat so viel zu tun. Mit ihrer ganzen Arbeit …

»Nicht so laut, Ludo, ich komm gerade von der Sitzung und bin völlig erledigt … sei lieb, pass auf, nicht mit den dreckigen Pfoten auf mein Kleid … sei lieb, Irina passt heut Abend auf dich auf, Mama geht mit Papa aus … sei lieb …«

Er ist immer lieb. Er kauert sich zusammen. Gischt spritzt auf den reglosen Körper und bildet eine Lache, die bei jeder Welle hin und her schwappt.

Ein Tosen dringt in sein Bewusstsein, setzt sich allmählich in ihm fest und hindert ihn am Schlafen, durchtrennt den Faden seines schmerzlichen Traums. Ein ungewöhnliches Geräusch, rhythmisch wie von einem Wasserfall, zwingt ihn, die Augen zu öffnen. Der

Abend dämmert, es herrscht das endlose Zwielicht des fünfzigsten Breitengrads. Die schrägen Strahlen perlen unter den Wolken hervor und klammern sich an allem fest. Sie tauchen den Strom von grünem Moos in goldenes Licht, heben jeden Felsvorsprung hervor und lassen die weißen Schlieren von den Vogelexkrementen schimmern. Weiter unten brechen sich die sprudelnden, fast fluoreszierenden Wogen, spritzen auf in hohen Fontänen, weichen zurück und schlecken die Felswand mit langen Wasserfäden ab, die sie hinter sich herziehen, wie Quallen. Er würde gern die Augen schließen, das lästige Bild verjagen, aber er kann es nicht, er kann nicht mehr. Diese Felsen, ein paar Meter nur entfernt, gegen die der Wind ihn schiebt, sie sind der Tod. Der Tod, hier, sofort. Er stellt sich seinen zerschmetterten Körper auf dem Felsen vor, die vorkragenden Steine zerreißen ihm die Haut, die Wellen ersticken ihn. Nein! Nicht jetzt, nicht hier! Das kleine Boot treibt mitten in die aufgeschäumte Brandung. Er ist müde, so müde, doch er muss die Augen öffnen. Er kriecht zum Außenborder, allein das Ziehen am Anlasser erschöpft ihn. Das Meeresrauschen ist zu einem Höllenlärm angeschwollen und jagt ihm solche Angst ein, dass er wieder auflebt, angetrieben von der Kraft der Verzweiflung. Der Motor springt an und entreißt ihn im letzten Augenblick der drohenden Katastrophe. In der zunehmenden Dunkelheit gleitet er die Küste entlang, die Wellen im Rücken.

Eine gute halbe Stunde fährt er, bedrängt von seltsamen Empfindungen. Er fühlt sich matt, wie nach einer langen Krankheit, noch immer ist ihm schwindelig. Er erinnert sich nicht mehr genau, was passiert ist, sieht nur die Lichter am Heck des großen Schiffes, ein letztes Schimmern eines Feuers, das erlöschen wird. In der folgenden Nacht ertappt er sich dabei, das Abenteuer belustigend zu finden. Er fährt spazieren, ganz allein, an dieser unbekannten Küste. Er ist frei. Würde er nicht zittern wie ein Malariakranker, dann würde er gern noch weiterfahren, wie die Kinder, die sich Zeit lassen beim Nachhausegehen und sich zum Spaß gegenseitig Angst einjagen.

Die Steilküste öffnet sich und mündet in eine schmale Einbuchtung. Die Spätsommernächte am fünfzigsten Breitengrad sind niemals völlig dunkel. Noch zieht ein fahler Strahl am Horizont entlang, sodass er den schwarzen Samtteppich des glatten, abgeschirmten Wassers erkennen kann. Er gleitet hinein, und ein paar Minuten später stößt die Schraube auf die Kiesel eines winzig kleinen Strandes. Er springt an Land, setzt sich auf den kalten Sand und versucht, wieder zu Bewusstsein zu kommen. Na also! Er erinnert sich wieder! Sie haben dieses große Schiff gesehen, und er ist ihm hinterhergefahren, ohne es zu erreichen. Louise, warum ist sie nicht bei ihm? Sein Bewusstsein löscht die Erinnerung an ihre Auseinandersetzung. Durchnässt, wie er ist, schlottert er am ganzen Körper. Er muss unbedingt zu ihr, sicher wird sie fast verrückt vor Angst so ganz allein, denkt er, selbst panisch in seiner Einsamkeit.

Am Grunde einer Schlucht fließt ein Bach mitten aus dem beinahe glatten Felsen. Er zieht das Beiboot achtlos auf die Steine und versucht, den Felsen hinaufzuklet-

tern, indem er sich an den glitschigen Vorsprüngen fest-
hält. Das eisige Wasser fließt ihm über die Hände und
betäubt sie. Er wähnt sich in einem Film, der in Zeit-
lupe läuft, zieht sich hoch, rutscht ab, fängt von vorn
an. Kurven und Vorsprünge führen ihn schließlich zu
einem Plateau. Langsam zieht das schlechte Wetter ab.
Es bleiben Wolkenfetzen, hinter denen ein fast voller,
weißlich blauer Mond zum Vorschein kommt. Er lässt
die verschneiten Gebiete in weißem Glanz aufflackern
und bauscht die Schatten auf. Jeder Hügel, jede Stein-
spitze, jeder noch so kleine Kiesel erscheint auf diese
Weise riesig und beängstigend. Die Klassiker des Ki-
nos kommen ihm in den Sinn: *Nosferatu*, *Sturmhöhe*. Die
Nahaufnahme des wolkenverhangenen Mondes kündigt an, dass die Schwierigkeiten für den Helden gerade erst beginnen. Im Drehbuch heißt es, dass er laufen
muss, endlos weit durch diese Schotterwüste. Irgendwo
wird jemand rufen »Schnitt!«.

Die Lichter gehen an, man reicht ihm einen heißen
Tee, bringt ihm eine Decke und sagt, dass er gut war
und die Aufnahme im Kasten sei. Aber nein, nichts passiert, er läuft noch immer. Er hat bloß einen Gedanken:
Louise.

Er folgt in etwa dem Verlauf der Küste. Eine Stunde?
Zwei? Drei? Er weiß nur, dass er friert und sich manchmal gerne hinlegen würde, mit angezogenen Beinen,
einen Augenblick nur, um sich aufzuwärmen. Doch da
ist Louise. Sie wird unzufrieden sein, weil er zu spät zum
Abendbrot kommt. Unvermittelt bricht das Plateau ab,
und vor ihm liegt ein tiefschwarzer Teppich: die Bucht,

ihre Bucht. Auf der anderen Seite sieht er die Ruinen der Station im Mondlicht schimmern. Er stellt sich vor, wie viele Tausend Nächte die Trümmer schon so daliegen, in dieser nächtlichen Kälte, unbeachtet, verlassen, mehr und mehr verfallend.

Eine Stunde? Zwei? Drei? Er muss sich tastend fortbewegen beim Hinuntersteigen, durch die Tümpel des Schwemmlandes waten.

Geschafft, da ist die »40«, die Treppe, die Tür, das Bett.

Louise schreit auf, als der Clochard mit dem verrückten Blick sich auf sie stürzt.

Am nächsten Morgen stehen sie nicht auf. Es wird hell, ein Sonnenstrahl lässt den Staub einen Moment lang tanzen. Es herrscht eine tödliche Stille. Sie hatten solche Angst, sich zu verlieren, dass sie sich nachts umschlungen haben, als wollten sie sich fesseln. Von ihren verwachsenen Körpern steigt ein leichter Dampf auf.

Als sie vom Strand zurückgekommen war, hatte Louise sich gleich ins Bett gelegt, unfähig, irgendetwas sonst zu tun. Nach ein, zwei Stunden zwang sie sich, noch einmal ans Ufer zu gehen, über das die Dunkelheit sich breitete. Sie war von derselben Angst erfasst wie beim Verschwinden ihres Schiffes, doch dieses Mal war es Ludovic, der nicht zur Stelle war. Die Sorge überlagerte die Wut und die Erinnerung an den Kampf. Hastig war sie den Hügel mit dem SOS-Zeichen hinaufgeklettert, aber auf dem Meer rollte nur der Ozean seinen graugrünen Teppich aus. Zurück in der »40«, hatte sie sich wieder hingelegt, um gegen die Kälte anzukämpfen. Am Feuer zu wachen hätte sie ohne ihn fast als ungehörig empfunden. Ans Essen dachte sie noch nicht einmal. Ludovic war da, irgendwo in der aufsteigenden Dunkelheit. Natürlich hatte er es nicht geschafft, das Schiff einzuholen. War er ertrunken? Schwoll seine Haut schon

97

an und weichte auf, wurde zur Beute, zum Fraß, zu namenlosem Fleisch? War er irgendwo da draußen an der Küste? Verletzt womöglich? Ihre Ohnmacht bohrte in ihr. Das Warten machte sie rasend. Schließlich hörte sie, nur halb bewusst, die taumelnden Schritte auf der Treppe. Er war zurückgekehrt.

Unter den Decken versinken sie in der warmen Feuchtigkeit der Kleider, die sie nicht ausgezogen haben. An Rücken, Hals und Kopf spüren sie die Kälte, die sie umgibt, unangenehm und aggressiv. Alles ist so schnell gegangen gestern. Kopf und Körper sind noch ganz erschöpft davon. Die Zeit vergeht, vergeht nicht, sie wissen es nicht mehr. Sie tauchen in unterschiedlichen Momenten aus ihrer Benommenheit auf und lassen sich dazu hinreißen, wieder abzutauchen. Draußen ist alles zu kalt, zu schwer.

Irgendwann schreckt Louise hoch. Sie kriecht hervor. All ihre Muskeln tun ihr weh, als wäre sie geschlagen worden. Sie braucht Luft, von draußen, muss frei atmen. Schon beim Hinaustreten sorgt ein kalter, prickelnder Nordwind dafür, dass sie etwas ruhiger wird. In den Bergen hat sie es geliebt, diesen schneidenden Wind im Gesicht zu spüren. Sie zwingt sich zu laufen, sich zu bewegen. Mit großen Schritten geht sie den Strand entlang, versucht sich zu entspannen: ein Schritt, noch einer und noch einer. Der getrocknete Tang knackt unter ihren Schuhen, kleine Wellen zischen, eine Möwe kreischt. Sie lässt die Geräusche in sich eindringen. Vertraute Geräusche des Lebens, das seinen Lauf nimmt und an dem sie teilhat. Sie konzentriert sich auf die Wahrnehmung ihrer Fußsohlen. Ihre kaputten Schuhe erzählen ihr etwas über den Boden: trockener und weicher Sand, harter, von den Gezeiten überspülter Sand, Kiesel, die Wölbung einer Muschel. Hacke, Spitze, Hacke, Spitze, sie setzt ihre Füße auf die Erde, ein winziger Planet im riesigen Kosmos. Der Wind pikst ihr an den Händen: *Homo sapiens*, Säugetier, Allesfresser, warmblütig. Gestern ist eine Brücke zerbrochen, die sie mit der normalen Welt verbunden hat, der Welt des 15. Arrondissements, mit den Lichtern der Stadt, den beheizten Wohnungen, dem fließenden Wasser. Daran zu denken schmerzt, wie eine verlorene Liebe, aber wenn sie es nicht akzeptiert, wird kein Platz für andere Dinge sein. Andere Dinge? Aber welche? Sie fühlt sich hin und her geworfen von allem, was passiert ist, wie der dünne Panzer eines Krebses, der tänzelnd neben ihr im Wind treibt. Wieder aufstehen! Ein Schlüsselbegriff unserer aus den Fugen geratenen Zeit. Wieder aufstehen nach einer Scheidung, trotz der Arbeitslosigkeit, der Krankheit. Die Zeitungen waren voll von den Geschichten solcher Leute mit fast mystischem Vertrauen in die eigene Zukunft, moderne Phönixe, die sich noch einmal eine Arbeit, ein Dach über dem Kopf, einen Platz in der Gesellschaft schufen. Was sie erfährt, ist wohl vergleichbar mit dem aussichtslosen Leben, das die verlorenen Afghanen in den Städten Europas führen: fassungslose Verzweiflung, ausweglose Ohnmacht.

Noch nie hat sie ernsthaft überlegt, sich umzubringen. Sie mag nicht einmal daran denken. Ein rostiges Stück Eisen, mit dem man sich die Adern aufschlitzt?

Ein kaltes Seil um den Hals? Schon der Gedanke lässt sie erschauern und versetzt sie wie ein Tier in Alarmbereitschaft. Ihr Auf und Ab hat eine schmale Furche auf dem Strand gezogen. Sie ist hier, ist noch am Leben, sie muss weitermachen, bis zum Schluss.

Auf dem Rückweg zur »40« hat sie sich fast wieder beruhigt. Als sie ins Zimmer tritt, umfängt sie der Geruch von kaltem Rauch. Ludovic hat sich kein Stück gerührt. Er hat sich die Decke über den Kopf gezogen, eine reglose Erhebung auf dem Bett, nichts weiter.

»Ludovic? Ludo? Liebster, hörst du mich?«

Sie setzt sich auf das Bett, schlägt die Decke zurück und nimmt sein Gesicht in ihre Hände. Die Tränen haben helle Spuren auf den dreckverschmierten Wangen hinterlassen. Sie sprechen lange miteinander. Zuerst redet nur sie, dann wagt auch er nach und nach kleine Laute, einzelne Silben. Er glaubt an gar nichts mehr. Es ist vorbei, alles verloren, sie taugen zu nichts, sie werden hier krepieren, und das ist auch gut so. Alles ist seine Schuld, die Reise, die Insel, die Wanderung, das Kreuzfahrtschiff, er bittet sie um Vergebung. So ist sie diejenige, die tröstet, die ihre Stimme, ohne selbst daran zu glauben, zwingt, heiter und optimistisch zu klingen, Mut machend, aufmunternd, wie eine Mutter. Sie empfindet keine Wut, weder Mitleid noch Zärtlichkeit, sie will nur, dass er aufsteht und sie nicht alleinlässt.

Schließlich hat er Hunger.

Für Louise ist diese Rolle neu. Bisher ist sie immer mit ins Leben der anderen geschlüpft, wo gerade Platz war, bei ihren Wanderfreunden, ihren Kollegen und bei Ludovic. Solange man »die Kleine« ist, sagt man freundlich seine Meinung, wenn man danach gefragt wird. Louise ist besonnen, man fragt sie gern nach ihrer Ansicht. Sie antwortet, das ist alles. Ihre Kindheitsträume kommen ihr wieder in den Sinn. In den Geschichten, die sie sich ausdachte, war immer sie diejenige, die glänzte, sie war die Heldin, bewundert oder bekämpft, aber Herrin über ihr eigenes Leben. Warum hat sie diese Träume fallen lassen? Wann hat sie eingeräumt, dass es tatsächlich besser sei, nicht Bergführerin im Hochgebirge zu werden? Wie feige war sie, auf ihre Ideale zu verzichten und sich damit zufriedenzugeben, einmal in der Woche die Seilschaft zu führen? Im wahren Leben fühlte sie sich oft nicht fähig, Dinge zu entscheiden, und verließ sich lieber auf die anderen. Heute hat sie keine Wahl mehr.

Ludovic hingegen schlurft herum. Tief in seinem Innern ist etwas zerbrochen. Wie ein unkontrolliertes Pendel schwankt er hin und her zwischen Optimismus und Pessimismus, seine Stimmung wechselt wie die Wolken, die vorbeiziehen und die Bucht verdunkeln oder heller scheinen lassen. Manchmal sieht er sich als Sieger nach der schweren Prüfung wieder in die Zivilisation zurückkehren. Im nächsten Augenblick gilt all das nicht mehr. Er ist zu gar nichts nütze. Am liebsten würde er im Bett bleiben, sich verkriechen unter der dreckigen Decke. Sich nicht rühren, vor sich hin dösen, sich in den Schlaf flüchten, abwarten. Aufzustehen ist eine Qual. Das graue Licht, die Feuchtigkeit, die vielen Wehwehchen, die seinen geschwächten Körper plagen, sind ihm unerträglich. Er entwickelt einen Hass auf die »40«, die er doch mit so viel Hingabe hergerichtet hat. Schon allein den lächerlichen Namen mag er nicht mehr hören. Er kämpft, steht auf.

Louise versteht ihn. Auf ihren Walwirbeln vor dem Ofen, den sie rot glühend anheizt, reden sie leise miteinander, als schmiedeten sie einen geheimen Plan. Dann setzt Louise alles auf eine Karte:

»Lass uns ein Schiff bauen. Wir polieren den alten Walfänger wieder auf, der in der Werft auf dem Trockenen liegt. So schlecht ist er gar nicht in Schuss.«

»Du bist verrückt. Wir sind 2500 Meilen von Südafrika entfernt, 800 von Falkland.«

»Na und? Mit zwei Knoten im Durchschnitt ist das machbar. Nach Falkland müssten wir kreuzen, aber Südafrika in einem Monat oder anderthalb, das sollte drin sein. Denk mal an Shackleton und seine Fahrt von der Antarktis aus.«

»Okay, aber wir sind nicht Shackleton. Und Essen? Und Wasser?«

»Hör zu, wir nehmen uns die Zeit, die wir brauchen. Wir haben den ganzen Winter, um das Schiff zu reparieren und ausreichend Verpflegung zusammenzukriegen. Wir müssen irgendetwas tun, Ludo.«

Sie ist begeistert. Sie beschreibt ihm das Schiff, den wohlgeformten Rumpf, die kleine Kabine, den Mast und die zusammengeflickten Segel. Die *Jason 2*, ihre zweite Chance.

Er sieht sie wieder vor sich im TGV, das allererste Mal. Die Augen, in denen damals kleine Sterne funkelten, wie heute. Es widerstrebt ihm, was auch immer zu entscheiden. Doch sie beharrt, gibt ihr Bestes, wie ein tapferer kleiner Soldat. Sie sieht erbärmlich aus in ihrer Jacke, deren Blassblau kaum noch sichtbar ist unter all dem Schmutz, mit den wirren, dreckverklebten Haaren, den von Narben übersäten Händen, bereit zum Angriff wie ein Frontkämpfer im Ersten Weltkrieg. Ihre Argumente zielen ebenso darauf ab, sich selbst zu beruhigen, wie darauf, ihn zu überzeugen. Ludovic ist willenlos, er gibt nach, mit einem Hauch von Faszination für dieses schmächtige Mädchen, dessen Energie unendlich ist. Es ist erleichternd, eine Entscheidung zu treffen.

Er denkt an die frommen Bilder, die seine Großmutter ihm zeigte. Eine Weggabelung bot zwei Pfade: Der ins Paradies begann mit Gestrüpp und wurde langsam sanfter, während jener, der auf den ersten Blick sicher erschien, in die Hölle führte. Jüdisch-christlicher Unsinn? Wohlfeiler Aberglaube? Wer weiß das schon? So wie die Dinge stehen …

Das Walfangschiff liegt wie ein schlafendes Monster auf der Anhöhe mit dem Werftgelände. Rauer Wind hat ihm zugesetzt, bis es den Helgen zerdrückt hat, auf dem es ins Wasser gelassen werden sollte. Auf der Steuerbordseite sind die Planken verfault und über einen Quadratmeter hinweg eingebrochen. Neun Meter Länge, drei Meter Breite sowie die dicke umlaufende, mit Gummi ummantelte Trosse an der Bordwand deuten darauf hin, dass das Schiff einst als Lotsenboot diente. Es fuhr den Fangschiffen entgegen, ging längsseits und geleitete sie zum Kai. Zahlreiche Planken haben sich gelöst, und wirr quillt das Werg daraus hervor wie Würmer.

Die dicke Eiche ist im Laufe der Jahre ausgebleicht und mit Rinnsalen aus Rost und Vogelmist bedeckt, wirkt aber noch solide. Der einst überdachte Steuerstand an Deck ist in alle Richtungen offen. Im Mannloch, wo der Lotse Posten bezog, ist das Ruder nur noch ein vom Rost goldgefärbtes Stück Metall. Auch am Vorschiff hat sich Leben angesiedelt. Aus jedem Spalt sprießen Schwingelgräser hervor, die den Bug mit einer strohigen Haarpracht überziehen. Kormorane haben sich hier bedient und aus den Halmen hohe Nester geflochten. Mit ihren königsblauen Augen, durch einen leuchtenden orangen Fleck zusätzlich betont, prüfen sie die Eindringlinge ängstlich und fliegen nur widerwillig davon. Louise nutzt die Gelegenheit, um die Küken für das nächste Abendessen zu erschlagen. Das Innere des Schiffes ist komplett verwüstet und voller fauligen Wassers. Es gibt noch einen Tisch und eine Bank, die beide fest verschraubt sind, und wackelige Schränke, alles klebrig von der Feuchtigkeit und schwarz vom Schimmel. Ein rostiger Metallblock verdient nicht einmal mehr den Namen Motor.

Die enorme Arbeit, die es braucht, um aus diesem Wrack ein Schiff zu machen, das den Meeren auf der Südhalbkugel trotzen kann, muntert Ludovic erstaunlicherweise auf und lindert sein Gefühl, versagt zu haben. Sein Enthusiasmus ist verflogen, aber immerhin macht er sich ernsthaft ans Werk. Sie saugt ihn auf, er flüchtet sich in sie. Er ist nicht länger passiv und bedrückt, sondern handelt wieder. Louise wacht über ihn wie eine Krankenschwester, die ihren Patienten bei den ersten Schritten begleitet.

Eine Woche lang quälen sie sich damit ab, das Schiff wieder aufzurichten, um die kaputte Stelle freizulegen. Sie treiben große Winkel mit schweren Hämmern unter den Rumpf, stützen ihn mit Pallhölzern ab, die sie mühsam heranschleppen. Jeder gewonnene Millimeter ist ein Sieg, ein Schritt in Richtung Freiheit. Ihre handwerklichen Fähigkeiten sind mehr als dürftig. Normalerweise werfen sie alles weg, was kaputtgeht. Ludovics Erfahrung beschränkt sich auf die Wartung seines Fahrrades, die von Louise ist gleich null. Allein schon Bretter auf das Loch zu nageln ist keine leichte Aufgabe. Jedes Werkzeug, das sie brauchen, bedeutet mehrere Stunden Arbeit. Man muss es erst einmal finden, wieder instand setzen, abkratzen, vom Rost befreien, schärfen. Dann handhaben sie es falsch, rutschen ab, verziehen, verbiegen oder zerbrechen es. Oft färbt ein Blutfleck das Holz oder das Eisen. Zwei Bretter anzubringen, einen Nagel gerade einzuschlagen scheint so einfach, lauter Dinge, die man eigentlich instinktiv beherrscht, wie Fahrradfahren. Doch sie lernen all die Tücken kennen, all die Widrigkeiten und Fallstricke. Sind sie denn so unbegabt?

Die großen Pioniere, die Helden aus den Büchern, schienen die Dinge ganz problemlos zu erledigen: »Wir bauten eine Hütte«, hieß es immer oder: »Aus den Resten des Schiffes zimmerten wir ein Boot.«

Louise erinnert sich an ihren Vater, der aus Sparsamkeit die Schränke für den Laden selbst baute. Alles schien ganz einfach. Am Ende waren die Regale gerade, die Türen schlossen, und die Schubladen klemmten nicht. Ihr wird klar, dass weder sie noch ihre Brüder in der Lage gewesen wären, auch nur die Hälfte davon zustande zu bringen. Da sie es nicht schaffen, die Planken so zuzuschneiden, dass sie sich nahtlos ineinanderfügen, nageln sie die Hölzer von außen auf das Loch, das sie verschließen müssen. Sie schneiden grob die Latten zu und versuchen, die Rundung der Bordwand mit dem Hobel anzupassen, den sie in der Tischlerei ausgegraben haben. Aber die Bretter stehen ab, reißen die Nägel wieder heraus, spalten sich beim Bearbeiten.

Schließlich verwenden sie Schrauben, aber das Ergebnis ist erbärmlich. Die Steuerbordseite ist aufgequollen wie eine Wange bei einer Zahnentzündung. Das Ganze ist nicht im Geringsten abgedichtet, und was das Kalfatern angeht, sind sie völlig ratlos. Sie haben ein paar vage Erinnerungen an Geschichten, in denen Fregatten für diesen schwierigen Vorgang auf den Kiel gesetzt wurden, und ärgern sich, dass sie so schnell über solche Beschreibungen hinweggelesen haben, die ihnen damals langweilig erschienen. Auch das Ruder stellt sie vor ein unlösbares Problem. Die verrosteten Beschläge sind so fest miteinander verbunden, dass sich das schwere Ruderblatt nicht mehr bewegen lässt.

Sie könnten durchaus den Mut verlieren. Im normalen Leben hätten sie längst aufgegeben, hätten diejenigen damit betraut, die es besser können als sie. Aber Arbeit ist eine Form von Erlösung. Sie finden darin das Zusammengehörigkeitsgefühl wieder, das sie beim Segeln beflügelt hatte. Hier sind sie und kämpfen zusammen, Seite an Seite. Auch die Scherze halten wieder Einzug. Ganz vorsichtig fangen sie wieder an, sich über sich selbst lustig zu machen, über ihre Unbeholfenheit, ihre Hoffnungen. Morgens gehen sie »zur Arbeit«, wie alle Menschen. Abends besprechen sie inmitten der Sägespäne, mit Rückenschmerzen vom vielen Tragen und dreckverschmiertem Gesicht den vergangenen Tag und planen den nächsten. Die scheinbare Rückkehr zur Normalität beruhigt sie mehr als alles andere, vereint sie wieder. Nicht selten schiebt einer von beiden am Abend eine Hand unter die zerlumpten Kleider des anderen, und sie lassen sich forttragen vom Miteinander ihrer Körper, weit weg von dem feuchten Gebäude.

Die Arbeit am Schiff geht nur langsam voran, denn nach wie vor müssen sie sich auch um ihre Nahrung kümmern.

Der Herbst ergreift Besitz von der Insel. Morgens sticht die Kälte ihnen im Gesicht und an den Händen. Sobald sie aufhören, sich zu bewegen, frösteln sie in ihren zerrissenen Kleidern. Sicher ist der März schon angebrochen – in ihrem Leben in Paris die Zeit des Frühlingsanfangs, wenn alle Pläne für die Ferien schmiedeten. Hier hingegen werden die Tage kürzer, und die Landschaft versinkt im Grau. Sie haben keine andere Wahl, als sich bis zum Äußersten anzustrengen, egal ob es stürmt oder regnet, sich ihre kümmerliche Mahlzeit zu beschaffen und die verrückte Hoffnung in den Walfänger zu nähren, die sie eint.

Eines Morgens, als ein heftiger Regen gar nicht aufhören will, genehmigen sie sich eine Pause, doch am frühen Nachmittag verschlechtert sich das Wetter noch, und ein heftiger Sturm rüttelt an der Station. Der Wind tobt, heult, wütet. Die alten Bleche scheinen Leben anzunehmen und grollen wie Trommeln, die sich gegenseitig antworten, wenn die Böen niedergehen. Hin und wieder weist ein langes Ächzen darauf hin, dass eins davon nicht standgehalten hat und das verwüstete Dorf weiter verfällt. Sie verkriechen sich hustend in der »40«, weil Qualm aus dem Ofen dringt. Der Regen ist so dicht, dass er wie eine Wand vor dem Fenster steht, beinahe greifbar. Die Welt hat sich aufgelöst, ihr Unterschlupf ist eine Insel auf der Insel, ein Wolkenfetzen, auf dem sie dahintreiben. Nichts existiert mehr, weder Erde noch Menschen, keine Pflanzen oder Tiere, noch nicht einmal das Meer. Sie sind ganz allein, nur sie beide, mitten in dem donnernden Sturm. Schließlich vergraben sie sich im Bett und lassen, wie die Kinder, eine Kerze angezündet, damit es nicht ganz dunkel ist. Wenn eine ganz besonders starke Windbö niedergeht, schwanken die Wände. Sie stellen sich vor, die Fensterscheiben geben nach und sie sind dem Wüten preisgegeben, völlig allein, völlig schutzlos. Eine animalische Angst überfällt sie, eine schwere, kalte Angst, die sie verschlingt. Anfangs versuchen sie zu reden, erzählen sich flüsternd Geschichten von früher, aus der Zeit, als das Leben noch normal war. Aber das ist bald zu anstrengend, so sehr ist ihre Aufmerksamkeit auf das Spektakel gerichtet, das sich draußen abspielt. Da sitzen sie wie Tiere im Käfig, mit geballten Fäusten, und schrecken bei jeder Erschütterung durch den Wind hoch. Der Tag zieht sich in die Länge, sie dämmern vor sich hin und halten sich an den Händen. Das ohnehin spärliche Licht schwindet ganz, es muss inzwischen Nacht sein. Den Kopf unter der Decke, spürt Ludovic die Tränen, die ihm über die Wangen laufen, ohne dass er weiß, warum. Er fragt sich, ob er diesen Sturm überleben wird. Von der Insel entkommen? Sie müssen verrückt gewesen sein, daran zu glauben. Bei diesem Wetter auf dem Meer wäre ihr zusammengeflickter Kahn untergegangen, ohne auch nur eine Blase zu hinterlassen. Das Wasser scheint ihm

Mund und Lunge zu füllen, wie im Beiboot, nachdem er das Kreuzfahrtschiff verfolgt hatte.

Auch Louise ist in Gedanken bei dem Walfangschiff. Vor ihren Augen tanzen wie bei Ludovic Bilder des Ertrinkens. Sie zieht daraus den Schluss, dass sie an Land bleiben müssen. Letztlich gibt es hier ja Leben, hier sind Wasser, Pflanzen, Tiere. Sie werden es schon schaffen, sich anzupassen. Sie erinnert sich an die Geschichten der Indianer in Patagonien, die nackt in der Winterkälte lebten, im Schnee jagten, im Eiswasser fischten. Ihr ist, als hätten sie mit Zärtlichkeit von diesem Land gesprochen, das so viele Siedler schreckte. Sind sie beide weniger begabt als diese primitiven Völker? Zweifellos, denn die Errungenschaften ihrer entwickelten Zivilisation haben sie von diesem tausendjährigen Naturverständnis abgeschnitten, von dem überlieferten Wissen, mit dem der Mensch in der Lage war, von nichts zu leben. Die Zivilisierung hat ihm mehr Komfort und ein längeres Leben beschert, doch durch die Perfektion hat sie ihn auch ein paar Lebensgrundsätze vergessen lassen, ohne die Louise und Ludovic nun völlig hilflos dastehen.

Der nächste Tag ist kaum besser. Auch ihn verbringen sie eingehüllt in ihre Decken. Nur Louise steht auf, um ein Stück geräucherten Pinguin zu holen, an dem sie widerwillig knabbern. Endlich, am Abend, lässt der Wind nach und haucht die letzten Brisen aus. In der Nacht knackt die Station nur noch ein wenig, wie die Nachbeben bei einem Tsunami.

Ein ruhiger Tag beginnt, doch der klare Himmel kommt ihnen unbeständig vor. Unwillkürlich lauern

sie auf Vorboten des wiederkehrenden Sturmes. Irgendwann atmen sie endlich wieder tief durch.

In der Werft wartet eine Katastrophe auf sie. Die dürftigen Stützbalken haben nachgegeben. Der Schiffsrumpf liegt da wie vorher, ausgestreckt auf all den Brettern, die sie so mühevoll befestigt hatten und die jetzt
zersplittert sind. Kein Schrei, kein Weinen, erstarrt stehen sie da, ein paar Meter voneinander entfernt, und
betrachten die Zerstörung ihrer wochenlangen Arbeit.
Sie haben keine Kraft mehr für Gemütsverfassungen.
Beide fühlen sich nur leer, ausgelaugt wie ein in die
Enge getriebener Boxer zwischen den Seilen, benommen wie am ersten Tag nach dem Verschwinden der
Jason. Aber dieses Mal haben sie gekämpft, und sie haben verloren.

Was sie in der James-Bucht erwartet, ist noch beängs-
tigender. Die Pinguine sind verschwunden und haben
lediglich einen stinkenden schmutzig rosa Kotteppich
zurückgelassen. Sie hatten wohl bemerkt, dass die Jungen unbeholfen erste Schwimmversuche unternahmen
und dass die Eltern ihre Sprösslinge mit Schnabelhie-
ben antrieben, um sie zur Selbstständigkeit zu zwingen.
Die Natur ist nicht wohlwollend, und das Leben hat nur
ein paar Monate, um Fuß zu fassen. Die Kälte lässt die
Erde erstarren. Pech für die, die zu spät und zu schwach
sind, die den schützenden Ozean nicht rechtzeitig erreichen. Der Rückzug wurde vorverlegt, der Sturm hat
ihn beschleunigt. Von den einst Zehntausenden Tieren
wandern nur noch ein paar Hundert über das verlassene
Schlachtfeld.

In den folgenden drei Tagen schwebt der große Zeitdruck drohend über ihnen, sie mühen sich ab, noch das zu retten, was zu retten ist, und so viele Pinguine wie möglich zu erbeuten. Im Laufe der Zeit sind sie immer geschickter geworden. Die Steine rollen nicht mehr unter ihren Füßen weg, wenn sie den Hügel schnell hinunterlaufen, sie kennen die unvorhersehbaren Fluchtbewegungen der Tiere, ihre Knüppel gehen mit der eben dafür notwendigen Kraft aus dem Handgelenk nieder und verfehlen ihr Ziel nicht. Für den Rückweg zur »40« beladen sie sich mit immer mehr Tieren. Die Robbenjäger im neunzehnten Jahrhundert hätten sie sicher gerne in ihre Jagdgemeinschaft aufgenommen.

Am vierten Tag setzt der Schnee ihrem Eifer ein jähes Ende. Kaum dass Ludovic die Augen öffnet, erkennt er das bläuliche Licht wieder, diese dichte Stille. Er schließt die Augen wieder und sieht sich als Kind den kommenden Tag genießen. Es schneit nicht mehr häufig in Antony, und der Schnee wird schnell zu gräulichem Matsch, der an den Sohlen klebt, aber es gibt mindestens einen herrlichen Tag. Er wird die Tür in diese Welt öffnen, die wieder unberührt ist, und er wird sie erforschen. Er erinnert sich an den Moment des Innehaltens beim Anblick des weißen Gartens, der wie ein unbeschriebenes Blatt dalag, dieser vertrauten und zugleich verwandelten Landschaft. Er erinnert sich, wie eilig er es hatte, den Schnee zu verwüsten und sich darin herumzurollen, laut lachend von ihm Besitz zu ergreifen, sich darin zu wälzen, um seine Spuren darin

112

zu hinterlassen, mit ausgestreckten Armen und Beinen einen Engel in den Schnee zu malen.

Doch als sie aus der »40« treten, findet er nichts von dieser Freude in sich wieder. Es hat aufgehört zu schneien, aber am eintönig grauen Himmel hängen noch dicke Schneewolken, die alles Licht schlucken. Die Feuchtigkeit hat Holz und Eisen schwarz gefärbt. Sie durchbrechen kreuz und quer die weiße Decke und lassen die Ruinen noch trostloser wirken als ohnehin. Abgesehen von ein paar dreizehigen Abdrücken von Seevögeln gibt es keinerlei Lebensspuren. Ganz im Gegensatz zum früheren Gefühl, eine neue Welt vor sich zu haben, hat Ludovic nun hier den Eindruck von Verlassenheit, vom Schlafengehen vor dem Tod. Louise hat weniger düstere Gedanken, doch im Geiste zieht auch sie Bilanz. Der Winter hält Einzug, der Winter ist bereits da. In der Küche hängen nur noch etwa vierzig harte Pinguine und ein letztes Stückchen Robbenfleisch. Und dann?

Hand in Hand gehen sie zum Strand hinunter. Dieser Schnee nach dem Sturm steht für eine neue Phase ihres Lebens auf der Insel. Sie lassen die chaotische und ausschweifende Geschäftigkeit hinter sich, ihren täglichen reflexartigen Widerstand. Das weiße Universum scheint wie ein Bild: Sie fangen wieder ganz von vorne an. Doch dieses Mal haben sie gar nichts, weder Nahrung noch ein Fluchtmittel.

Sie sprechen nicht, gehen langsam am Spülsaum des Hochwassers entlang, an dem der Schnee abrupt aufhört. Das Wetter ist ruhig, ein graues Meer schwappt

sanft auf den Sand, Wolkenstreifen hängen unbeweg-
lich mittig vor der Steilküste, darüber der Himmel, der
schwer auf allem lastet wie ein Deckel. Auf dieser leeren weißen Seite, die der Schnee vor ihnen ausbrei-
tet, müsste eine neue Geschichte geschrieben, eine
Idee entwickelt, ein Antrieb gefunden werden. Doch
die Erschöpfung beherrscht alles, eine unbezwingba-
re Niedergeschlagenheit, die sie kraft- und hoffnungslos macht.

Der Rechnung in ihrem Heft zufolge muss es Ende April sein. Hell wird es inzwischen erst am mittleren Vormittag. Die regelmäßigen Aktivitäten finden nicht mehr statt, ebenso wenig die Morgengymnastik, auch der tägliche Arbeitsplan ist außer Kraft gesetzt. Seit die Tiere verschwunden sind, das Schiff zerschmettert ist, fühlen sie sich wie im Leerlauf. Während der letzten zwei Wochen ist vereinzelt wieder Schnee gefallen, sie mussten ihn wegfegen, um zum Bach zu gelangen, der oft von einer dünnen Eisschicht bedeckt ist.

Der Tag lastet auf ihnen. Sie möchten schlafen, schlafen, um zu vergessen, schlafen und beim Aufwachen auf wundersame Weise von diesem Albtraum erlöst sein, der schon allzu lange währt.

Sie haben beschlossen, sich auf einen Pinguin pro Tag und Person zu beschränken. Die besten Stücke werden als Mittagessen in Robbenfett gebraten, den Rest gibt es in einer seltsamen Mischung, in der sie die Fleischfetzen, die zerstoßenen Knochen und selbst die früher verschmähte Haut stundenlang köcheln. Morgens und abends verdünnen sie diese Suppe möglichst stark, und das heiße Wasser, das ihnen den Magen füllt, verleiht ihnen ein leichtes Sättigungsgefühl. Zwischen den Mahlzeiten verursacht ihnen der Hunger Magenkrämpfe, lässt sie frösteln, macht sie schwindelig, ruft unvermittelt Flimmern vor den Augen hervor und lähmt jede Bewegung, als hingen sie in einem Spinnennetz. Der Hunger nagt auch an ihrem Geist, hindert sie am Denken, daran, Pläne zu schmieden, sich auch nur den nächsten Tag vorzustellen. Sie fahren sich fest in dieser Benommenheit, die aus dem Nichtstun erwächst. Bretter für den Ofen zurechtzuschneiden, eine Handvoll Muscheln bei Ebbe aufzusammeln, das sind ihre einzigen Beschäftigungen, doch selbst die widerstreben ihnen. Die übrige Zeit vergeht vor dem Feuer.

Ludovic hat einen immer rasselnderen Husten. Er behauptet, es sei nur eine vorübergehende Angina, aber Louise sieht, wie er instinktiv die Hand an die Brust hält und versucht, das Gesicht nicht zu verziehen. Er hat schrecklich abgenommen, all seine Gelenke wölben sich unter der Haut krankhaft hervor. Er macht trippelnde Schritte wie ein alter Mann, sich zu bewegen erschöpft ihn. Trotzdem bemüht er sich verzweifelt, seinen alten Optimismus wieder zu entfachen. Er hat Würfel und Dominosteine aus Holzresten gefertigt und sie sorgfältig glatt geschliffen, damit sie hübsch aussehen und lange halten. Louise wird wahnsinnig, wenn sie ihn so versunken in diese unnütze Arbeit sieht, aber es gibt nichts anderes zu tun, immerhin beschäftigt er sich. Doch umso mehr nervt es Louise, dass er so tut, als sei alles in Ordnung.

»Spielen wir eine Partie? Du schuldest mir noch Revanche. Letztes Mal warst du zu stark, aber heute setze ich meine Schale Suppe.«

»Hör auf, den Blödmann zu spielen, sieh dich doch an, du bist nur Haut und Knochen.«

»Genau, eine Schale Wasser mehr oder weniger ist auch egal …«

Louise hat keine Lust zu spielen. Sie hat zu nichts mehr Lust. Sie ist nicht mehr der tapfere kleine Soldat. Sie kann sich nicht mehr bemühen. Das hat sie ihr ganzes Leben lang getan, und wie man heute sieht, war alles umsonst. Ludovic macht sie rasend mit seiner gemimten guten Laune. Sie weiß, dass sie ihn eigentlich bemitleiden sollte, versuchen müsste, ihm das Leben zu erleichtern, denn sie ist in besserer Verfassung, aber sie verspürt eine Gleichgültigkeit, für die sie sich schuldig fühlt. In manchen Augenblicken empfindet sie ihm gegenüber sogar blanken Hass, ebenso unkontrolliert wie unerklärlich. Ihr kommen bissige Antworten über die Lippen auf seine Späße, aber sie will nicht mehr streiten, wie es früher üblich zwischen ihnen war. Stattdessen ist sie wie besessen davon, alles abzuzählen: die schrumpfende Zahl der Pinguine, die Zahl der gesammelten Muscheln, der Holzscheite, die sie ins Feuer werfen. In ihren Wutanwandlungen gegen sich selbst wird sie gewahr, dass darin der Krämergeist ihrer Eltern weiterlebt. Das macht sie wütender als alles andere. Wenn das Wetter es erlaubt, geht sie lieber raus, um Ludovic nicht mehr im schummrigen Zimmer husten und zwanghaft mit den Würfeln spielen zu sehen.

Durch den Schnee sind ein Großteil der Station und die Talsohle unzugänglich. Sie begnügt sich damit, auf dem Strand auf und ab zu gehen, und zählt missmutig, wie oft sie hin- und herläuft, ohne es abstellen zu können. Das Laufen beruhigt sie, macht ihr aber noch mehr Hunger. Sie geht wieder hinein.

»Guck mal, Liebste, es hat geklappt! Endlich hab ich eine Ratte gefangen.«

Ludovic hält ein Tier am Schwanz, aus dessen durchgetrennter Kehle noch das Blut tropft. Seit Tagen probiert er verschiedene Arten von Schlingen und Fallen aus, ohne sich um Louises spöttische Bemerkungen zu scheren. Eine Ratte essen. Am liebsten würde sie ihn wegjagen, aber das Wasser läuft ihr im Mund zusammen. Das Verlangen, das Fleisch am Gaumen, die kleinen Knochen zwischen ihren Zähnen knacken zu spüren, überwältigt sie.

Es gibt nicht den geringsten Anhaltspunkt, wie spät es ist, vielleicht mitten in der Nacht. Die Stille ist greifbar. Louise schläft nicht, sie ist angespannt, horcht auf das kleinste Knacken oder Rascheln, als Hinweis darauf, dass sie noch am Leben ist. Die Stille ist ein Nicht-Geräusch, wie die Nicht-Existenz, die sie leben. Wie ein Albtraum, in dem alles verschwunden ist.

Immer häufiger passiert es ihr, so aufzuwachen nachts, alarmiert von einer Stille, die das Gegenteil von innerer Ruhe ist. Normalerweise schmiegt sie sich dann eng an Ludovic, der auf der Seite schläft, rollt sich dicht an seinen Körper, legt die Hand auf seine Brust und spürt die langsamen Schläge seines Herzens, konzentriert sich, um sein Atmen zu hören, endlich ein Geräusch. Dann fühlt sie sich im Einklang mit ihm, und der große, verwahrloste Körper rührt sie wieder an. Es ist eher ein mütterliches als ein Liebesgefühl, aber sie sehnt sich danach, sein entwaffnendes Lächeln wieder aufleuchten zu sehen. Und so fasst sie für den nächsten Tag lauter gute Vorsätze: weniger schroff zu sein, geduldiger. Sie weiß, dass sie sie nicht einlösen wird.

Doch als sie in dieser Nacht die Arme um ihn schlingt, durchfährt sie ein gleißendes Gefühl: Sie muss fliehen! Der Gedanke steht mit einem Mal in aller Klarheit vor ihr, oder, schlimmer noch, als ob er langsam irgendwo in ihrem Kopf gereift wäre und sich nun, da sie zunehmend schwächer wird, Bahn bricht. In ihrem Denken reiht sich alles logisch aneinander, ohne jede innere Erregung. Es sind nur Gedanken, einer ergibt sich aus dem anderen. Sie werden sterben. Alle beide. Der Winter hat gerade erst begonnen, und schon jetzt haben sie kaum noch etwas zu essen. Ludovic ist körperlich geschwächt, doch vor allem ist er innerlich zerbrochen. Seit dem Erlebnis mit dem Kreuzfahrtdampfer. Der Einsturz des Walfängers hat ihm den Rest gegeben. Er hat nicht den geringsten Antrieb mehr. Louise wagt die Worte nicht zu denken: »Er ist zu nichts mehr nütze«, doch ihr Sinn ist schon in sie eingedrungen. Ihr bleibt nur, wegzugehen und allein die Forschungsstation zu suchen. Einen Ort, an dem es mit Sicherheit Essensvorräte gibt und vielleicht auch irgendein Gerät zur Kommunikation. Sie waren zu zaghaft, um dort hinzugehen. Und jetzt ist Ludovic zu schwach für einen solchen Weg. Es ist sogar wahrscheinlich, dass er gar nicht überleben wird, was immer auch geschieht. Sie fühlt es, sie weiß es. Sie muss leben. Also weggehen. Das ist alles.

Einen Augenblick später überfällt sie grenzenlose Scham. Sie geht ohne ihn? Das heißt doch, ihn dem Tod zu überlassen, oder etwa nicht? Er ist so schwach. Ist denn nichts von ihrer Liebe übrig oder wenigstens ein Quäntchen Mitgefühl in ihr? Ist sie ein egoistischer Unmensch geworden?

Sie denkt an ihre Kindheitsträume. In der Rolle ihrer Heldinnen hat sie sich immer für die Armen und die

Schwachen eingesetzt. Immer hat sie ihren Nächsten geholfen, unter Einsatz ihres Lebens. Und nun ist sie kurz davor, einen Menschen in Gefahr alleinzulassen und sich diese Schuld aufzuladen. Noch dazu nicht irgendeinen Menschen, sondern den Mann ihres Lebens. Dieses jämmerliche Dasein mit all den Entbehrungen hat nicht nur ihren Wohlstand zunichtegemacht. Die Angst hat das Allerwichtigste zerstört: ihre Gefühle, ihre Menschlichkeit. Völlig bloß steht sie da, besessen einzig von dem Drang zu überleben, nicht anders als irgendeins der Tiere, die sie täglich sieht.

Tränen rinnen über ihr Gesicht. Ludovic müsste es doch merken. Sie wünschte, er würde sich umdrehen, sie umarmen, ihr einfach nur ein Wort zuflüstern. Nichts Liebevolles: nur ein Wort, ein Grunzen, um ihr zu zeigen, dass er da ist, dass er nicht aufgibt, sie nicht fallen lässt. Sie konzentriert sich fest auf diesen einen Gedanken, wie man es manchmal tut und dabei meint, man könne willentlich das Schicksal lenken.

Nichts geschieht, Ludovic regt sich keinen Millimeter. Er könnte auch tot sein. Und wenn er wirklich stirbt, ist es dann nicht er, der sie verlässt? Was soll dann aus ihr werden? Sie sieht sich vor sich, schwächer noch als heute schon, allein in diesem Elendsloch, wo der Ofen irgendwann ausgeht und die Ratten immer näher kommen.

Sie atmet langsam, um sich zu beruhigen. Nur ruhig, ganz ruhig … Es ist lediglich der falsche Augenblick, tiefe Nacht, wenn Himmel und Geist verdunkelt sind, die Stunde, in der alles auseinanderfällt. Louise kennt sie nur zu gut, sie hat häufig dagegen angekämpft. Wie oft ist sie seit ihrer Kindheit schon so aufgewacht, in der tiefen Überzeugung, das Gelernte nicht zu wissen, dass ihre Mutter ihren Geburtstag vergisst, dass es in den Bergen zu stark schneit, dass Ludovic nicht anruft ... Sie redet sich ein, es liegt an ihren Trieben, die hier am Werke sind; wie bei einem Höhlenmenschen, der mitten in der Nacht das Feuer ausgehen sieht und daran zweifelt, dass es morgens wieder hell wird.

Es muss ihr nur gelingen, wieder einzuschlafen. Sie muss sich wie ein Kind mit einer Gutenachtgeschichte in den Schlaf wiegen. Schlaf gut ... träum was Schönes ... Mein Liebes ...

Sie dreht sich um und schmiegt sich an Ludovic. Ein Brechreiz überkommt sie. Er stinkt. Er riecht nach Clochard, nach Müll, nach Schweiß, kaltem Urin, nach alten Kleidern, die er nicht mehr auszieht, in denen ein dreckiger Körper vor sich hin gärt. Der Gestank nimmt ihr den Atem, obgleich sie ihn noch nie bemerkt hat. Sie selbst riecht sicher nicht so schlecht. Zumindest achtet sie darauf, sich jeden Abend rasch zu waschen. Auch Ludovic könnte das tun, zumindest aus Höflichkeit. Und da geht die alte Leier auch schon wieder los: Er strengt sich nicht an. Alles hängt an ihr. Sie kann nicht mehr die Kraft für beide aufbringen, will das dürftige Essen nicht mehr teilen, ist nicht mehr bereit, den Gestank der Niederlage zu ertragen. Der Geruch lügt nicht, er ist der Sinneseindruck, der sich dem Willen am ehesten entzieht. Tiere, die ihn brauchen und gebrauchen, um ihre Angst oder Begierde auszudrücken, wissen das genau. Und wenn der Mensch seit jeher mit Parfüm versucht, sich ihn vom Leib zu halten, dann wohl allein aus diesem Grund.

Der Geruch lügt nicht. Der dieser Nacht sagt ihr, dass sie fliehen, Ludovic zurückweisen muss, und zwar sofort.

In den wichtigsten Momenten ist der Mensch allein, denkt Louise. Wenn es um das Leben, um den Tod, um Entscheidungen von größter Wichtigkeit geht, zählt der andere nicht mehr. Sie muss ihn vergessen und leben. Das ist ihr unbedingtes Recht, ihre Pflicht sich selbst gegenüber.

Es ist immer noch genauso still und dunkel. Nur das rote Auge des Ofens glimmt, das nie verlischt. Sie ist an der Reihe, darauf zu achten. Darum wird Ludovic nicht aus dem Schlaf hochschrecken, wenn sie aufsteht und im Zimmer wühlt. Sie nimmt die Jacke und die Schuhe, eines von den schärfsten Messern, zögert einen Augenblick, bevor sie das Feuerzeug ergreift und es in die Tasche steckt. Tastend bekommt sie das Heft zu fassen, den Stift, die Tinte und eine Kerze, die sie anzündet, bevor sie Holz im Ofen nachlegt.

In der Werkstatt kritzelt sie aufs Papier:

»Ich hole Hilfe. Ich komme spätestens in einer Woche wieder.«

Sie weiß nicht mehr, ob dieser letzte Satz wahr ist, sie würde ihn gerne glauben oder zumindest so tun.

Sie zögert und fügt dann hinzu: »Pass auf Dich auf, ich liebe Dich.«

Genau in diesem Moment liebt sie ihn nicht. Er ist

ihr sogar gleichgültig, aber sie hat Mitleid mit ihm. Dass sie weggeht, wird ihn zugrunde richten. Sie hinterlässt diese letzten Worte wie eine milde Gabe.

In Gedanken ist sie schon nicht mehr bei Ludovic, sie konzentriert sich: eine Flasche für unterwegs, den Rucksack mit den Eispickeln und Steigeisen ... Unten nimmt sie vier Pinguine vom Haken, besinnt sich, nimmt noch einen fünften. Es bleiben noch fünfzehn, man kann sie also wegen nichts beschuldigen. Aber wer sollte sie überhaupt beschuldigen und wofür? ·

Draußen umfängt sie sofort die Kälte. Beim bloßen Einatmen erfriert ihr fast die Nase. Eine Sekunde ist sie versucht, umzudrehen und sich wieder an ihn zu kuscheln. Los, Schluss jetzt mit dem Zaudern! Sie muss sich einfach vorstellen, sie kommt gerade aus einer Berghütte und hat eine schöne Wanderung vor sich.

Ein paar Kumuluswolken ziehen vor dem Halbmond her, der dem Schnee einen bläulichen Schimmer verleiht. Zum Gehen ist es hell genug. Es regt sich kein Wind, kein Geräusch in der alten Station, die einer Kulisse gleicht. Düster wie ein Gemälde von Buffet. Schon immer hat sie diesen Maler verabscheut. Schnell dreht sie sich wieder um und beginnt, ihre Spuren im unberührten Schnee zu hinterlassen, der ihr bis zu den Waden reicht. Sie lässt keinen anderen Gedanken zu als den an ihren Weg, sie muss das Tal hinaufsteigen, nach links abbiegen, danach den ersten Gletscher überqueren, auf den der ausgetrocknete See zurückgeht. Dann weiß sie nicht recht weiter. Sie erinnert sich, dass auf den Karten eine Reihe von Buchten zu sehen war, getrennt jeweils durch weitere Gletscher. Ihr Ziel befindet sich in einer davon, nur in welcher? Sie konzentriert sich auf das leichte Knacken, wenn die Eisschicht bricht, gefolgt von einem Zischen, wenn das Bein den weichen Schnee durchzieht. Das hypnotische Geräusch hindert sie am Denken, auch am Nachdenken über ihre Kurzschlusshandlung. Sie sammelt ein paar Stücke Holz auf für ein Feuer, wenn sie oben ist, und einen langen Stab, um den Schnee zu prüfen.

Langsam wird ihr wieder warm. Ihre Gelenke greifen wie ein gut geölter Mechanismus ineinander. Einen Fuß vor den anderen zu setzen weckt vertraute Empfindungen in ihr, Lebenskraft durchströmt sie, das Gefühl, unsterblich zu sein. Vorsichtig steigt sie das Tal hinauf, gibt acht, nur keinen falschen Schritt zu machen, der eine Katastrophe wäre. Denn sie ist allein, völlig allein, und sie weiß nicht, warum, aber jetzt beruhigt sie dieser Gedanke und erregt sie.

Der Tag bricht an, als Louise sich eine erste Atempause gönnt. Ohne größere Schwierigkeiten ist sie bis zum Gletscher vorgedrungen, der mit Sicherheit die erste echte Hürde wird. Die Bucht, noch immer ruhig, nimmt eine dunkelrote Farbe an. Die Station ist unter dem Schnee kaum auszumachen. Sie will nicht an Ludovic denken. Nein, sie darf nicht. Er wird um diese Zeit gerade aufwachen, vielleicht von der Kälte, weil das Feuer nicht mehr brennt. Er hat bestimmt neben sich getastet, die Leere gespürt, den ausgekühlten Platz, er wird gerufen haben, auf die Beine gesprungen sein, noch einmal gerufen haben, gepackt von einer plötzlichen Unruhe. Louise kann nicht anders, als ihn sich so vorzustellen. Er ist noch immer wie benebelt. Sie hofft, er wird als Erstes wieder Feuer machen. Zumindest glüht es noch, er wird es schaffen. Er sucht sie, er fragt sich, warum sie so früh weggegangen ist, ohne ihm Bescheid zu sagen. Er wirft einen Blick aus dem Fenster. Nein, sie ist nicht am Strand, um Muscheln zu suchen. Er geht hinaus. Er findet die Nachricht. Er rennt nach draußen, ruft nach ihr. An dieser Stelle ahnt Louise, dass sie sich die Geschichte so erzählt, wie es ihr zupasskommt. Demnach wird er wieder hineingehen, nachdenklich, erleichtert, dass sie ihn nicht um einen Rat gebeten hat, den er ihr unmöglich hätte geben können, zuversichtlich, dass sie bald zurückkommt, und er wird die Pfanne nehmen, um sich seinen Pinguin zu braten.

Jetzt ist nicht die Zeit, um den Gedanken nachzuhängen, sie muss den kurzen Tag so gut wie möglich nutzen. Kopfschüttelnd schnallt sie die Steigeisen um und nimmt den verschneiten Abhang in Angriff.

Wie oft hat sie schon gedacht, sie müsse sterben? Wie oft hat sie sich schon ihren verschrumpelten Körper vorgestellt, in unnatürlicher Haltung durch den Fall, mit aufgerissenen Kleidern, das bloße Fleisch durchstochert von den Sturmvögeln? Sie weiß es nicht mehr, aber das ist auch egal. Jetzt zählt nichts außer höchster Konzentration, um einen Fuß vor den anderen zu setzen, um den schmerzenden Körper zu zwingen, sich zu bewegen, weiter und weiter.

Sie zählt die Tage nicht: fünf, sechs, vielleicht sieben. Sie weiß nicht mehr, seit wann sie nichts gegessen hat, wann der letzte Pinguin verzehrt war. Ihr Bauch hat vor Hunger gebrannt, der Kopf war schwer wie Blei, dann hat sie sich leicht gefühlt, so leer wie die Muscheln, die auf dem Strand tänzeln. Sie hat den Hunger überwunden.

Sie denkt nur wenig, es fällt ihr schwer, sie fantasiert, springt von einer Erinnerung zur anderen, und dabei mischt sich ihre Jugend mit dem Schiffbruch und ihrer Begegnung mit Ludovic. Auch der mangelnde Schlaf trägt dazu bei. Seit der ersten Nacht quält sie die eisige Kälte. Auf den Anhöhen der Insel kann man sich nur schützen, indem man sich in den Schnee eingräbt. So zusammengekauert spürt sie machtlos, wie die

Gliedmaßen nach und nach erstarren, bis nur ein kleiner warmer Punkt noch bleibt in ihrem leeren Bauch. Dann zwingt sie sich zum Aufstehen, mitten in der Nacht, ganz gleich ob es regnet oder schneit, nur um nicht zu sterben. Die beiden letzten Nächte hat sie gar nicht geschlafen, weil es stürmte. Sie hat sich so gut es ging im Schutz eines Felsens gehalten und ist auf und ab gegangen, bis es hell wurde, überzeugt davon, noch vor Sonnenaufgang zu sterben. Aber nein. Sie ist nicht tot. Jetzt steigt sie langsam einen steilen Hang hinab, und dort unten, durch den Nebel und mit den trüben Augen kaum zu sehen, sind zwei rote Dächer am Ufer.

Natürlich ist nichts so gelaufen, wie sie es sich naiverweise beim Aufbruch vorgestellt hatte. Vom ersten Tag an hat der Gletscher sich als heimtückisch erwiesen. Wenn das Eis unter Druck steht, zerspringt es in tausend Teile, in tausend Schollen, die ein unüberwindbares Chaos ergeben. Daher hat sie sich entschieden, den Gletscher über die Höhen zu umgehen. Sie müht sich ab, mal an der Randkluft entlang, mal durch das Wirrwarr von schmalen Gängen, die häufig in einer Sackgasse münden. Manchmal schlüpft sie in eine Spalte, taucht tief hinab in den Gletscher, nimmt dunkle Wege zwischen zwei kalten, durchscheinenden Felswänden. Anschließend muss sie mühsam Stufen ins Eis schlagen, um wieder hinaufzugelangen. Am ersten Abend schafft sie es, ein kleines Feuer direkt im Felsen anzuzünden, umgeben vom Eis, auf das die flackernden Flammen rote und goldene Reflexe werfen, durch die es lebendig erscheint. Sie kann den Pinguin nicht wirklich garen, aber das lauwarme Fleisch stärkt sie. Das ist das einzige Mal, dass sie Feuer machen kann.

Am nächsten Morgen hebt sich der Wind, und es fängt an zu regnen. Sie braucht einen weiteren Tag, um den Gletscher hinaufzusteigen. Im Dämmerlicht erscheint ein großes Plateau vor ihr. Hier ist es, wo sie sich erstmals im Schnee eingräbt, als es zu dunkel ist, um weiterzugehen. In diesem Universum aus Eis, Schnee und Wasser stellt sich die Frage nach einem Feuer gar nicht erst. Sie knabbert das rohe, halb verdorbene Fleisch, ohne daran zu denken, dass sie sich dabei noch ein paar Wochen vorher übergeben hätte.

Tagelang irrt sie in dichtem Nebel über das Plateau. Ohne Kompass ist es ihr unmöglich, geradeaus zu gehen. Sobald schemenhaft ein Sonnenstrahl den Dunst durchbricht, versucht sie sich zu orientieren, doch es kommt durchaus vor, dass sie auf ihre eigenen Spuren trifft. Das ist furchtbar und trotz allem auch beruhigend, denn das strahlend weiße Schneefeld macht sie schwindelig. Noch nie ist hier ein Mensch entlanggelaufen. Bei ihren Wanderungen in den Alpen hätte dieses Gefühl sie wahnsinnig gefreut, hier zieht es sie in einen Abgrund aus Angst. Wo sind die Menschen, die sie so verzweifelt braucht? Sie scheinen auf ewig verschwunden zu sein. Sie ist allein auf der Welt. Später, wenn sie daran denken wird, wird sie nicht mehr sagen können, wie sie es geschafft hat, dort oben nicht an Kälte und Hunger zu sterben. Sie bewegt sich wie ein Automat. Jeder Schritt ist ein Kampf, die Muskeln in den Beinen brennen. Sie muss den Fuß aus dem Schnee ziehen, vorsichtig das Gewicht verlagern, um nicht zu tief einzusinken, das andere Bein nachziehen und wieder von vorne beginnen. Wieder und wieder. Nur ihre Erfahrung und vor allem die hypnotische Willenskraft bewahren sie davor, sich einfach einzurollen. Sie ist derart erschöpft, dass sie am Ende immer fünfzehn Schritte zählt, dann anhält, um zu atmen, und wieder fünfzehn Schritte zählt. Sie singt sich selbst Abzählreime vor, die ihr aus der frühesten Kindheit in den Sinn kommen. Plötzlich dringt die Sonne wieder durch und gibt die Sicht frei. Sie schafft es, den Rand eines Felsens zu erreichen, und sieht, weiter unten in der Ferne, die Dächer, wie durch ein Wunder. Sie fühlt nichts, sie ist jenseits, ihr Körper ist genauso leer wie ihr Geist. Sie weiß nur noch, dass sie dort hingelangen muss.

Die Tür ist mit einem dicken Stein und einem Holzbalken zwischen zwei Haken gesichert. Sie knarrt nur wenig beim Öffnen. Im Windfang steht eine Bank, die, wie die darunter verstreuten Stiefel vermuten lassen, offenbar zum Ausziehen der Schuhe gedacht ist, gegenüber hängen Haken mit gebrauchten Wachsjacken an der Wand. Die nächste Tür führt in einen großen holzvertäfelten Raum, zugleich Küche, Wohn- und Esszimmer, wie zu Hause: Gasherd, Kühlschrank, Spüle, ein langer Tisch, Stühle und sogar zwei Sofas vor einer Kiste, auf der Zeitschriften liegen. Die Einrichtung ist alt, scheint nicht gerade sauber, aber es ist alles da. Auf den Möbeln haben die Bewohner, wie Kinder, wahllos ihre Fundstücke verteilt, Federn, Muscheln oder Steine. An einer Wand hängen Fotos, fleckig von der Feuchtigkeit, eher junge Gesichter, lächelnd über einem leckeren Essen, mit einem verletzten Vogel oder irgendeiner wissenschaftlichen Apparatur. Sie hat die Fensterläden noch nicht aufgemacht. Ein schwaches Licht dringt durch die herausgebrochenen Lamellen und lässt Staubstrahlen tanzen. Es ist ganz und gar still. Louise wagt sich vor, fällt auf dem Boden auf die Knie. Ein schrecklicher Brechreiz überkommt sie, obwohl ihr Magen schon seit Langem leer ist. Sie hat nicht mehr die geringste Kraft, nicht einmal genug, um aufzustehen. Ihr ganzer Körper zittert. Sie hat es geschafft, der Albtraum ist zu Ende.

In einem letzten Aufwallen von Energie öffnet sie die Schränke und stopft sich wahllos eine Handvoll Zucker, ungekochte Nudeln, Müsliriegel in den Mund. Schließlich schleppt sie sich zum Sofa, fällt darauf, halb schlafend, halb bewusstlos. Sie weiß nicht, wie lange sie schläft. Sie wacht auf, es ist dunkel, sie schläft wieder ein, so geht es viele Male. Endlich kommt sie zu sich, es ist hell.

Trotz des Hungers lässt sie sich nun Zeit, um in Ruhe die Schränke auszuräumen, und nimmt dabei die kalte, glatte Oberfläche des Geschirrs wahr, die Schwere des Schmortopfes, das Knistern der Spaghetti, wenn sie den Pappkarton schüttelt. Sie zwingt sich, die Nudeln lange genug zu kochen, die Tomatensauce warm zu machen. Dann deckt sie den Tisch und spürt, wie ihr das Wasser im Mund zusammenläuft. Als sie das Essen verschlungen hat, legt sie sich wieder schlafen, dieses Mal in einem echten Bett. Zwei kleine, an das große Zimmer grenzende Räumen bieten zwölf Etagenbetten, auf denen ordentlich zusammengefaltet Synthetikdecken liegen. Sofort fällt sie in tiefen Schlaf, der sich wie ein Deckel über die vergangenen Monate legt.

An den ersten beiden Tagen fühlt sie sich unendlich schwach, unfähig, den Rückweg zu wagen. Schon das Wasserholen strengt sie an und widerstrebt ihr, als könne dieser Ort der Zuflucht, den sie nun endlich gefunden hat, in ihrer Abwesenheit durch Zauberhand verschwinden. Sie schläft viel. Sie nimmt sich Zeit für eine Bestandsaufnahme der Vorräte und ist verzückter, als sie es jemals war, selbst zu Weihnachten, als kleines Mädchen. Es gibt alles, Konserven, Trockenfrüchte, Nudeln, Reis, Trockengemüse. Als sie ein Pfirsichtörtchen verschlingt und der siruppartige Saft ihr den Hals hinunterläuft, denkt sie, sie müsse sterben vor Glück. Von der Dose mit Baked Beans bleibt nichts übrig, selbst den Deckel schleckt sie ab.

In einem verborgenen Winkel ihres Bewusstseins weiß sie ganz genau, dass Ludovic dort ist, aber im Moment scheint die Entfernung unüberwindbar. Erst als sie wieder halbwegs auf den Beinen ist und anfängt, ihr neues Reich zu erkunden, denkt sie an ihn. Sie stößt auf einen Raum, der als Badezimmer dient, ein Kabuff mit Badewanne und Waschbecken, die man mit dem Eimer füllen muss.

Über dem Waschbecken, bedeckt von einer Schicht aus Fliegendreck, hängt ein Spiegel, der Blick hinein lässt sie heftig zusammenzucken. Ist das da sie? Diese angeklatschten Haare um den Kopf, die ihn wie einen Vogelschädel aussehen lassen? Die unendlich großen Augen, tief in den rötlich violetten Höhlen? Diese Haut mit den geplatzten Äderchen, übersät von Wunden, schwarz von Dreck und Erfrierungen? Dieses Leichengesicht, ja, genau dieses Wort liegt ihr auf der Zunge. Sie begreift, dass sie am Abgrund angekommen ist, am Rande der Erschöpfung, der Zerstörung. Sie muss zunächst sich selbst beschützen, bevor sie wem auch immer hilft. Sie, Louise, muss leben, danach sieht man weiter. Sie denkt an die Sicherheitshinweise im Flugzeug, von denen sie immer schockiert war, wenn erklärt wird, dass man zuerst sich selbst die Sauerstoffmaske aufsetzen muss und dann erst seinem Kind. Jetzt versteht sie, warum sie damit recht haben.

Wenn sie zurückkehrt, wird sie sterben. Das ist sicher. Selbst wenn sie den Rückweg wiederfindet, gibt es in der alten Station nicht ausreichend Essen, um bis zum nächsten Sommer durchzuhalten. Sie wird weder genug mitnehmen noch Ludovic dorthin bringen können, wo sie jetzt ist. Sie fühlt einen primitiven, animalischen Egoismus in sich aufsteigen, den sie zu rechtfertigen versucht. Würde ein Tier sich für ein anderes opfern? Nein. Der Sinn des Lebens besteht darin, sich selbst zu schützen, das eigene Leben zu erhalten, bevor man sich um andere kümmert. Nächstenliebe ist etwas für die Wohlstandsgesellschaft. In einer Notsituation wie der ihren ist es kein Rückschritt, dass sie zuerst an sich denkt. Es geht schlicht darum zu prüfen, was jetzt wichtig ist.

Tatsächlich hat Louise einfach Angst. Die Vorstellung, noch einmal die Bergüberquerung zu wagen und, mehr noch, in die alte Station und die »40« zurückzukehren, an den Ort des Scheiterns und des Todes, lässt sie panisch werden. Bei dem bloßen Gedanken dreht sich ihr der Magen um, stockt ihr der Atem. Nichts wiegt schwerer als das, was sie empfindet, nicht einmal das Schicksal dessen, den sie liebt.

Wie ein Schwerverletzter Endorphine ausschüttet, die die Schmerzen unterdrücken, so zieht Louise, ohne sich darüber klar zu sein, im Lauf der Zeit einen Vorhang des Vergessens zwischen sich und Ludovic. Er verschont sie vor der quälenden Entscheidung. Unwillkürlich denkt sie immer weniger an ihn, als würde sich sein Bild im Nebel auflösen, wie das Gesicht eines Toten, dessen Konturen man schließlich vergisst.

Die Tage verstreichen. Louise geht selten nach draußen. Ihr Leben im Ausnahmezustand spielt sich auf dem an den Kohleofen gerückten Sofa ab. Mit nicht nachlassendem Genuss liest sie wieder und wieder die langweiligen Zeitschriften und löst Kreuzworträtsel. Sie döst vor sich hin, lauscht dem Regen, der auf das Blechdach prasselt, und kostet es mit allen Sinnen aus, selbst im Trockenen zu sein.

Sie bringt Stunden damit zu, Wasser heiß zu machen, die Badewanne zu befüllen, sich vom Wasser tragen zu lassen, bis es abkühlt und sie aus ihrem Dämmerzustand erwacht. Die Haare grob gestutzt, die Fingernägel kurz, in viel zu weiten, aber sehr bequemen Kleidern, so kämpft sie träge gegen den Heißhunger, der sie ständig dazu drängt, Nudeln oder Reis zu kochen, egal zu welcher Tageszeit. Sie nimmt wieder zu. Ludovic ist nur noch ein Schatten, eine Erinnerung, eingemauert in den Tiefen ihrer Seele.

Nach ein paar Tagen erwacht Louise aus ihrer Lethargie und inspiziert das zweite Häuschen. Sie hatte es zunächst nicht weiter beachtet, als sie merkte, dass es eine Werkstatt war und sich dort nichts zu essen fand. Nun treiben Neugier und Langeweile sie dorthin, und sie entdeckt ein Funkgerät. Kommunizieren, verbunden sein, mit anderen Menschen sprechen, um Hilfe rufen, all das jagt ihr einen Schauer über den Rücken. Auf der *Jason* hatten sie kein solches Gerät dabei, sondern ein kleines Satellitentelefon. Doch in manchen Berghütten, die günstiger an die Geräte kamen, hatte sie halbwegs mitbekommen, wie sie funktionieren. Als Erstes braucht man Strom, sie muss also den Generator im Anbau in Betrieb nehmen.

Drei Tage braucht sie, bis es ihr, eher zufällig, gelingt. Es ist nicht viel Benzin da, aber es wird reichen. Dieser erste Sieg über die Technik stimmt sie hoffnungsfroh. Man muss sicher nicht hexen können, um das Funkgerät zu bedienen. Sie dreht an den Knöpfen, drückt wahllos irgendwelche Schalter, Ziffern erscheinen auf der Anzeige, der Lautsprecher pfeift, dröhnt, knackt. Sie flucht, weil sie keine Gebrauchsanweisung findet. Hin und wieder hört sie fremde Stimmen und schöpft wieder Hoffnung, schreit ins Mikro. Es macht sie rasend, dass sie so unbeholfen ist im digitalen Zeitalter und noch nicht einmal ein Funkgerät in Gang bekommt. Alles ist so schnelllebig, ein Gerät mit nicht mal zwanzig Jahren völlig veraltet, niemand weiß mehr etwas damit anzufangen. Die Befürchtung, dass ihr das Benzin ausgeht, wird schließlich wahr. Sie weint, fühlt sich genauso ohnmächtig wie damals, als das Kreuzfahrtschiff im Nebel verschwand. Doch dann findet sie sich damit ab. Es hat keinen Sinn zu kämpfen. Die falschen Hoffnungen drücken aufs Gemüt, besser ist es abzuwarten, bis von allein Hilfe kommt, die Situation sich wendet, zum Guten oder Schlechten. Denn inzwischen macht ihr auch das Schlechte keine Angst mehr.

Louise wartet. Behaglich eingerichtet wartet sie. Vor dem Fenster werden die Tage grau. Sie hat sich neue Rituale ausgedacht. Spät aufstehen, ein Kakao mit, nun ja, Milchpulver, mit Konfitüre bestrichenes Gebäck, dann warmes Wasser für eine ausführliche Morgenwäsche, diese kleinen Freuden füllen einen Teil des Vormittags. Lesen, Kohle holen, über das Mittagessen nachdenken, kochen, essen, einen Mittagsschlaf halten, aufräumen, den Inhalt der Schränke genauestens sortieren, und schon naht der Abend. Der richtige Zeitpunkt, die nächste Mahlzeit anzurichten, das Essen in die Länge zu ziehen und zuzusehen, wie sich die Dunkelheit über die Bucht legt. Sie schläft viel. Es ist reichlich Kohle da und Nahrung, damit sie überwintern kann. Dann wird der Frühling kommen und damit auch ein Forschungsschiff. Sie wird die ganze Geschichte hinter sich lassen. Sie hat sich einen Kokon gesponnen, der sie am Leben hält, oder eher zwischen zwei Leben, dem davor und dem danach. Sie fühlt sich wie eine Larve. Es gibt nichts zu tun, sie muss nur darauf warten, ein Schmetterling zu werden. Sie will nicht wissen, was in der »40« geschieht, nicht einmal daran denken. Hier ist sie geschützt, in ihrer Festung, ihrer einsamen Festung.

Es vergehen mindestens drei Wochen, vielleicht vier. Die Insel ruht im tiefsten Winterschlaf, ist bis zum Ufer unter meterhohem Schnee verborgen. Nichts regt sich, bis auf ein paar Vögel, die verstört umherfliegen. Die baumlose Landschaft bietet dem Wind kein Angriffs-

ziel. Er begnügt sich damit, um die Hausecken zu dröh-
nen und den Wind gegen die Fenster zu peitschen. Die
Welt ist ganz und gar schwarz-weiß, ein wenig grünli-
cher vielleicht zum Meer hin, zum Felsen etwas bräun-
licher. Darüber liegt der Schleier der Unendlichkeit.

An diesem Morgen sind die Wolken ausnahmswei-
se aufgerissen, und ein flüssiges Blau hat den Himmel
überflutet. Louise hat Lust zu einem Spaziergang. Das
schöne Wetter kommt gerade recht. Seit ein paar Nächten schläft sie schlechter. Sie würde es gerne auf die feh-
lende Bewegung schieben. In ihren Träumen ruft etwas,
oder vielmehr ruft jemand nach ihr.

Im geschützten Teil der Bucht ist das Meer zugefro-
ren, Ebbe und Flut haben Glasperlen aus Eis hinterlassen, die in der Sonne schimmern. Vögel stochern unab-
lässig darin herum. Sie wünschte, sich wie sie zu fühlen,
völlig versenkt in das tägliche Leben, essen, schlafen,
überwintern. Doch es gelingt ihr nicht mehr, sich diesem Ablauf hinzugeben. Ist es ein leises Schuldgefühl,
das an ihr nagt? Blitzlichtartig flackern ihr Bilder durch
den Kopf: seine Unterarme, übersät mit Flecken, die
die Sonne hinterlassen hat, seine Augen, die ins Grüne driften, wenn er wütend ist, das seltsame Geräusch
aus seiner Kehle, kurz nach dem Orgasmus. Die frische
Luft des schönen Morgens verscheucht die Dunstglo-
cke, unter der ihre Gedanken lagen, genauso wie den
Nebel aus der Bucht. Je schneller sie geht, desto stärker
treten die Bilder hervor. Es ist nicht der leidende und
verzweifelte Mann, der sich ihr aufdrängt, sondern der,
den sie geliebt hat und dem sie bis ans Ende der Welt

gefolgt ist, ein fröhlicher, tatkräftiger Mensch, in dessen Armen sie jetzt gerne wäre, der Mann, den sie beinahe geschafft hatte zu vergessen und der ihr plötzlich wieder ins Gedächtnis springt. Warum gerade jetzt? Weil sie sich wieder erholt hat?

Sie beginnt zu zweifeln, fühlt sich hin und her gerissen. Sie geht am Strand auf und ab, warm angezogen. Heute dringt der Wind nicht durch die alte, zerrissene Jacke. Dicke Stiefel schützen sie vor spitzen Steinen. Ganz plötzlich schämt sie sich für diese Annehmlichkeit, dann ärgert sie sich, weil sie sich schämt. Ohne recht zu wissen, warum, fängt sie an zu laufen. Müde werden, den Körper müde machen, damit der Geist sich beruhigt, damit sie wieder ruhig schlafen kann. Abrupt bleibt sie stehen. Früher hat sie sie belächelt, diese Leute im Parc Montsouris, die trippelnd ihre Runden machten. Und nun ist auch sie dabei, ihren Körper so sinnlos zu gebrauchen? Welch obszöne Energieverschwendung, während ganz in ihrer Nähe ein anderer verhungert. Und schon kommt alles wieder hoch, alles drängt sich wieder auf. Die Phase der Bewusstlosigkeit, in der sie gelebt hat, endet mit einem Schlag. Sie bedauert es zutiefst, weil sie weiß, dass sie keinen Frieden mehr finden wird. Die Tage vor dem Ofen sind endgültig vorbei.

Zehn volle Tage noch sucht Louise nach Ausflüchten. Zurückkehren in die stinkende Höhle, um dort vielleicht einen von Ratten zerfressenen Leichnam zu finden und sich den Konsequenzen ihrer Flucht zu stellen. Wozu? Die Vorstellung macht ihr noch immer große Angst. Aber sie hasst sich auch, sobald sie eine Packung

139

Reis öffnet oder Zucker in den Kaffee tut. Wie machen es die Leute nur im Krieg? Retten sie nicht zuerst sich selbst? In den Romanen sterben immer nur noch mehr, wenn einer sich dazu aufschwingt, den Helden zu spielen. Allein leben oder zu zweit sterben?

Zehn Tage, in denen sie schlecht schläft, keinen Gefallen mehr am ruhigen Leben findet. Zehn Tage, in denen Abscheu in ihr wächst. Eines Morgens, scheint ihr, hat sie keine Wahl mehr.

Alles ist ruhig, wie bei ihrem Abschied. Auch die alte Walstation schläft unterm Schnee. Louise hat das Gefühl, nach Hause zu kommen, an einen vertrauten Ort, zugleich meint sie, die aufgeschlitzten Tanks und die rußgeschwärzten Mauern mit anderen Augen zu sehen. Der Rückweg hat nur drei Tage gedauert. Die Umstände waren günstig, mildes Wetter und eine deutlich bessere körperliche Verfassung. Als sie sich erst einmal entschieden hatte, brachte sie auch die Energie auf, für die ihre Kletterpartner sie einst bewunderten, und je weiter sie vorankam, desto mehr drängte es sie zur Eile.

Nicht die kleinste Rauchfahne, keine Spuren im Schnee. Noch einmal würde Louise am liebsten fliehen, doch es ist zu spät. Da ist die »40«, die Holztür, die Betontreppe, ihre Schritte, die widerhallen. Leise ruft sie, dann ein wenig lauter. Irgendwo nimmt eine Ratte Reißaus. Die Tür zum Zimmer quietscht wie immer. Ein heftiger Gestank nach Feuchtigkeit, Urin und Exkrementen nimmt ihr den Atem. Das trübe Licht betont die Nutzlosigkeit des zur Dämmung ausgebreiteten Papiers, den Schmutz des zerlumpten Stoffes, der über dem Bett hängt, und die verlassene Gestalt darin, wie ein Haufen.

»Ludovic?«

Louise erwartet keine Antwort. Aber in dem Oval, das

kaum unter der Decke hervorragt, erblickt sie zwei auf-
gerissene Augen mit Lidern, die sich langsam senken.
Das ist nicht mehr Ludovic. Die graue Haut liegt schlaff
auf den Knochen, und der Nasenrücken tritt hervor wie
bei einem Raubvogel. Der verfilzte Bart und der fettige
Schopf sind voller weißer Haare. Es ist ein alter Mann,
der sie da anstarrt. Nicht ein einziger Muskel regt sich
im Gesicht, nicht einmal der Anflug eines Lächelns, kein
Wort, nur die Lider.

Louise nähert sich, ruft leise, mit zittriger Stimme:
»Ludovic? Ludo, hörst du mich? Ich bin's, Louise.«

Der Blick fixiert sie jetzt, doch nach wie vor keine Bewegung, keinerlei Ausdruck, als sei das Wesen vor ihr
nur ein unbeteiligter Zuschauer.

Auf Knien vor dem Bett kauernd streichelt Louise
das entstellte Gesicht. Unter der Decke spürt sie einen
spitzen, knochigen Körper. Sie spricht, sie weint, sie
nimmt ihn in den Arm. Er verharrt reglos wie eine Puppe. Hätte sie ihn tot gefunden, so hätte sie es eher akzeptieren können, sie hatte sich schon beinahe damit
abgefunden. Doch dieser leere Blick erschüttert sie zutiefst.

Sie macht das Feuer an, bereitet mit dem mitgebrach-
ten Pulver Milch zu und tropft ihm etwas davon auf die
Lippen. Er schluckt schwer, sein Adamsapfel hebt sich
widerwillig. Ein Teil der Flüssigkeit läuft wieder aus dem
Mund, der halb geöffnet ist. Sie hat den Eindruck, einen
leblosen Schlauch zu füllen, nicht, einem Menschen zu
trinken zu geben.

Sie überwindet ihren Brechreiz und versucht, ihn zu

142

waschen. Die Gelenke stehen unter der faltigen Haut hervor wie unter einem übergroßen Kleidungsstück. Auf seinen Beinen sind blaue Flecken, Krusten, Spuren von Exkrementen. Was ist nur passiert? Wollte er sich etwa in die Berge wagen? Hat er sich verletzt und ist zurückgekehrt, hat verzweifelt hier auf sie gewartet?

Es gibt nur die eine Matratze, und so schiebt sie Lappen unter seinen Körper, damit er nicht im Feuchten liegt.

Während sie ihn behutsam bettet, merkt sie, dass er sie anschaut und seufzt. Sie ist beruhigt. Ludovic, ihr Ludo, wird es schaffen. Sie hat genügend Trockennahrung mitgebracht, um ihn wieder aufzupäppeln. Sie ist sogar bereit, den ganzen Weg noch einmal zu gehen, um Nachschub zu holen. Hinterher wird er es verstehen. Er muss es verstehen. Es ist nicht ihre Schuld. Sie war so schwach, so erschöpft.

Der Abend kommt überraschend schnell. Ein Sonnenstrahl funkelt unter den Wolken hervor und färbt das Zimmer rosa. Sie hasst jetzt alles, was sie hier geduldig angesammelt haben. Nie wieder wird sie Pinguinfleisch essen oder Robben. Weil sie sich verhalten haben wie die Tiere, wären sie beinahe auch krepiert wie Tiere. Die ungebändigte Natur, die sie so sehnlich in den Bergen oder auf dem Meer gesucht hat, erscheint ihr heute wie ein Feind. Was für ein Wahnsinn herzukommen! Sie haben einen ungeheuer hohen Preis dafür bezahlt, aber es wird alles gut. Ludovic wird sich erholen, irgendwer wird kommen und sie nach Hause bringen, sie werden wieder ihr normales Leben führen. Zum ersten Mal seit langer, langer Zeit stellt sie sich vor, sie würden miteinander schlafen, stellt sie sich vor, sie wäre schwanger.

Sie redet laut, so wie man es mit denen machen soll, die ins Koma gefallen sind, damit sie sich ans Leben klammern können. Im Kerzenschein versucht sie noch einmal, ihn zu füttern, dann richtet sie sich aus Zeitungen ein Lager am Fuß des Bettes her und wickelt sich in ihre Segeljacke. Sie bringt es nicht fertig, sich an ihn zu schmiegen. Sie ekelt sich vor der stinkenden, urindurchtränkten Decke und, mehr noch, vor dem kalten, dürren Körper.

Sie sagt sich, dass er allein besser schlafen wird.

Mehrmals wacht sie von der Kälte auf, Ludovic schläft. Hin und wieder stößt er einen tiefen Seufzer aus, im Traum, wie sie meint.

Die Morgendämmerung überrascht sie nicht. Sie währt so lange, hier in diesen Breiten. Der Tag weigert sich anzufangen, versteckt sich hinter einer Wolke, rekelt sich grau und bequemt sich schließlich, einen bläulichen Schein zu verbreiten. Louise nutzt die Gelegenheit, um noch einmal einzuschlafen. Ist es der tiefe Seufzer, der sie aus dem Schlaf reißt? Sie schreckt auf und schüttelt sich. Das kam von Ludovic, sicher wird er Hunger haben. Nein, er hat keinen Hunger, er wird nie wieder Hunger haben. Noch nie hat sie dem Tod ins Gesicht geschaut. Als ihre Großeltern starben, hat sie nur den langen Eichensarg gesehen, denn »so ein Anblick ist nichts für Kinder«. Trotzdem weiß sie den starren Blick sofort zu deuten. Ludovic ist nicht mehr, ist nichts mehr, lediglich ein Zellhaufen, den keine Kraft wieder zum Leben erweckt, der nach und nach verwest, zerfällt, vergeht. Louise ist zunächst wie gebannt. Wie ist das möglich? Sie hat nichts gesehen, nichts gehört. Sie war an seiner Seite, hat ihn fast berührt, die ganze Nacht. Und doch hat sie das Unvorstellbare versäumt. Und unvorstellbar ist es, was geschehen ist. Ludovic ist tot. Sie spricht den Satz laut aus, wie um sich selbst davon zu überzeugen. Der Klang durchschneidet einen Augenblick die Stille, dann scheinen ihn die Mauern, der Schnee, der Ozean zu verschlucken.

Es kommt ihr in den Sinn, dass er auf sie gewartet hat, auf sie gehofft, und dass es ihre Ankunft ist, die schließlich alles ausgelöst hat. Die ihn den Kampf hat aufgeben lassen, nachdem er sie ein letztes Mal gesehen hat. Wie grausam wäre das! Nein, das kann er ihr nicht angetan haben!

Sie legt die Hand auf die Schulter, die unter den Decken verborgen ist, rüttelt leicht daran. Nichts passiert. Sie spürt die Tränen nicht, die ihr über das Gesicht laufen, den Hals entlangrinnen und die Fleecejacke nass machen.

Sie weint, sie lässt alles aus sich herausfließen, ertränkt ihren Kummer, aber auch die Ohnmacht, die sie fest im Griff hat, seit das verfluchte Kreuzfahrtschiff entwischt ist. Sie sitzt auf den dreckigen Stofffetzen am Boden, lässt los. Der Kampf ist zu Ende, das Leben ist vorbei und damit auch der Druck, das tägliche, das ständige Ringen darum, das Unmögliche zu schaffen, sich zu behaupten mitten im Nirgendwo, weit weg von allem und allen. Die erbarmungslose Natur ist stärker gewesen, aber darf man denn Erbarmen von der Natur erwarten? Hier ist es Alltag, dass Tiere leben und sterben.

Louise schluchzt, weil sie allein ist, weil sie nicht rechtzeitig zurückgekommen ist, nicht mehr weiß, was sie tun soll. Irgendwann, nach einer Ewigkeit, hat sie keine Tränen mehr. Alles Wasser ist aus ihrem Körper geflossen, ein Fluss der Verzweiflung. Zurück bleiben nur die verquollenen Augen und starke Kopfschmerzen.

Ludovics Blick ist schon ganz glasig oder vielmehr unmerklich verschleiert. Irgendetwas in den Augen, in der Pupille ist im Begriff, sich zu verfestigen, die Tür zwischen den Lebewesen zu schließen.

Louise bleibt lange sitzen, wie betäubt, schaut zu, wie eine weiße Sonne aufgeht und das Zimmer flutet. Die Luft ist derart kalt, dass in den Strahlen nicht das kleinste bisschen Staub tanzt, und da ist diese Stille, die Stille des Schnees draußen, die Stille dieser Gestalt auf dem Bett, die Stille, die sie innerlich durchströmt.

Schließlich steht sie auf, nimmt den Rucksack, den sie gestern nicht geschafft hat auszupacken, und verlässt das Zimmer.

Hier

as Meeting ist in einer Stunde, hast du dein Paper fertig?«

Die Große mit den roten Haaren beugt sich über den halbhohen Raumteiler des *Open-Space*-Büros und fängt schallend zu lachen an.

»Na, du scheinst ja nicht gerade in Topform zu sein. Hast du gestern gefeiert oder was?«

Pierre-Yves knurrt. Er wusste, dass es unklug war, die Kumpel am Dienstagabend zum Fußballgucken einzuladen, vor der Redaktionskonferenz am Mittwochmorgen. Vor allem weil er gestern beim Verlassen des Büros »sein Paper« noch nicht in der Tasche hatte, die Story, die er für die Ausgabe in zwei Wochen vorschlagen und recherchieren muss. Eine Stunde, um etwas Passendes zu finden, das ist knapp, aber er bereut es nicht, dass er sich letzte Woche so intensiv mit dem Thema Onlinesucht beschäftigt und dazu lauter Jugendliche ausführlich interviewt hat, die vollkommen in eine virtuelle Welt abgetaucht sind. Das hat ihn wirklich gefesselt. Er weiß, wenn ihn ein Thema packt, dann wird das, was er dazu schreibt, auch gut, sehr gut sogar, und genau deshalb arbeitet er bei einem Wochenblatt, das noch einigermaßen vernünftig läuft, trotz der Krise im Journalismus.

L'Actu ist eine angesehene Zeitung, weder rechts noch links, mit dem Fokus auf schrägen Geschichten und abseitigen Themen, die dem Blatt noch ausreichend Leser garantieren. Marion, die Rothaarige, ist Kulturredakteurin und hat einen guten Riecher für die Dinge, die schon bald in aller Munde sind – einen Autor aus Mali, ein Happening ... Simon und er sitzen im Gesellschafts- und Panorama-Ressort, ziemlich kommod: eine aktuelle Seite pro Woche und eine große Geschichte alle vierzehn Tage. Bis gestern Abend hatte er eigentlich vorgehabt, einen ehemaligen Unternehmer zu porträtieren, der auf der Straße gelandet war und sich nun abmüht, eine Firma auf die Beine zu stellen, die Hilfsangebote für Obdachlose anbieten soll. Aber dann hatte er mit dem Typen telefoniert, und der schulmeisterliche Ton, in dem sich dieser über Einsatzbereitschaft und Ausdauer ausließ, hatte ihn ziemlich gelangweilt. Wenn er sich selbst nicht gut unterhalten fühlt, dann werden es die Leser auch nicht tun.

Marions Einwurf reißt ihn zumindest aus der Lethargie, die dem feuchtfröhlichen Abend geschuldet ist. Pierre-Yves macht es sich auf seinem Stuhl bequem. Letztlich arbeitet er sogar gerne unter Druck, er mag den Schauer, den das Adrenalin ihm über den Rücken jagt. Sechzig Minuten hat er, um *die* Idee an Land zu ziehen. Eine Viertelstunde liest er noch einmal alles, was er sich bei verschiedenen Treffen achtlos notiert hat. Doch dabei kommt nichts heraus, und so durchstöbert er die englischen Nachrichtenseiten, die häufig einen gewissen Vorsprung haben. Bei Reuters entdeckt er schließlich den Kracher. Er stammt vom selben Morgen, und zwar aus der Rubrik »Oddly enough«, die er ganz besonders schätzt, weil sie voller verschrobener Geschichten steckt:

Stanley – Ostfalkland

Das Forschungsschiff *Ernest Shackleton* des British Antarctic Survey, das die Insel Stromness angesteuert hat, berichtet, eine Frau französischer Nationalität entdeckt zu haben, deren Segelschiff vor acht Monaten untergegangen sein soll. Ihr Lebensgefährte sei aufgrund der Umstände gestorben, sie habe überlebt, indem sie sich von Vögeln und Robben ernährte, bevor sie die Forschungsstation entdeckt und dort Schutz gesucht habe. Sie wird so schnell wie möglich nach Stanley gebracht, damit die dortigen Behörden sie befragen können.

Ein weiblicher Robinson im einundzwanzigsten Jahrhundert, das lässt sich doch gut an: gleich zwei dramatische Erfahrungen – der Schiffbruch mit dem Tod des Lebensgefährten und das Überleben in feindlicher Umgebung. Das hat zwar das Potenzial zu einer trashigen Geschichte, aber man kann auch ein schönes Porträt daraus machen, den Blick auf die Notlage richten, auf die Einsamkeit, den Verlust sozialer Bezugspunkte. Selbstverständlich hängt alles davon ab, was diese Frau zu erzählen hat. Aber er muss sich beeilen und sich die exklusiven Rechte sichern, denn, das spürt er, die Geschichte hat das Zeug zu einem Scoop.

Pierre-Yves' Blutdruck steigt. Das ist ein echter Leckerbissen.

Wegen der Zeitverschiebung ist es noch zu früh, um wen auch immer in Stanley anzurufen. Also erst mal ein Blick auf Wikipedia: Stromness ist eine gebirgige Insel im Südatlantik, die zu England gehört und in einem Naturschutzgebiet liegt. Sie wird ausschließlich in der warmen Jahreszeit von Forschern angelaufen. Fünf bis fünfzehn Grad im Sommer, minus fünf bis minus fünfzehn Grad im Winter. Die Insel ist bekannt für ihre großen Königspinguin-Kolonien: *Aptenodytes patagonicus*. Danach ein paar Fotos von überwältigender Landschaft, Eisbergen, Vogelkolonien, so weit das Auge reicht, verschneiten Berggipfeln … Perfekt, schöne Bilder gibt es also auch.

Seiner ersten Eingebung folgend ruft er im Außenministerium an. Dort sind sie mit Sicherheit informiert. Seit er den Artikel über die Franzosen in der Ölindustrie Sibiriens geschrieben hat, hat er dort einen Draht zu einem Sonderbeauftragten. Er wird mit einem Mitarbeiter der Abteilung verbunden, die sich mit vermissten Personen befasst.

»Ja, das Foreign Office hat uns tatsächlich eine Information geschickt. Sie heißt Louise Flambart, sie und ihr Lebensgefährte Ludovic Delatreille wurden von den Eltern als vermisst gemeldet, auf dem Meer, irgendwo zwischen Ushuaia und Kapstadt. Das letzte Lebenszeichen von ihnen ist acht Monate alt. In der Meldung der Engländer heißt es, dass sie laut Angaben des Kapitäns zwar unter Schock steht, aber in guter körperlicher Ver-

fassung ist. Die Behörden in Stanley wollen sie verneh-
men, aber das Außenministerium wird sie so bald wie
möglich nach Frankreich zurückbringen lassen.«

Seufzend fügt der Mann am anderen Ende hinzu:
»Bislang hat uns noch niemand auf das Thema ange-
sprochen, aber das dürfte nicht mehr lange dauern.«

Um die Telefonnummer der *Ernest Shackleton* zu bekommen, muss Pierre-Yves verhandeln. Glücklicher-
weise liest der Typ gerne *L'Actu*.

Die Stunde ist um. Pierre-Yves kritzelt ein paar Noti-
zen zusammen und stürzt in den Redaktionsraum.

Guten Tag, Louise, geht es Ihnen gut?«
Pierre-Yves weiß, dass er es vorsichtig anstellen muss, und außerdem hat der Kapitän der *Ernest Shackleton* ihm eingetrichtert: »Es geht ihr zwar besser, aber sie ist noch nicht belastbar, sie spricht ganz wenig und weint viel.«

Hartnäckig hat er betont, dass er vom Außenministerium sei, ansonsten hätte der Kapitän ihm ganz sicher nicht erlaubt, mit Louise zu reden.

»Wer sind Sie?«

Die Stimme ist zaghaft, heiser, eher tief, irgendwo zwischen Bluessängerin und einer Frau, die zu viel geweint hat. Es klingt eine gewisse Stärke darin mit, müde, aber bestimmt. Von ihrer Facebook-Seite hat er sich ein paar Bilder heruntergeladen: wie sie gerade von einer Bergwanderung zurückkommt, beim Essen mit Freunden … Er hat die Fotos direkt vor Augen, groß wie der Bildschirm, und schafft es dennoch nicht, sie mit dem Klang dieser Stimme zusammenzubringen. Zu dem zarten Profil und dem kleinen, dreieckigen Gesicht würde eher ein schriller Tonfall passen, an der Grenze zum Zwitschern.

»Ich heiße Pierre-Yves Tasdour, ich habe von Ihrer Geschichte gehört, das ist ja unglaublich, Sie sind wahnsinnig tapfer gewesen. Ich bin Journalist bei *L'Actu* und würde gern einen Augenblick mit Ihnen sprechen. Sind Sie schon lange an Bord der *Ernest Shackleton*?«

»Drei Tage.«

»Können Sie erzählen, wann die Forscher Sie gefunden haben?«

Er kennt sein Geschäft, weiß, wie man Einfluss nimmt. Jeder spricht gerne von sich selbst. Man darf die Leute nicht zu lange überlegen lassen, das stört die Unbefangenheit, die die Leser so lieben.

»Ich habe sie eines Morgens durchs Fenster gesehen, ich trank gerade Kaffee. Das Schiff hat in der Bucht geankert.«

»Und Sie tranken gerade Kaffee?«

Ihre Stimme hatte völlig ausdruckslos geklungen, als sie sagte: Ich trank gerade Kaffee.

»Sind Sie rausgegangen, haben Sie sie gerufen?«

»Nein. Nach einer Weile haben sie das Beiboot ins Wasser gelassen und sind zur Station gekommen.«

Pierre-Yves ist kurz verunsichert. Da erblickt jemand nach Monaten des Schreckens seine Retter und trinkt ganz in Ruhe weiter seinen Kaffee! Macht sie sich etwa lustig über ihn? Hat sie sich die Worte vorher zurechtgelegt und einstudiert, damit man sie in Ruhe lässt, oder ist sie ganz einfach verrückt geworden?

»Waren Sie denn nicht ungeduldig? Da kam doch Ihre Rettung!«

»Ich weiß nicht. Ich war ja da, sie hätten mich sowieso gefunden.«

Seit Louise die Tür der »40« hinter sich geschlossen und wieder Zuflucht in der Forschungsstation gesucht hat, ist sie wie erstarrt. Es bedeutet ihr nichts, dass sich Stunde an Stunde reiht, Tag an Tag und Nacht an Nacht. Sie versenkt sich vollkommen in die Betrachtung des kochenden Nudelwassers. Immer größer und größer werden die Luftblasen und zerplatzen schließlich zischend. Sie schaut dem Regen zu, der sich am Fenster sammelt und irgendwann durch den Rahmen nach innen dringt. Als der Frühling kommt, ist sie gebannt vom Hochzeitstanz der Albatrosse. Bei jedwedem Wetter geht sie hinaus, setzt sich ins feuchte Gras und beobachtet die Tiere, die würdevoll hin und her watscheln. Auge in Auge, die Flügel halb ausgebreitet, geben sie sich einer geheimen Choreografie aus kleinen Schritten, maßvollen Flügelschlägen, verdrehten Hälsen und gekreuzten Schnäbeln hin, die von klagenden Koloraturen und gurgelnden Lauten begleitet wird. Ihre großen Körper sind durchdrungen von der Anmut des Verführens. Irgendwann, vor langer Zeit, hat sie gelesen, dass jedes Paar über die Jahre immer neu zusammenfindet, weil es sich an seinem einzigartigen Tanz wiedererkennt. Sie könnte nicht sagen, ob dieses Schauspiel ihr Freude bereitet, ob es sie aufmuntert oder gar interessiert. Sie hat keine Gefühle mehr. Die sind in der »40«, in dem kalten Zimmer. Sie kann, sie darf nicht daran denken, was dort zurückgeblieben ist. Ihr Geist ist taub geworden, gelähmt, eingefroren, wie diese Insel unter dem Schnee. Nur ihr Körper agiert und führt aus, was zum Überleben nötig ist. Sie fischt sich regelmäßig etwas aus den Schränken und isst es. Solange es hell ist, hält sie die Augen offen. Wenn es dunkel wird, schließt sie die Lider und fällt in einen traumlosen Schlaf.

Als das Schiff ankam, verspürte sie weder Erleichterung noch Angst. Sie hatte gewusst, dass es eines Tages kommen würde, und an jenem Tage war es so weit.

Am Anfang erzählt sie ihre Geschichte am Telefon, wie sie sie bereits den Offizieren von der *Ernest Shackleton* erzählt hat, ohne nachzudenken, sie reiht schlicht Wort an Wort. Der Panzer aus Gleichgültigkeit, den sie sich zugelegt hat, um zu überleben, zerfällt nicht innerhalb von ein paar Tagen. Am liebsten wäre ihr, sie könnte die letzten acht Monate einfach ausradieren und man überließe sie der so bequemen Abstumpfung. Sie hätte nichts dagegen, weiterhin dem Tanz der Luftblasen im Topf zu folgen oder dem der Vögel auf dem Strand. Aber wenn man etwas gefragt wird, muss man wohl auch antworten. Und sei es nur, damit man sie in Ruhe lässt.

»Mein Lebensgefährte? Ja, der ist in der Walfangstation geblieben. Er ist gestorben. Ich weiß nicht mehr genau, wie. Eines Morgens hat er nicht mehr gelebt.«

Sie erinnert sich natürlich nicht an das Beruhigungsmittel, das man ihr verabreicht hat, damit sie nicht mitbekam, wie ein langes, in Rettungsdecken gewickeltes Paket an Bord gebracht wurde. So hat sie auch die Spuren des Erbrochenen auf der Jacke des Kapitäns nicht sehen müssen, der den angenagten Leichnam entdeckt hatte, oder besser das, was die Ratten davon übrig gelassen hatten.

Das Telefonat mit Pierre-Yves zieht sich in die Länge und reißt sie schließlich aus ihrer Benommenheit. Dieser Typ geht ihr auf die Nerven.

»Aber warum wollen Sie das alles wissen? Was bringt Ihnen das?«

»Das habe ich Ihnen doch schon gesagt, ich bin Journalist.«

Eine Welle des Misstrauens durchströmt Louise, wie das erste Zusammenzucken bei einem EEG.

»Aber ich will nicht, dass über mich geredet wird. Lassen Sie mich in Ruhe.«

Pierre-Yves denkt nach. Am Anfang des Gesprächs hat er gewissenhaft jeden Satz mitgeschrieben, weil man sich niemals auf die Aufnahme verlassen sollte. Jetzt kritzelt er nur noch irgendwelche geometrischen Figuren aufs Papier und betrachtet dabei die Fotos. Ihm fallen die hübschen Augen auf, die damals strahlten und sein Mitgefühl erregen. Ein gutes Zeichen, denn wenn er selbst Empathie empfindet, fällt es ihm leichter, seinen Text zu schreiben. Tatsächlich ist es mehr als Empathie, es ist Faszination, die in ihm aufblitzt. Diese ernste, ruhige Stimme, die so spricht, als sei all das nicht von Bedeutung, die Angst, der Hunger, der Tod. Einen Moment fragt er sich, was er an ihrer Stelle fühlen würde. Aber sie setzt sich schon wieder zur Wehr.

»Hören Sie, Louise, Ihre Geschichte schlägt hier Wellen, große Wellen sogar.«

Das ist zum jetzigen Zeitpunkt zwar gelogen, aber er weiß, dass es tatsächlich so kommen wird.

»Man wird Sie wahrscheinlich ziemlich nerven. Alle

Medien werden Interviews haben wollen. Das wird bestimmt nicht leicht für Sie. Ich verstehe, dass Sie Ruhe brauchen und Ihre Familie wiedersehen wollen. Ich werde Sie nicht weiter behelligen. Wenn irgendwelche anderen Journalisten Kontakt zu Ihnen aufnehmen, sagen Sie ihnen einfach, sie sollen sich direkt an mich wenden. Pierre-Yves Tasdour von *L'Actu*, können Sie das behalten?«

Normalerweise ist es undenkbar, dass so ein Vorschlag funktioniert. Aber Louise sagt Ja. Sie würde zu allem Ja sagen. Sie hat genug von dem Gespräch, auch wenn der Journalist ganz nett zu sein scheint.

»Dann auf Wiederhören, Louise. Ich hole Sie ab, wenn Sie in Frankreich ankommen. Passen Sie auf sich auf. Ich denke an Sie.«

Warum bloß hat er diesen letzten Satz hinzugefügt? Wie peinlich.

Jetzt muss er nur noch schnell zu Dion rüberlaufen, dem Chefredakteur, damit der die blöde Titelgeschichte über einen Immobilienskandal fallen lässt, und dann nichts wie in den Zug nach Grenoble, um die Eltern seiner Heldin zu besuchen.

Pierre-Yves hat das Foto vom Haus mit der Nummer 23 in der Rue Montvert in Grenoble heruntergeladen. Beim Anblick des vornehmen, stillosen Hauses hinter der großen, schnurgeraden Thujahecke hatte er sich die Familie durchaus schon ein wenig steif vorgestellt. Aber die Realität ist noch schlimmer. Der Vater mit dickem Bauch, großen Tränensäcken unter den Augen, fast

kahl, abweisend; die Mutter mit schmalem, unschein-
barem Lächeln, frisiert, gepflegt, mit perfekt gebügelter
Bluse und ihrer Tochter wie aus dem Gesicht geschnit-
ten. Im Wohnzimmer mit den polierten Möbeln, den
Deckchen und Figuren, sorgfältig drapiert, wird Pierre-
Yves schwarzer Tee mit Milch gereicht. Nach einem Bier
zu fragen hatte er nicht gewagt, das schien ihm zu ver-
traulich.

Selbstverständlich sind die Eltern glücklich, unendlich glücklich, ihre Tochter wiederzuhaben. Aber Mit-
teilsamkeit gehört nicht gerade zu den Stärken der Familie. Hat Louise sich hier ihre montone Sprachmelodie
angeeignet? Die Hände lösen sich nicht von der Sessellehne, die Blicke schweifen vom Fenster zur Anrichte,
der Ton ist höflich. Es ist der Ton, mit dem man sich
einem Besucher widmet, den man am liebsten wieder
vor die Tür setzen würde.

Pierre-Yves denkt an seine eigenen Eltern. Eine Generation, in der es sich nicht gehörte, die anderen mit
persönlichen Dingen zu behelligen. Man musste sich
verstellen, Haltung bewahren. Gefühlsbekundungen
zwischen den Eltern waren kaum denkbar.

Am Ende schnappt er doch noch eine Bemerkung
des Vaters auf, die auf Gereiztheit schließen lässt.

»Dabei hatte sie doch eine gute Arbeit. Warum musste sie nur auf diese Abenteuerreise mit dem Schiff gehen? Nun ja, Ludovic war nicht besonders zuverlässig.
Nett durchaus, aber ein bisschen leichtsinnig, wenn Sie
wissen, was ich meine.«

Pierre-Yves weiß jetzt schon, wie es weitergeht, und

tatsächlich: Sie haben ihr eine gute Ausbildung zukommen lassen und gehofft, dass sie ihren Tick mit dem Bergsteigen irgendwann aufgeben würde. Stattdessen hat sie sich entschieden, ganz wegzugehen. Seine Frau und er hatten Angst um sie. Sie selbst hätten nie erwogen, sie als vermisst zu melden, aber Ludovics Eltern hatten sie verständigt und sich um alles gekümmert.

»Die armen Leute!«

Die Stimme der Mutter versagt.

Pierre-Yves sieht davon ab, sie um ein gestelltes Foto zu bitten, auf dem sie so tun, als telefonierten sie gerade mit ihrer Tochter. Sicher wären sie keine guten Schauspieler. Aber für alle Fälle nimmt er ein paar Kinderfotos von Louise mit, dazu einige Aufnahmen, auf denen sie mit Ludovic zu sehen ist.

Im TGV auf der Rückfahrt betrachtet er die Bilder lange. Er fühlt sich wie ein Spürhund, und die Zeit drängt. Diese Geschichte wird für großes Aufsehen in Frankreich sorgen, alles, was dazu gehört, ist da. Für eine umfassende Recherche braucht er normalerweise zwei, drei Wochen, in diesem Fall hat man ihm das Erscheinen für die nächste Ausgabe zugesagt, und zwar auf dem Titel. Die Redaktion verlässt sich voll und ganz auf ihn, nun ist er am Zug. Louise wird nicht viel mehr erzählen als bisher, nicht jetzt und schon gar nicht am Telefon. Sie ist depressiv. Kein Wunder angesichts der Umstände. Auch ihre Eltern waren keine große Hilfe. Und was die von Ludovic angeht, so fürchtet er, eine Familie in tiefer Trauer anzutreffen. Aber er will, er muss verstehen, wie dieses lächelnde, ihm unbekannte Paar, das er auf den Bildern vor sich sieht, in diese Hölle geraten konnte. Weniger gewissenhafte Kollegen würden einfach alles frei erfinden. Ihm jedoch ist seine Glaubwürdigkeit wichtig. Er hat seine Aufgabe als Journalist stets darin gesehen, Wahrheiten ans Licht zu bringen, nach Möglichkeit *die* Wahrheit.

Er schaut sich die Gesichter ganz genau an, versucht die Körperhaltungen zu deuten.

– Ludovic ist kräftig, eher der Sonnyboy, mit Grübchen, einer fleischigen Unterlippe und leichtem Schmollmund, dazu ein offenherziger Blick aus blauen Augen. Er wirkt selbstsicher. Ein Erfolgsmensch.

– Auf allen Bildern sehr legere Kleidung und zerzauster Strubbelkopf: Das könnte auf eine sichere gesellschaftliche Stellung hindeuten. Ein Typ, der es sich erlauben kann, gegen Konventionen zu verstoßen?

– Die Arme sind immer ausgebreitet, die Hände gespreizt. Oder er drückt gerade jemand an sich, umarmt, berührt sein Gegenüber. Er scheint ständig in Bewegung: ein Hyperaktiver? Ein großer Bär, der Zärtlichkeit braucht? Auf jeden Fall vertraut er sich selbst und dem Leben. Bestimmt ist er großzügig.

– Auf dem jungen Gesicht liegt ein permanentes Lächeln: Er kennt kein Leid.

– Louise ist steifer, fühlt sich im eigenen Körper weniger wohl. Auf mehreren Fotos sitzt sie mit angezogenen Beinen da, die Arme um die Knie geschlungen, das Kinn auf die Hände gestützt, in Abwehrhaltung. Wenn Ludovic sie um den Hals fasst, steht sie mit baumelnden Armen da, ein wenig hölzern, verlegen, möchte man meinen.

– Ihr jugendliches Gesicht ist offenherzig, wie das von Ludovic. Hübsche große grüne Augen, in denen ein Hauch von Verträumtheit oder Melancholie liegt, die Lippen oft ein wenig zusammengepresst: Trägt sie eine Enttäuschung mit sich herum? Hat sie Angst, ihren schönen Apollo zu verlieren?

– Etwas kleiner als der Durchschnitt. Dünn? Eher nicht.

Noch einmal schaut er sich die Fotos ganz genau an. Nein! Sie ist muskulös, dadurch erscheinen Handgelenke, Knöchel, Hals und Hüften eher zierlich. Sie ist stark und schwach zugleich.

Auf allen Aufnahmen schauen sie sich an. Pierre-Yves hat keinen Zweifel: Die beiden lieben sich. Mit verliebten Blicken kennt er sich aus, behauptet er nicht ohne Stolz von sich. Er nimmt den Funken der Erregung wahr, das Erstaunen, als würden sie sich unaufhörlich neu entdecken. Er spürt die überbordende Sinnlichkeit.

Zurück in Paris, setzt er alles in Bewegung. Er muss Simon um Unterstützung bitten. Gemeinsam recherchieren sie in alle möglichen Richtungen und befragen die verschiedensten Leute: Bürokollegen, die sie auf der Straße vor dem Finanzamt oder bei Foyd & Partners abpassen; Phil und Sam, die Kletterpartner; natürlich Ludovics Eltern, bei denen Pierre-Yves selbstverständlich darauf achtet, nicht zu sehr ins Detail zu gehen; einen Wissenschaftler, der sich mit den französischen Süd-

und Antarktisgebieten auskennt, für eine Beschreibung der Inselgruppe; einen Militärarzt und Überlebenstrainer; einen Ernährungsberater; einen Psychologen mit Schwerpunkt Krisenintervention sowie drei alte Schulfreunde, die sie über Facebook ausfindig gemacht haben.

Der Rahmen steht. Psychologisch gesehen hat er sich nicht getäuscht. Aber das Wichtigste fehlt ihm noch: der genaue Ablauf des Geschehens, wie das Schiffsunglück passiert ist, wie sie überlebt hat, wie Ludovic gestorben ist. Er hat noch einmal versucht, auf der *Ernest Shackleton* anzurufen, aber der Kapitän hat ihn abgewimmelt.

Schließlich ist die Meldung doch in der englischen Presse erschienen und am nächsten Tag auch auf der anderen Seite des Ärmelkanals. Die Jagd ist eröffnet, aber er hat einen Vorsprung. Er hat seinen Kontaktmann aus dem Ministerium zum Mittagessen eingeladen unter dem Vorwand, etwas über den Umgang mit den Franzosen hören zu wollen, die irgendwo auf der Welt in Seenot geraten. Ein angesagtes Bistro, guter Wein, nette Atmosphäre ... Bingo, er erfährt, dass Louise am nächsten Tag die Falklandinseln in Richtung London verlässt. Über Nacht wird sie vom Konsulat betreut, übermorgen kommt sie per Flugzeug nach Paris zurück. Das Geheimnis wird auffliegen. Da die Presse schon darüber berichtet, plant der zuständige französische Staatssekretär, Louise am Flughafen Orly persönlich in Empfang zu nehmen. Die entsprechende Pressemitteilung wird bald die Runde machen.

Pierre-Yves pokert.

Wird die Meldung den Zwischenstopp in London erwähnen? Könnte man ihn ins Konsulat schleusen, um Louise dort zu treffen? Sein Gesprächspartner rümpft ein wenig die Nase. Das fällt nicht in seine Zuständigkeit ... wenn das rauskommt ... Während sie nach dem Mango-Carpaccio auf den Espresso warten, lässt Pierre-Yves nicht locker. Niemand wird irgendetwas davon erfahren. Beiläufig betont er, dass er Louise dank der Hilfsbereitschaft seines Gegenübers bereits kennt. Dann fügt er unvermittelt hinzu: »Die Geschichte fasziniert mich übrigens wirklich, ich habe vor, mehr als nur den Artikel daraus zu machen. Ich will ein Buch mit ihr schreiben. Verstehen Sie, es ist extrem wichtig für mich, sie zu treffen, bevor sich alle auf sie stürzen. Ich brauche authentische Aussagen von ihr. Wenn die Pressemeldung den Aufenthalt in London also verschweigen könnte ...«

Die Sache mit dem Buch hat er gerade erst erfunden, aber je länger er darüber redet, desto besser scheint ihm die Idee.

Schließlich ruft sein Gegenüber tatsächlich im Konsulat an. Keine Mail, die Spuren hinterlässt.

Auf der Fahrt im Eurostar träumt Pierre-Yves schon von den Schaufenstern der Buchhandlungen.

Die Engländer haben wirklich keinerlei Geschmack, stellt Louise fest, als sie die Tür zum Kentucky Pub aufstößt. Die lange Bar, die unter den vielen Fußball-trophäen fast zusammenbricht, kann vielleicht noch als gemütlich durchgehen, aber alles andere ist einfach trostlos. Die Sitzecken sind nur spärlich beleuchtet, und die Tapete mit dem braunen Blumenmuster zeugt von Zeiten, als man hier noch rauchen durfte. Die Tische sind mit Holzimitat furniert, die Bänke mit Kunstleder bezogen und zerkratzt. Trotzdem ist die Atmosphäre locker-familiär. Louise muss innerlich schmunzeln bei diesen Gedanken. Wenn sie sich für solche Nebensäch-lichkeiten interessiert, ist sie offenbar dabei, ins Leben zurückzukehren!

Von ihrer Rettung bis zur Ankunft auf den Falkland-inseln hat sie in ihrer geistigen Lethargie verharrt. Die Besatzung der *Ernest Shackleton* war zwar sehr aufmerk-sam, letztlich aber ziemlich überfordert mit einem Pas-sagier wie ihr. Man war sich offenbar nicht sicher, ob sie vielleicht durchdrehen würde, wenn man ihr zu viele Fragen stellte.

Also ließ man sie in Ruhe, brachte ihr die Mahlzeiten in die Kabine, lächelte und redete über das schöne Wetter, wenn man sie im Gang traf. Alle konnten es kaum erwarten, dass die zuständigen Behörden sich um die Sache kümmerten.

Der Landgang in Stanley auf den Falklandinseln war ein erster Schock für Louise. Adrette Häuser, Gärten mit blühenden Lupinenstauden, die traditionellen Schiebefenster und dahinter makellose Vorhänge, selbst hier am Ende der Welt herrscht der *English Way of Life*, alles ganz behaglich und diskret. Nachdem sie so lange von dieser Normalität geträumt hat, kann sie ihr jetzt nichts mehr abgewinnen. Alles erscheint ihr borniert, oberflächlich. Sie hat keinen Zugang mehr dazu. Sie zieht sich ins Hotel zurück und verbringt fast eine Stunde unter der Dusche, bis der Hotelchef an die Tür klopft, um zu fragen, ob ein Rohr gebrochen sei. Eine heiße Dusche! Die auf der *Ernest Shackleton* funktionierte eher schlecht als recht. Hier lässt sie das Wasser über sich strömen, kann nach und nach jeden einzelnen Muskel spüren, wenn sie den Strahl direkt darüber hält. Sie hat den Eindruck, sich nicht bloß äußerlich, sondern auch innerlich zu reinigen. Mit dem warmen Wasser fließt die Erstarrung ab, die bösen Träume, die Verzweiflung. Sie betrachtet ihre Hände, deren Haut jetzt weich und weiß wird und rund um die Schwielen und kleinen Schnitte, die sie gar nicht mehr beachtet hatte, aufquillt. Auch ihr Herz wird weich. Und damit bricht der Schutzwall der Empfindungslosigkeit, den sie sich selbst errichtet hatte, um zu überleben. Auf Weisung des Hotelbesitzers steigt sie schließlich aus der Dusche. Umhüllt vom einzigen Handtuch, das sie finden konnte, und vom

Wasserdampf wird ihr mit einem Schlag bewusst, dass sie sich der Situation nun stellen muss. Das Leben wird weitergehen, die Arbeit, Freundschaften vielleicht, die »40«, die echte! Geht das überhaupt? Hat sie die Kraft dazu?

Mit Schrecken denkt sie an Ludovic. Sie erinnert sich an die Worte des Kapitäns, man habe sich um ihn gekümmert. Sie hat nicht weiter nachgefragt. Doch jetzt kehren die Erinnerungen zurück: das grünliche Licht, die zerfetzte Decke und die Augen ... vor allem die Augen! Der starre Blick, der leichte Schleier, der schon darüber lag, die Pupille, die sich verlor. Der Mann, den sie verlassen hat. Zum ersten Mal seit ihrer Rettung fasst sie den verheerenden Gedanken in Worte. Sie hätte ihn niemals verlassen dürfen, sie hätte früher wieder zurückkommen und ihn holen müssen. Sie hat ihr eigenes Leben gegen seines ausgespielt.

Sie fröstelt, trocknet sich lange ab. Mit dem normalen Leben kehrt nicht nur das warme Wasser zurück, sondern auch andere, weniger angenehme Dinge.

Alles Weitere liegt an den bornierten Beamten. Die beiden pummeligen Männer auf dem Kommissariat, die eigentlich nur ihre Zeugenaussage aufnehmen sollen, bringen sie zur Verzweiflung. Sie spielen die Wichtigtuer hier in diesem Land, in dem es kein Verbrechen gibt und wo sich die Delikte auf die Entgleisungen von ein paar Alkoholikern beschränken. Zum Einstieg halten sie erst einmal eine halbstündige Moralpredigt: Louise und Ludovic haben die Insel angelaufen und damit eine Straftat begangen, sodass die Akte eigentlich dem Staatsanwalt übermittelt werden müsste. Sie nehmen zu Protokoll, dass die Schiffbrüchigen geschützte Tiere wie Pinguine und Robben getötet haben, um zu überleben, woraufhin Louise haarklein erläutern muss, unter welchen »Einschränkungen« sie denn in der Walfangstation gelitten haben.

»Es handelt sich um ein Kulturdenkmal!«

Zwei echte Trottel, denkt Louise.

Als die Sprache schließlich auf den Tod von Ludovic kommt, wird ihr plötzlich klar, dass sie sich schlicht ausdrücken muss: Sie hatten Hunger, ihnen war kalt, Ludovic wurde immer schwächer und am Ende krank, nachdem er das Kreuzfahrtschiff verfolgt hatte. Sie konnte nichts mehr für ihn tun. Punkt.

Das scheint den beiden Gendarmen, die sich nicht im Mindesten darum scheren, wie dieser *Frenchy* genau gestorben ist, völlig zu genügen.

Louise ist erleichtert und zieht aus diesem Tag die Lehre, besser nicht die ganze Wahrheit zu erzählen. Nichts wird Ludovic zurückbringen, doch sie kann es immerhin vermeiden, verworrene Geschichten zu verbreiten, die zu ihrem Nachteil sind. Und überhaupt, wer könnte die Geschichten schon verstehen? Nur wer monatelang an Pinguinfleisch genagt hat, kann ermessen, was es heißt, die eigene Haut zu retten.

Sie braucht nicht lange vor ihrem Milchtee im Pub zu warten. Der Typ mit schwarzer Jeans und Hahnentrittjacke muss es sein: rundes, freundliches Gesicht, wachsamer Blick hinter der eckigen grünen Brille – so kann nur ein Pariser Journalist aussehen. Ohne zu zögern, kommt er auf sie zu.

»Louise, ich freue mich sehr, Sie zu sehen! Wie geht es Ihnen?«

Er klemmt sich mit seiner Plauze vor den Tisch und bestellt in ausgezeichnetem Englisch ein Bier.

Sie sieht genauso aus, wie er sie sich vorgestellt hat, hager in dem viel zu großen Pulli, den man ihr vermutlich auf den Falklandinseln überlassen hat. Ihm fallen die Hände mit den vorspringenden Gelenken auf und die Augen, vor allem diese grünen Augen, die das ganze Gesicht verschlingen. Vielleicht liegt es auch an den tiefen Schatten auf den hohlen Wangen. Louise hat nichts mehr von der etwas kindlichen, naiven Ausstrahlung von einst. Pierre-Yves ist bestürzt. Sie hat denselben Blick wie die Migranten von den Flüchtlingsbooten, die er manchmal interviewt hat, diesen verlorenen Blick, aus dem die ganze tragische Vergangenheit spricht. Natürlich muss sie in kein Durchgangslager, aber in ihrer Zerbrechlichkeit ist sie diesen Menschen trotzdem gleich, hin und her gerissen zwischen zwei Welten.

Seine Gedanken nehmen Fahrt auf. Im Gegensatz zu all den armen Teufeln, für die sich niemand interessiert, ist Louise eine weiße Europäerin, eine Frau wie jede andere, mit der sich seine Leser identifizieren können. Es ist schrecklich, das zu sagen, aber die Menschen ohne Papiere sind eine gleichförmige Masse. Louise hingegen ist einzigartig. Pierre-Yves merkt, dass er kaum gehört hat, was sie ihm geantwortet hat.

»Danke, mir geht es gut, na ja, ein bisschen besser zumindest, aber es ist alles so schnell gegangen ... ich bin noch nicht ganz angekommen.«

Louise hat Angst. Sie nähert sich gefährlich jenem Punkt, an dem sie sich zusammenreißen muss. Ab morgen muss sie Entscheidungen treffen. Auf den Falklandinseln hat sie lange mit ihren Eltern telefoniert und deren Vorschlag, doch zu ihnen zu ziehen, abgelehnt. Die »40« wäre sicher gut gewesen, doch sie haben die Wohnung bei ihrer Abreise an Freunde untervermietet. Sie hat sich nicht getraut, bei ihnen anzurufen. Außerdem macht ihr die Vorstellung, ohne Ludovic an diesen Ort zurückzukehren, Angst. Ein Hotel entspricht schon eher ihrem Schwebezustand, selbst wenn sie sich vor der unpersönlichen Atmosphäre fürchtet.

»Ja, ich verstehe«, nimmt Pierre-Yves den Faden wieder auf. »Hören Sie, ich habe ganz viele Fragen an Sie und hoffe, ich belästige Sie damit nicht, aber vorher muss ich Ihnen zwei, drei Dinge sagen, die Ihnen vielleicht helfen.«

Fürs Erste ist er ehrlich zu ihr. Er hat fast das Bedürfnis, sie zu bemuttern. Seine zynischen Arbeitskollegen von der Zeitung würden sich jetzt über ihn lustig machen und ihn verweichlicht nennen. Aber das Gegenteil ist der Fall. Dieses zerbrechliche Wesen rührt ihn wirklich an. Er wird ihr helfen. Er wird ihr zur Seite stehen, und sie wird seine Unterstützung verdammt nötig haben.

Er führt alles ins Feld: die Meute der Journalisten, die sie morgen zusammen mit dem Staatssekretär erwartet, die zahllosen Anfragen, die Interviews, die Talkshows, die Leute, die sie auf der Straße wiedererkennen werden, die Verleger, die Regisseure ... Man wird ihr nicht das kleinste bisschen Ruhe gönnen. Obwohl sie doch gerade die so sehr braucht, das hat er ganz genau verstanden. Niemand kann eine solche Erfahrung in ein paar Tagen verarbeiten. Aber er wird ihr helfen bei diesem ganzen Zirkus und, falls nötig, eine Pressesprecherin für sie auftreiben. Er denkt an Alice, eine alte Bekannte, eine bodenständige Person um die fünfzig, die schon diverse skandalträchtige Sportler gemanagt hat. Eine Frau mit Taktgefühl. Krisensituationen sind ihre Stärke.

Louise ist bestürzt. Sie will von alldem gar nichts wissen, sie hat um nichts gebeten, weder um Talkshows noch um eine Pressesprecherin. Man soll sie einfach in Ruhe lassen. Am liebsten würde sie in die Berge fahren, klettern gehen, ihren Körper in die Erschöpfung treiben, um schlafen zu können, sich auf das Festhalten konzentrieren, auf eine von einem Rinnsal dunkel schimmernde Felskante, auf den Geruch von Magnesium an den Fingern. Zur Ruhe kommen. Stattdessen spricht Pierre-Yves von Sensation und großem Aufsehen.

»Schauen Sie, Louise, Sie können nicht einfach verschwinden. Alle Welt wartet auf Sie. Das, was Sie erlebt haben, ist einzigartig. Nichts zum Leben zu haben, wie damals bei den Höhlenmenschen! Wie kommt es, dass Sie das durchgehalten haben? Das muss völlig verrückt gewesen sein, dieser tägliche Kampf! Ganz Frankreich wird fasziniert davon sein.«

Der Gedanke überfordert Louise. Die Angst zieht ihr den Magen zusammen. Hört dieser Albtraum denn niemals auf? Sie stützt den Kopf in die Hände und zittert wie ein gejagtes Tier. Sie will nicht interviewt werden. Sie wird einfach hier in London bleiben.

Pierre-Yves spürt Gereiztheit in sich aufsteigen. Nichts deutet darauf hin, außer seinen Fingern, die am leeren Bierglas klimpern. Er muss sich beherrschen und ruhig mit ihr reden. Sie kann sich das alles gar nicht vorstellen, selbstverständlich nicht. Sie steht noch immer unter Schock. Natürlich können die Verpflichtungen sie belasten, selbstverständlich kann die Neugier in Unverschämtheit umschlagen und gefährlich für sie werden. Aber gibt es eine Alternative? Louises Leben ist öffentlich geworden. Es ist quasi ihre Pflicht, die Menschen an ihrer Erfahrung teilhaben zu lassen. Angesichts ihrer Verzweiflung wagt er nicht, ihr zu erklären, dass dabei auch Geld winkt. Eine Heldin zu sein kann durchaus Reichtum bescheren. Damit könnte sie sich hinterher ein angenehmes Leben in den Bergen machen, wenn sie es denn will. Aber dafür muss sie das Spiel mitspielen, und zwar taktisch klug.

»Na los, ich lade Sie zum Essen ein, hier ist es mir zu hässlich.«

Jamie's Kitchen ist das genaue Gegenteil vom Kentucky. Ein gemütliches Restaurant mit holzvertäfelten Wänden in Pastellfarben. Immer, wenn Pierre-Yves in London ist, kehrt er hier ein. Die blauhaarige Bedienung trägt ihr strahlend weißes Lächeln unbeirrt zur Schau. Hinter

einer Reihe von Grünpflanzen ist eine Raumecke abge-
schirmt von den Geräuschen aus dem Saal. Ebendiesen
Tisch hat Pierre-Yves reserviert. Und damit den richtigen Riecher gehabt. Zum ersten Mal genießt Louise die
Behaglichkeit. Genau davon hat sie geträumt: im Warmen zu sein, gut zu essen, die Nähe anderer Menschen
zu spüren, sich frei zu bewegen, vom Tisch aufstehen
zu können, wenn ihr danach ist, die Tür zu öffnen und
andere Gesichter zu sehen ...

Pierre-Yves knüpft vorsichtig an das Gespräch von
vorher an. Er erzählt ihr Klatsch und Tratsch, den sie
verpasst hat: von der skandalösen Hochzeit eines Pro-
mis, über einen Blockbuster, ein paar Geschichten von
den letzten Olympischen Spielen. Vorhin war er zu direkt gewesen. Jetzt nimmt er den Faden ganz behutsam
wieder auf:

»Machen Sie sich keine Sorgen. Ich bin bei Ihnen.
Ich kümmere mich um die Anfragen, und Sie suchen
sich nur das aus, was Sie wirklich machen wollen. Aber
jetzt kann ich es kaum erwarten, dass Sie selbst erzählen, Louise. Ich habe haufenweise Fragen.«

Von ihrer guten Stimmung beflügelt, willigt sie ein
und lässt sich von Pierre-Yves befragen. Hätte er sie die
Geschichte selbst abspulen lassen, dann hätte sie alles
gesagt, einfach erzählt, was passiert ist. Aber er hat es
eilig. Der Artikel ist in seinem Kopf schon fertig durch-
gegliedert. Während des anderthalbstündigen Essens
braucht er ganz konkrete Antworten auf ganz konkrete Fragen, damit er die acht Seiten füllen kann, die er
der Redaktion zugesagt hat. Was er will, sind die De-

tails, die aus dem leblosen Gerüst einen Text aus Fleisch und Blut machen, Überschriften, die den Leser ansprin- gen und in den Text ziehen. Normalerweise hört er den Leuten geduldig zu, aber dieses Mal hat er wenig Zeit und vor allem Angst, Louise könnte auf halber Strecke schlappmachen.

Er stellt die Fragen, sie antwortet willig.

»Wie haben Sie sich gefühlt, als Sie die leere Bucht vor sich sahen? Wie war die ›40‹ hergerichtet? Können Sie den Geschmack von Pinguinfleisch beschreiben? Wie jagt man eine Robbe? Wann wurde Ludovic krank? Woran ist er Ihrer Ansicht nach gestorben? Wie haben Sie die Forschungsstation gefunden? Was möchten Sie in Zukunft gerne machen?«

Louise erklärt ihm alles. Die Fragen scheinen ihr zwar sinnlos, aber sie weiß nicht, wie sie sie umgehen soll. Immer wieder unterbricht sie sich und isst – Lamm- curry und Gemüsecrumble. Am liebsten würde sie sich ganz dem Essen widmen, dem Gefühl, das die Fleischfa- sern und die Teigkrümel am Gaumen hinterlassen, dem Geschmack der Gewürze, dieser Mischung aus scharf und süß.

Nach und nach wird sie gesprächiger. Das Erzäh- len erleichtert sie. Sie hatte Angst davor, sich zu erin- nern, alles wachzurufen und den Albtraum noch ein- mal zu durchleben. Aber genau das Gegenteil geschieht. Sie erzählt, weil sie hier ist, weil sie noch am Leben ist, in diesem netten Lokal in London sitzt, zusammen mit diesem aufmerksamen Journalisten. Tatsächlich, sie hat es geschafft.

Alles wäre gut, würde sie nicht jedes Mal im Innersten erzittern, wenn der Name Ludovic fällt. Er ist nicht da, kann das Lamm und den Crumble nicht schmecken. Wenn sie von ihm spricht, senkt sie die Stimme, als wolle sie vermeiden, dass man sie hört. Sie weicht aus, und Pierre-Yves ist rücksichtsvoll und hakt nicht nach.

Er hat sie nicht danach gefragt, wie sie zur Forschungsstation gelangt ist, das erscheint ihm nebensächlich. Und sie hat nicht deutlich gesagt, dass sie den Weg zweimal gemacht hat. An keiner Stelle des Gesprächs ist diese sonderbare Episode, für die sie sich so schämt, zur Sprache gekommen. Für diesen Abschnitt ihres Lebens hat Louise keine Worte, sie kann ihn nicht rechtfertigen, noch nicht einmal davon erzählen. Es ist besser, er bleibt dort, auf der einsamen Insel, wo niemand davon hören kann.

Louise kommt sich vor, als sei sie im Zimmer eines Riesen gelandet. In dem großen Bett hätten fünf Leute Platz zum Schlafen. Der Fernsehbildschirm gegenüber ist mehr als einen Meter breit. Daneben an dem schweren Schreibtisch könnten ohne Weiteres acht Leute eine Sitzung abhalten. Und wenn man tatsächlich eine Sitzung abhalten möchte, ist nebenan ein zweites Zimmer mit noch einem Schreibtisch, einem weiteren Bildschirm sowie Ledersofas um einen riesigen Rauchglas-Couchtisch. Neben dem Früchtekorb prangt ein Blumenstrauß, der genauso überdimensioniert erscheint wie alles andere. Pierre Ménégier, der Direktor des Hilton Concorde, hat ihr seine guten Wünsche auf eine DIN-A4-Karte geschrieben: »Herzlich willkommen und gute Besserung«.

Zum ersten Mal seit Wochen lacht Louise wieder. Ganz allein in diesem Riesenzimmer überlässt sie sich der Heiterkeit, die diese völlig unangemessene Umgebung in ihr auslöst. Schon beim Betreten der Empfangshalle hat es sie in den Fingern gejuckt, als der Hotelpage sie förmlich fragte, ob er ihr Gepäck in die Suite bringen solle. Sie hat ihm die beiden Blumensträuße, die sie am Flughafen bekommen, und die Plastiktüte mit den Toilettenartikeln, die sie auf den Falklandinseln

177

gekauft hatte, in die Hand gedrückt, und er hat sie auf die Kommode gestellt, als handelte es sich um das Allerheiligste. Sie hat das gedämpfte Geräusch der sich schließenden Tür gehört, dann die gepolsterte Stille, die sich ausbreitete. Und sie hat angefangen zu lachen.

Sie nimmt die Flasche aus dem Champagnerkühler. Normalerweise käme es ihr niemals in den Sinn, allein zu trinken. Aber es ist wie ein Zwang. Nur um den Korken ploppen zu hören, das Glas zu füllen und es womöglich, wenn sie will, einfach in den Ausguss zu kippen. Verschwendung! Nicht mehr zählen, keinen Mangel mehr leiden, keine Angst mehr haben vor dem nächsten Tag, zurück sein in der Überflussgesellschaft.

Das Bad ist so groß wie ein ganzes Zimmer. Louise nimmt all die Gläschen, die wie kleine Soldaten rund um das Waschbecken aufgereiht sind, schüttet das Badesalz in die Wanne und vergräbt sich unter einem halben Meter Schaum, der intensiv nach Vanille duftet. Das Wasser ist so heiß, dass ihre Haut krebsrot wird. Sie denkt an nichts, nickt fast ein in ihrem Fruchtwasser.

Eigentlich sollte sie ein wenig Ordnung in ihr Leben, in ihre Gedanken bringen, doch es tauchen nur Momentaufnahmen aus den letzten Stunden auf.

Sie sieht den Typ im Anzug vor sich, der sie halbherzig umarmt und ihr Blumen überreicht, Pierre-Yves flüstert ihr zu, das sei der Staatssekretär. Der Fotograf möchte ein Lächeln, aber bitte mit geschlossenen Lippen, sonst sieht es auf dem Foto nicht hübsch aus. Eine Frau reicht ihr Papier und Stift, und Louise versteht nicht recht, wofür. Schon wieder flüstert ihr Pierre-Yves etwas ins Ohr ... Autogramm ... Vor dem Interview wird auf dem Fernsehbildschirm Hundenahrung angepriesen, die appetitlicher aussieht als das, was sie noch bis vor ein paar Wochen verschlungen hat. Sie stellt sich den Mikrofonen, den Fragen, noch mehr Mikros, noch mehr Fragen. Am meisten überrascht sie der anhaltende Applaus, als sie den Ehrensaal in Orly betritt.

Ihr scheint, sie sei inmitten eines fremden Volksstamms angekommen, dessen Sitten sie nicht kennt und nicht versteht.

Und dabei ist es doch dieselbe Welt, es sind dieselben Menschen, die sie vor weniger als einem Jahr verlassen hat.

Das Mittagessen mit der Familie, das man für sie organisiert hat, ist ein Reinfall. Ihre Eltern, ihre beiden Brüder sowie deren Frauen sind die einzigen geladenen Gäste im Restaurant, und die Rechnung übernimmt *L'Actu*. In der großen Brasserie, in der Nachbarschaft der Zeitung, herrscht geschäftig-lautes Treiben, genau das Gegenteil von dem, wonach Louise der Sinn steht. Mitten in dem Stimmengewirr, im Kommen und Gehen der Kellner, versuchen sie, sich wieder anzunähern. Natürlich sind sie sich am Flughafen vor laufenden Kameras in die Arme gefallen. Aber die Familie Flambart ist gespalten. Die Eltern hätten gerne, dass der ganze Wirbel sich beruhigt. Sie fürchten das Gerede der Nachbarn, dass man den Metzger oder Bäcker interviewen könnte. Louises Brüdern liegt die Diskretion weit weniger am Herzen. Sie sind erleichtert, die jüngere Schwester lebend wiederzusehen, ihr Schwesterchen, »die Kleine«, und fühlen sich geschmeichelt angesichts der plötzlichen Bekanntheit, die auch auf sie abfärbt.

Louise hätte sich gewünscht, dass das Wiedersehen einfacher würde. Mit den Menschen, die man liebt, kann man sofort da anknüpfen, wo man aufgehört hat, selbst wenn man sich lange nicht gesehen hat. Das Einzige, was zählt, ist, dass man sich verbunden fühlt und mag. Doch in ihrer Familie wurde nie besonders viel gesprochen, gab es so Weniges, was sie verband und Einheit stiftete. An dem, was ihr entgegenschlägt, spürt sie, wie unpassend es ist, dass sie, »die Kleine«, im Mittelpunkt steht. Man könnte meinen, sie erwarteten von ihr, dass sie sich rechtfertigt, sich dafür entschuldigt, dass sie das ganze Tohuwabohu überhaupt heraufbeschworen hat.

Bei den meisten Fragen, die sie haben, geht es um den Schiffbruch, um das Überleben, das Dramatische. Sie fühlt sich dadurch abgewertet und missachtet. Sie würde gerne auch von ihren glücklichen Erlebnissen erzählen, von den wunderschönen Monaten, in denen sie sich haben treiben lassen. Aber ihre eine Schwägerin kommt immer wieder auf die schlimmsten Dinge zu sprechen, und Louise stellt sich vor, wie sie sich beim Friseur damit wichtigmacht: »Meine jüngere Schwägerin hat die Vögel tatsächlich mit bloßen Händen erwürgt und sie roh gegessen … Stellen Sie sich das mal vor!«

Sie weiß nicht recht, ob der Gedanke sie amüsiert oder ob sie sich davon beschmutzt fühlt, als würde sie zur Schau gestellt. Ist von ihrer Beziehung denn nichts weiter übrig als Vorwürfe oder der Versuch, die öffentliche Aufmerksamkeit auf sich zu lenken? Sie ärgert sich über sich selbst, dass das Leiden der Familie sie gänzlich ungerührt lässt. Sie haben um nichts gebeten, ihr Abenteuer hat ihnen keinerlei Vergnügen beschert. Lediglich die Angst, als sie verschwunden war. Hat sie das Recht dazu, ihnen ihr Unverständnis vorzuwerfen?

Ihr Vater setzt noch eins drauf:

»Und dabei hatte ich noch gesagt, dass diese Reise keine gute Sache ist.«

Am liebsten würde sie ihm ins Gesicht schreien: Doch! Vielleicht ist sie schlecht ausgegangen, aber sie hat noch nie zuvor etwas so Großartiges, so Intensives erlebt. Sie hat das Leben niemals so genossen wie auf dieser Reise. Sie könnte schwören, dass es genau das ist, was sie ihr übel nehmen. Doch ihr ist klar, sie wird sich kein Gehör verschaffen. Schon immer war sie anders, unverstanden. Daran hat sich nichts geändert. Doch die heutige Louise ist nicht mehr »klein«, sie ist gewachsen an den Prüfungen des Schicksals. Das haben sie bislang noch nicht bemerkt, und sie weiß nicht, wie sie es ihnen zeigen soll. Sie senkt den Blick, gibt sich geschlagen, schaut hinab auf ihren Teller wie ein kleines Mädchen.

Als ihre Mutter fragt, was denn nun werden soll, ob sie die Arbeit wieder aufnimmt, ob sie zurückzieht in die alte Wohnung, antwortet sie bestenfalls aus Höflichkeit. Sie weiß überhaupt nichts, und all das hat auch keinerlei Bedeutung.

Nur eines ist ihr klar: Ihre Familie soll sich nicht mehr in ihr Leben mischen.

Am Nachmittag kommt sie zum Glück wieder zur Ruhe. Alice, von der sie schon so viel gehört hat, tritt in Aktion. Sie ist eine hübsche Frau mit blond gefärbtem Haar, trägt ein flottes, kurzes Kleid und ist das reinste Energiebündel, extrovertiert und mit einem ansteckenden Lachen. Sie begegnet Louise wie einer alten Freundin und gibt ihr zu verstehen, dass die ganze Sache nur ein großer Spaß ist, bei dem sie selbst die Strippenzieher sind. Mit dem Hilton Concorde hat sie bereits ausgehandelt, dass die eine Woche gratis ist.

»Du wirst schon sehen, es ist super. Das hast du wirklich verdient. Kookaï und Zara haben zugesagt, dich neu einzukleiden. Schließlich brauchst du ein paar Klamotten, und ich dachte, das könnte dein Stil sein. Morgen schaue ich mich noch mal nach einem Friseur um. Und hast du Lust auf eine Massage? Oder einen Besuch im Hamam? Das ist total entspannend!«

Louise lässt es einfach geschehen. Sie muss nichts tun, ihr wird alles vorgesetzt, man verwöhnt sie, macht ihr Komplimente. Beim Rein und Raus aus der Umkleidekabine bekommt sie mit, wie Alice am Telefon mit Zeitschriften, Radio- und Fernsehsendern diskutiert, und ist ein wenig besorgt. Manchmal geht es ums Geld.

»Mach dir keine Sorgen, ich kümmere mich um alles und bin überall dabei, damit sie dir nicht auf die Nerven gehen. Nimm das kleine Bolerojäckchen, das steht dir gut, nicht den grünen Pulli, darin siehst du schrecklich aus.«

Alice lacht, springt von einen Thema zum anderen, und plötzlich ist alles ganz einfach.

Schließlich steigt Louise aus der Wanne und wickelt sich in einen dicken Bademantel. Sie vergräbt sich in den Kissen, die in Doppelreihe auf dem Bett arrangiert sind. Dieser Luxus übersteigt bei Weitem das, was sie gewohnt war, ganz zu schweigen von dem Elend in der alten Walfangstation. Er wirkt wie ein Beruhigungsmittel.

Eine Stunde später halten sie beim Essen Kriegsrat: Louise, Alice und Pierre-Yves. Sie haben sich das Abendessen aufs Zimmer bringen lassen, und Louise fällt auf, wie schwer das Silberbesteck ist.

Nach der Einkaufstour hat Alice, ganz Geschäftsfrau, Verträge für die Bildrechte aufgesetzt, die sie Louise zur Unterschrift vorlegt.

»Das wird ein echter Knüller. Ich hab schon beinahe alle in der Tasche. Das Fernsehen heute Abend, die Zeitungen morgen und vor allem die acht Seiten in *L'Actu*, das wird die Preise in die Höhe treiben.«

Alice erläutert ganz genau die Medien, die sie im Visier hat. Haarklein erklärt sie die vertraulichen Verhandlungen, welche Interviews geführt werden, welche umsonst sind, welche bezahlt werden und zu welchem Preis. Fast protokollarisch zählt sie auf, wann welcher Journalist empfangen wird, sie nennt die Seitenzahl, mit der zu rechnen ist, weiß, ob ein Foto abgedruckt wird oder keins und ob der Beitrag live gesendet oder aufgezeichnet wird.

Pierre-Yves merkt, dass Louise die Sessellehne glatt streicht, genau wie ihre Mutter, als er sie besucht hat. Ein Familientick ganz offenbar, der wohl zum Vorschein kommt in Augenblicken der Verlegenheit, wenn die Privatsphäre bedroht ist.

»Louise, du bist bekannt geworden, eine Person des öffentlichen Lebens. Vielleicht hast du keine Lust dazu, aber so ist es nun mal, also besser, du akzeptierst es und ziehst deine Vorteile daraus. Ich bin seit fünfzehn Jahren Journalist, und Geschichten wie deine gibt es nicht so oft.«

Louise hebt mühsam den Arm und winkt …

»Ich sag's noch einmal: Du kannst daran nichts ändern. Die Stärke deines Abenteuers liegt darin, dass jeder sich hineinversetzen kann. Jeder hat Angst davor, alles zu verlieren, abzurutschen, arbeitslos zu werden, einem Attentat zum Opfer zu fallen, eine nukleare Katastrophe zu erleben, was weiß ich. Du, du hast gekämpft, hast überlebt. Was für ein Vorbild! Als du klein warst, gab's da nicht irgendwen, den du bewundert hast, der dich inspiriert, dich motiviert hat, etwas zu wagen? Na also, und jetzt bist du diejenige, die diese Rolle übernimmt. Enttäusch die Leute nicht!«

Pierre-Yves zielt in die richtige Richtung. Von Anfang an hat ihn sein Gefühl nicht getrogen. Und indem er heute Abend an ihren Verstand, gewissermaßen an ihre Selbstlosigkeit appelliert, trifft er direkt ins Schwarze. Ihre Geschichte zu erzählen bekommt eine moralische Bedeutung, die dem Exhibitionistischen daran die Spitze nimmt.

»Du wirst sehen, sie werden dir alle dieselben Fragen stellen, du kannst dir die Antworten schon zurechtlegen. Aber du musst diejenige sein, die die Spielregeln vorgibt, das ist der Trick. Alice sieht das bestimmt genauso. Und später nehmen wir uns Zeit fürs Buch und gehen den Dingen auf den Grund. Ich gebe zu, ich bin selbst ganz fasziniert von dem, was du erlebt hast.«

Alice legt ihr die Hand auf den Arm.

»Ich kenne die Journalisten in- und auswendig.« Und mit ihrem etwas kehligen Lachen fügt sie hinzu: »Sogar solche wie Pierre-Yves. Es wird ganz bestimmt alles gut gehen.«

In diesem Moment, mit ihren beiden Verbündeten an der Seite, fühlt Louise sich sicher. Doch seit Pierre-Yves das Wort »überlebt« ausgesprochen hat, treibt etwas anderes sie um: Sie hat noch eine Pflicht. Der Gedanke sucht sich seinen Weg in ihrem Kopf, enthüllt sich nach und nach wie bei den Abzügen, die sie in der Foto-AG auf dem Gymnasium entwickelt hat. Zunächst sah man nur verschwommene dunkle Flecken, dann zeigten sich langsam die Konturen, anschließend die Details, die Struktur der Dinge, die Schatten, und plötzlich war das ganze Bild da, die Realität, schwarz auf weiß auf Papier gebannt. Endlich kann sie es in Worte fassen, was sie die ganze Zeit verworren mit sich herumträgt, seit sie das Forschungsschiff erblickt hat in der Bucht: Sie muss Ludovics Eltern anrufen.

Sie muss mit ihnen sprechen, weil sie überlebt hat. Aber sie weiß nicht, was sie ihnen sagen soll.

Zimmerservice! Das Frühstück, Madame!«
Louise, die nach dem Champagner und zwei Gläsern Chablis schlecht geschlafen hat, schreckt hoch, als es an der Tür klopft. Zuerst weiß sie gar nicht, wo sie sich befindet und welcher Tag gerade ist. Dann erinnert sie sich an alles und wirft sich schnell den Bademantel über, um den Etagenkellner nicht länger warten zu lassen.

Wie schon gestern findet sie den Service übertrieben, doch beim Anblick des übervollen Brotkorbs mit süßem Gebäck und krossem Baguette und der aufgereihten Marmeladengläschen läuft ihr das Wasser im Mund zusammen. Selbst zum Frühstück gibt es eine riesige bestickte Serviette und diverse Messer, Gabeln und Löffel. Langsam begreift Louise, dass Reichtum offenbar einhergeht mit Größe, Gewicht und Menge.

»Ich habe Ihnen die Zeitungen mitgebracht. Einen schönen Tag, Madame. Unser Haus ist stolz darauf, dass Sie unser Gast sind.«

Ein ganzer Stapel druckfrischer Zeitungen liegt ausgebreitet auf dem Rollwagen. Louise erschrickt. Sie ist auf fast allen Titelseiten zu sehen. Überall dieselben Bilder vom Vortag am Flughafen, auf denen sie erbärmlich aussieht in ihrem viel zu großen blasslila Pulli. Das

Neonlicht im Ehrensaal von Orly betont ihren fahlen Teint und hebt die eingefallenen Wangen hervor. Die schief geschnittenen Haare hängen strähnig herunter, sodass das Gesicht noch länger wirkt. Fast muss sie darüber lachen, aber die Schlagzeilen bestürzen sie. Überall heißt es »Der Hölle entkommen«, »Die Überlebende aus der Kälte«, »Louise Flambart: Den Tod vor Augen« und so weiter. Das ist zu viel! Ein bisschen Mitgefühl, gut und schön, aber das geht zu weit. Abgesehen von zwei Artikeln, die sich an die Fakten halten, schmücken alle anderen die Kälte, den Hunger, den Tod von Ludovic und die Einsamkeit völlig übertrieben aus. Die als direkte Rede gedruckten Zitate sind, sofern sie sie denn wiedererkennt, so in den Text montiert, dass sie das Geschehen noch dramatisieren. Verärgert stellt sie fest, dass sie als überfordert beschrieben wird, als ohnmächtig, den Elementen ausgeliefert. Obwohl sie doch ausführlich erzählt hat, wie sie sich organisiert und gekämpft haben.

Die Schlagzeile von *L'Actu* ist anders als die anderen und empört sie regelrecht: »Sie überlebte am Ende der Welt«. Sie hört darin eine Art Verdächtigung mitschwingen, beinahe eine Anschuldigung. Ist es etwa ihre Schuld, dass sie noch lebt?

Sie fragt sich, ob Pierre-Yves von ihrer ersten Wanderung zur Forschungsstation erfahren hat. Aber sie erinnert sich nicht, mit irgendjemand darüber gesprochen zu haben.

Beim Anblick des Titelbilds durchläuft sie ein Schauer. Sie erkennt das Foto sofort. Ludovic und sie umarmen sich lächelnd. Um ihre Schulter hängt noch ein zusammengerolltes Seil, er ballt stolz die Faust. Das war vor fünf Jahren. Sie erinnert sich an diese Wanderung auf einem einfachen Pfad an der Aiguille de la Glière, als wäre es gestern gewesen. Es muss das zweite oder dritte Mal gewesen sein, dass sie ihn mitgenommen hat, er hat sich gut geschlagen. Sein Gesicht ist noch ganz rot vor Anstrengung, und die verschwitzten Locken kleben an den Schläfen. In dem etwas zu engen T-Shirt zeichnen sich die Muskeln ab, ganz deutlich. Er sieht toll aus. Er kommt gerade an, sie gratuliert ihm, nutzt die Gelegenheit, ihn zu umarmen. Sam, ihr alter Wanderkumpel, hat das Foto wohl gemacht. Es ist ein wenig unscharf, was zeigt, wie eilig sie es haben, aufeinander zuzustürzen. Aus dem Bild spricht solche Sorglosigkeit und Lebenskraft, eine derart offenkundige Zärtlichkeit, dass die Trauer Louise förmlich anspringt.

Seit dem Tod von Ludovic trägt Louise die Bilder aus der »40« in sich. Der Mann von dort hat ihr nicht gefehlt. Sie war zudem viel zu beschäftigt mit sich selbst. Das Überleben hat alle Energie gebunden, keinen Platz für etwas wie Gefühle oder Schwäche gelassen. Jetzt, da sie sich um ihren Körper nicht mehr sorgen muss, fordern Herz und Geist, was ihnen zusteht. Sie betrachtet das Bild und zittert vor Sehnsucht. Sie will sie jetzt und hier, seine blauen Augen, seine vollen Lippen, seine Arme, die sie manchmal zu sehr drückten, sein gieriges Geschlecht. Eine ungeheure Leere durchflutet sie, beginnend in der Brust, über den Bauch bis zwischen ihre Schenkel. Sie fühlt sich unnütz, innerlich zerfressen wie von einer Säure, die nichts übrig lässt als ihr Gerippe. Das letzte Mal, dass sie um Ludovic geweint hat, war in der »40«, vor diesem ausgemergelten Gesicht. Ohnmächtige, schamhafte Tränen. Heute sind es Tränen der verzweifelten Geliebten, die sich selbst bemitleidet angesichts des Verlusts.

Der Tee wird kalt, und in der Tasse bildet sich ein dünner Film, der silbern schimmert. Nach und nach verliert sich das Schluchzen in dem großen Zimmer. Louise würde gerne einfach schlafen, entschwinden, versinken.

Mehr als eine Stunde später klopft Alice an die Tür und findet sie noch immer im Bademantel, mit gequältem Gesicht. Sie sieht die Zeitungen, die überall verstreut sind, und das kaum angerührte Frühstück. Wie um einen Kinderkummer zu vertreiben, legt sie Louise den Arm um die Schulter.

»Nur Mut, Louise. Ich weiß, wie du dich fühlst. Ich habe einen Bruder verloren. Er hat sich umgebracht, drei Jahre ist das her.«

Das Dauerlächeln ist aus ihrem Gesicht verschwunden, mehrmals stockt die Stimme, während sie Louise mechanisch das Haar glatt streicht.

»Man erholt sich nie ganz davon, aber man kann darüber hinwegkommen. Glaub mir, das Leben holt dich wieder ein. Du musst weitermachen und unter Menschen gehen.«

Während sie spricht, gewinnt Alice langsam die Fassung zurück, die Stimme wird wieder fester.

»Du hast gezeigt, wie stark du sein kannst, du wirst es

auch schaffen, die Trauer hinter dir zu lassen. Los, zieh dich an, auf uns warten jede Menge Termine … Alles wird gut«, fügt sie wie ein Mantra hinzu.

Louise tut, was man ihr sagt: kaltes Wasser ins Gesicht, heiße Dusche, warmer Tee, neue Kleider, Taxi …

»Hier, ich hab dir ein Handy gekauft. Aber pass auf, gib die Nummer keinem Journalisten, ansonsten hast du keine ruhige Minute mehr.«

Louise hatte nicht geglaubt, dass die Rückkehr so schwierig sein würde. Dort war sie wie besessen von dem Gedanken daran, nach Hause zu kommen, zu essen, im Warmen zu sein, sich wieder unter Menschen zu begeben. War das Leben vorher auch so kompliziert? Hat sie die Welt der Menschen einfach nur vergessen oder idealisiert? Wäre sie allein, würde sie gerne wieder in den Winterschlaf fallen, wie in der Forschungsstation. Aber Alice ist da und kümmert sich um alles, folgt ihr auf Schritt und Tritt. Alice, deren eigene Verletzung sie gerade erlebt hat und der sie Freude machen will. Und so lässt sie sich führen und beruhigen von dieser überschwänglichen und mütterlichen Frau.

Die Tage verfliegen. Schon drei Wochen ist es her, dass sie am Flughafen begeistert empfangen wurde, und Louise hat den Eindruck, dass die Begeisterung seither nicht abgenommen hat. Alice ist da, immer, die ganze Zeit, und wiederholt litaneiartig:

»Keine Angst, keine Angst.«

Zusammen hetzen sie von Fernsehstudio zu Radiosender, mit Zwischenstopps in den Bars der großen Hotels, wo sie die Journalisten der Printmedien treffen. Sogar in Genf und Brüssel sind sie gewesen. Am Anfang hat Louise sich nur von einem Ort zum nächsten schleppen lassen, stets unter der Voraussetzung, dass man sie nicht allein lässt. Mittlerweile muss sie zugeben, dass ihr das Ganze sogar Spaß macht. Vor allem über das Fernsehen amüsiert sie sich. Derart viele Leute für so ein läppisches Ergebnis! Aber alle sind sehr nett. Man nennt sie beim Vornamen. Und sie genießt es, sich in die Hände der Maskenbildnerinnen zu begeben. Sie, die kaum je Lidschatten aufgelegt hat, freut sich nun, von anderen herausgeputzt zu werden. Die jungen Frauen machen sich mit feinen Pinselstrichen an ihrem Gesicht zu schaffen, als malten sie ein Bild, kramen in Kästen zwischen Stiften und Tuben mit Make-up herum. Sie loben Louise für ihren Mut oder bitten um ein Autogramm, was sie inzwischen nicht mehr aus der Fassung bringt. Es gibt eine Garderobe mit ihrem Namen an der Tür und Körbe voller Süßigkeiten, die sie verschlingt, als litte sie noch immer Hunger. Sie stellt sich vor, wie toll es wäre, Schauspielerin zu sein, und als sie es Alice erzählt, bricht diese in Gelächter aus wie immer, wird dann aber wieder ernst:

»Na, wenn du Lust dazu hast. Das könnte etwas werden. Ich werde mal mit zwei, drei Regisseuren reden, damit du's ausprobieren kannst.«

Alice ist großartig, nichts kann sie schrecken.

Beim Fernsehen mag Louise vor allem den großen, düsteren Bereich hinter der Bühne, die Leute, die scheinbar nur für sich ins Mikro sprechen. Das Ganze wirkt wie ein Ballett, eine präzise abgestimmte Choreografie. Alle warten, erledigen plötzlich eine Aufgabe, die für sich genommen minimal erscheint, und schon ist das Puzzle gelöst, das Bild vollständig. Sie hält sich gern hier auf, mitten unter all den Leuten, die die Fäden ziehen, hinter den Kulissen.

Auf einmal schubst man sie ins Licht.

»Du bist dran.«

Sie kommt herein, es wird geklatscht. Man stellt ihr die vorhersehbaren Fragen. Sie antwortet, immer dasselbe. Sehr bald hatte sie einige Anekdoten und schöne Formulierungen gefunden, deren Wirkung sie kennt und die sie immer wieder einbaut. Durch das ständige Erzählen wird ihr Abenteuer zur Legende. Sie hat sie ausgeschmückt, wie damals, als sie sich ihre Kindergeschichten erzählte. Anfangs macht sie sich noch Vorwürfe, sich selbst in ein so positives Licht zu rücken. Doch allmählich unterscheidet sie nicht mehr zwischen Wahrheit und Geschichte. Sie greift nicht zu Lügen, eher zu Verschönerungen und Auslassungen. Alice hatte recht, wichtig ist nur, dass die Geschichte gut ist. Niemand kann sie jemals nachprüfen. Manche Situationen erfordern allzu viele Erklärungen. Wie sollte man erzählen, dass sie sich geschlagen haben, als das Kreuzfahrtschiff vorbeifuhr? Wozu erwähnen, dass sie manchmal Lust zu töten hatte, für einen zusätzlichen Löffel eines ekligen Ragouts? Wer interessiert sich wirklich dafür, dass sie den Weg zur Forschungsstation zweimal gemacht hat? All das hat keinerlei Bedeutung in diesem großen Spiel, in dieser beruhigenden Belanglosigkeit.

Am Abend ihres ersten mit Presseterminen vollgestopften Tages findet Louise nicht in den Schlaf, obwohl sie müde ist. Sobald sie das Licht löscht, verunsichert sie die Stille im Zimmer. Oder nein, das ist es eigentlich gar nicht, was sie ängstigt, sondern das Telefon, das Alice für sie besorgt hat. Seit es zur Hand ist, hat sie keine Ausrede mehr, um Ludovics Eltern nicht anzurufen. Sie war erleichtert gewesen, sie nicht in Orly zu sehen. Sie bringt es nicht fertig, sie zu besuchen, aber sie muss zumindest anrufen und hoffen, das genügt.

Sie hat sich nie erklären können, warum sie sich in ihrer Gegenwart immer gehemmt gefühlt hat. Sie haben sie freundlich aufgenommen, aber ein wenig herablassend, wie Eltern, die daran gewöhnt sind, die x-te Eroberung ihres Sprösslings kennenzulernen. Obwohl sie im Laufe der Monate durchaus herzlicher wurden, hatte Louise den Eindruck, sie gewährten ihr nur eine Gnadenfrist. Vor ihr gab es schon Charlotte, Fanny, Sandrine und wer weiß wen alles. Nach ihr würde man die Liste fortsetzen. Manchmal hörte sie an einem winzigen Zögern, dass sie sich bemühten, sich nicht im Namen zu vertun und einen Fettnapf zu umgehen.

Nie hatte sie sich wirklich eingestanden, dass sie eifersüchtig war. Ja, eifersüchtig auf diese gebildeten, modernen Eltern. Trafen sich die beiden Familien zum Essen, dann litt Louise Qualen. Ihre Mutter wirkte affektiert in ihrem Achtzigerjahre-Kleid, ihr Vater lächerlich mit Anzug und Krawatte. Hélène, die Schwiegermutter, sah hingegen blendend aus in ihrer schwarzen Stretchjeans und dem T-Shirt unter einer rosa Jacke, ihr Schwiegervater Jef trug ein lässiges Rugby-Trikot mit dem Eden-Park-Logo. Louise hatte instinktiv Partei für ihre eigenen Eltern ergriffen und denen von Ludovic im Stillen vorgeworfen, den Unterschied noch zu betonen.

Im Grunde hatte sie dabei wieder die Rolle der »Kleinen« erfüllt, wenn auch in einem anderen Sinne: die kleine Freundin, dann die kleine Verlobte, der man noch den letzten Schliff verpassen musste, die weder einen Cocktail mixen noch segeln konnte und die man zur Erweiterung des Horizonts in eine Jeff-Koons-Ausstellung mitnahm. Diese Art von Aufmerksamkeiten demütigten Louise, auch wenn das Verhalten ihrer Schwiegereltern nie einen Konflikt heraufbeschwor. Sie waren immer höflich. Eigentlich war es ihnen egal, ob es Louise war oder eine andere.

Als sie die Reise mit dem Boot beschlossen, waren Hélène und Jef begeistert:

»Tolle Idee, nutzt die Zeit, solange ihr jung seid. Vielleicht stoßen wir in Südafrika sogar dazu. Ein wunderschönes Land, der Krüger-Park damals war wirklich beeindruckend!«

Sie fanden ebenso wie Ludovic, das Leben solle ein Fest sein. Louises Eltern waren selbstverständlich nie im Krüger-Park gewesen.

Beim Familienessen nach der Rückkehr hatte sie erfahren, dass Jef und Hélène als Erste unruhig wurden. Sie hatten sich daran gewöhnt, ein bis zwei Mails pro Woche zu bekommen, und sich gewundert, dass sie auf ihre keine Antwort mehr erhielten. Daraufhin hatten sie alle möglichen Instanzen alarmiert: die Polizei, das Außenministerium, den Such- und Rettungsdienst, die Konsulate in Argentinien, Chile und Südafrika, Segelzeitschriften sowie Reiseseiten im Internet. Dann hatten sie Kontakt zu Seglern aufgenommen, die in der Region unterwegs waren, und sich regelmäßig mit ihnen ausgetauscht. Über Beziehungen waren sie schließlich mit einem der gefragtesten Wetterrouting-Anbieter in Kontakt gekommen, der die Stürme des letzten halben Jahres zwischen Ushuaia und Kapstadt statistisch erfasst hatte. Doch alles ohne Ergebnis, ihr einziger Sohn blieb spurlos verschwunden.

An ihrem Wohnzimmertisch wurden keine extravaganten Cocktails mehr getrunken. Er ähnelte nun eher einer Kommandozentrale voller Landkarten, Nachrichten und Zettel mit Berechnungen der lokalen Meeres-

strömungen und der daraus resultierenden Abdrift.
Hélène, so wusste Louises Mutter zu berichten, die regelmäßig mit ihr telefonierte, hatte angefangen zu trinken.

All das weiß Louise. Tagsüber, in Alices Gesellschaft, hatte sie den Anruf hinausgezögert: zu laut, zu wenig Zeit,
kein Interesse, dass der Taxifahrer mithört, zu sehr in Eile,
weil sie sich noch für das Abendessen umziehen muss,
und schließlich war es zu spät. Jetzt hadert sie mit sich
und kann nicht einschlafen. Morgen in aller Frühe muss
sie es tun, keine Ausflüchte mehr. Es ist wie damals mit
den Pflichten zu Hause, die man lieber rasch am Samstag erledigte, wenn man aus der Schule kam, damit sie
einem nicht das ganze Wochenende verdarben. Sie muss
mit ihnen sprechen, damit es ein Ende hat.

Hélène nimmt schon beim ersten Klingeln ab, die
Stimme hört sich härter, schroffer an, als sie sie in Erinnerung hatte.

»Hier ist Louise.«

»Oh, Louise, meine Kleine, ich hab gesehen, dass du
wieder da bist.«

Meine Kleine – das ist kein guter Einstieg. Und dann
die kaum verhohlene Kritik, dass sie nicht schon früher angerufen hat. Louise reißt sich zusammen, diese Frau hat den geliebten Sohn verloren. Davon erholt
man sich niemals.

»Entschuldigung, Hélène, ich hab so viel um die Ohren seit zwei Tagen. Aber ich denke die ganze Zeit nur
an euch.«

Das stimmt. Ludovics Eltern verfolgen sie. Das schlechte Gewissen über das, was sie bislang noch niemandem erzählt hat, nagt an ihr. Sie hat die ganze Nacht gegrübelt: Soll sie es ihr sagen oder nicht?

»Sag mir alles, Louise, ich bitte dich. Wir sehen uns ja bald zur Beerdigung, aber ich will es sofort wissen.«

Die Beerdigung! Natürlich, auf den Falklandinseln hieß es, sie hätten den Leichnam geborgen und würden ihn nach Frankreich überführen. Sie hatte sich verboten, daran zu denken. Der Körper ... die Ratten ... Ein heftiger Brechreiz erfasst sie. Sie murmelt:

»Bringen sie ihn zurück?«

»Ja, ich weiß nicht, wann, das scheint alles sehr kompliziert zu sein, aber Hauptsache, sie tun es irgendwann.«

Eine tragische Entschlossenheit schwingt in Hélènes Stimme mit.

Also erzählt Louise: der Unfall, der Kampf ums Überleben. Und sie lügt, indem sie dabei nichts erwähnt vom ersten Aufenthalt in der Forschungsstation. Die Wahrheit bringt Ludovic ohnehin nicht wieder zurück. Hélène würde nur verzweifeln, wenn sie sich vorstellt, es hätte eine andere Möglichkeit gegeben. In der Nacht, als Louise sich entschieden hat zu gehen, hatte sie begriffen, dass er beinahe tot war, innerlich zerbrochen. Aber es ist unmöglich, einer Mutter das zu sagen.

Eine Dreiviertelstunde sprechen sie miteinander, müssen immer wieder schluchzen, die eine wie die andere. Beide beweinen Ludovic, ihren eigenen Schmerz, das Ende einer Art von Unschuld.

Schließlich legt Louise auf und versichert, man solle sie auf jeden Fall benachrichtigen, sobald der Termin für das Begräbnis feststehe.

Aber es gibt nichts auf der Welt, dem sie lieber aus dem Weg gehen würde.

Louise muss ihr ganzes Leben neu organisieren. Nie war ihr aufgefallen, wie kompliziert der Alltag ist. Da sie mit nichts als dem lächerlichen Kulturbeutel von den Falklandinseln zurückgekommen ist, braucht sie Papiere, eine neue Bankkarte, muss sich einen Computer und ein eigenes Telefon kaufen. Sie muss sich mit der Schiffsversicherung auseinandersetzen, die sich zu zahlen weigert mit dem Argument, sie hätten in der Nähe einer Insel Schiffbruch erlitten, auf der sie eigentlich gar nicht hätten sein dürfen. Sie klappert also die Behörden ab, wobei ihr die plötzliche Bekanntheit durchaus hilft, weil die Beamten und die Bankangestellten ihr wohlgesinnt sind. Die Freunde in der alten Wohnung haben angeboten, ganz schnell auszuziehen, doch sie hat es abgelehnt. Der Gedanke, dorthin zurückzukehren, wo sie ein glückliches Leben geführt hat, macht ihr Angst. Im Anschluss an die Woche im Hilton ist sie in ein bescheidenes Hotel in Montrouge umgezogen. Sie kann sich nicht zur Wohnungssuche durchringen wie damals, als sie noch allein war.

Das Finanzamt im 15. Arrondissement hat ihr einen spektakulären Empfang bereitet. Die Leiterin hat eine warmherzige Rede gehalten, ihre Kollegen haben geklatscht und ihr ein »Notfall-Päckchen für die Rückkehr ins Pariser Leben« überreicht: Handtasche, Hut, Handschuhe und Regenschirm. Streng genommen ist ihr Sabbatjahr vorbei, sodass sie eigentlich seit geraumer Zeit unentschuldigt fehlt, aber man hat ihr versichert, ihre Personalakte sei bereits an höherer Stelle in Bearbeitung und man werde eine Ausnahme machen. Louise weiß noch nicht recht, ob sie das Angebot tatsächlich annehmen möchte, denn ebenso wenig wie in die Wohnung will sie an ihren alten Arbeitsplatz zurück. Schon der Gedanke daran, diesen abends zu verlassen und nicht in die »40« zu gehen, nicht mehr auf das Geräusch von Ludovics Schlüssel im Schloss zu lauschen, nicht nach der Tasche zu greifen und auszugehen, um irgendwo zu zweit zu essen, all das löst erneut die unerträgliche Leere aus, die sie am ersten Morgen im Hilton überkommen hat und die sie seither regelmäßig quält.

Der einzige wirklich unangenehme Termin war ihre Vorladung auf dem Kommissariat des 15. Arrondissements.

»Tut uns leid, Madame, aber wir sind gezwungen, Ihre Aussage aufzunehmen. Immerhin ist ein Mensch zu Tode gekommen.«

Tatsächlich schaffte es das halbe Kommissariat, sich ins Büro zu drängen und an einer völlig wirren Vernehmung teilzunehmen, bei der der Polizeioberrat, der sich der Akte bemächtigt hatte, Louise an den passenden Stellen die Antworten zu den gestellten Fragen zuflüsterte und ihr ständig einen Kaffee anbot. An das, was sie letztlich unterschrieben hat, erinnert Louise sich nicht

genau. Ihr Exemplar des Protokolls hat sie beim Hinausgehen zerrissen.

Wenn Louise nicht gerade mit Alice zu Presseterminen unterwegs ist, verbringt sie ihre Zeit mit Pierre-
Yves. Sie schließen sich in ihrem Hotelzimmer ein und
lassen sich Kaffee und Wasser bringen. In dem Raum,
der deutlich kleiner ist als der im Hilton, hockt sie, gestützt vom Kissen, auf dem Bett in ihrer ewig gleichen
Haltung, mit angewinkelten Beinen, die Arme um die
Knie geschlungen. Er sitzt auf dem einzigen Stuhl im
Zimmer, den er so hingestellt hat, dass er sie anschaut,
und kritzelt in ein klein kariertes Heft. Das wichtigste Arbeitsinstrument ist jedoch das Aufnahmegerät, ein
alter Digitalrekorder, den er schon seit Ewigkeiten mit
sich herumschleppt. Von dem Vorschuss, den er beim
Verleger ausgehandelt hat, kann er eine Studentin bezahlen, die die Aufnahmen transkribiert. Pierre-Yves
notiert selbst nur, was ihm in den Sinn kommt, während
Louise redet: Fragen, die er ihr später stellen will, Illus-
trationen oder Bezüge, die er recherchieren, Personen,
zu denen er Kontakt aufnehmen muss, und vor allem
Themen, die das Buch am Ende gliedern werden. Denn
er will nicht bloß ein Abenteuer erzählen. Seit dem ersten Moment ist er davon überzeugt, dass die Geschichte von Louise und Ludovic bei jedem Leser einen Nerv
treffen wird. Sie hält unserer hoch entwickelten Gesellschaft einen Spiegel vor, einer Gesellschaft, in der jeder
von sozialem Abstieg und Armut bedroht ist. Sie passt
zu gewissen Theorien einer Rückkehr zur Natur, sei sie
freiwillig, sei sie erzwungen, die heute wieder aktuell

sind. Auf der ersten Seite seines Heftes hat er die wichtigsten Gedanken notiert:

- plötzlich allein sein
- von dort, wo es alles gibt, an einen Ort gelangen, wo es gar nichts gibt
- in Zeiten globaler Kommunikation auf sich gestellt sein
- einer feindlichen Umwelt gegenüberstehen
- Intuition oder überlieferte Verhaltensmuster wiedererlernen

Diese Punkte scheinen ihm am schwierigsten, wenn er sich in ihre Lage zu versetzen sucht. Sie haben mehrere Sitzungen damit zugebracht, ausführlich ihre Kindheit zu beleuchten, ihre Ausbildung, den Geist, in dem sie groß geworden ist. Anschließend haben sie über die Gründe für die Reise gesprochen, die Vorbereitungen, den Ablauf. Er weiß noch nicht, ob all das im Buch vorkommen soll, aber er braucht diese Hintergründe, um sich seine Hauptpersonen anzueignen.

Vor allem aber will Pierre-Yves das Verhältnis dieser beiden Verschollenen ergründen. Schon beim flüchtigen Blick in einige Bücher zum Thema Schiffbruch hat er begriffen, wie entscheidend die Moral ist, die in einer solchen Gruppe herrscht, die Hierarchie, die Allianzen, die sich bilden. Wie sich die Protagonisten als gut oder böse erweisen, wenn sie fernab jedes sozialen Koordinatensystems psychisch an Grenzen stoßen. An eben diesen Fragen will er mit ihr arbeiten.

eßlich gibt es viele, die denselben Traum wie

Louise und Ludovic verfolgen: der bedrückten und gehetzten Gesellschaft entfliehen, der Umweltbelastung in den großen Städten, sich für das Meer und die Freiheit entscheiden, zurück zur Natur und zu wahrhaftigen Beziehungen finden. Doch vor ihren Augen wurde aus dem Wunschbild ein Albtraum. Er will verstehen, warum. War es ihr Fehler? Hatten sie es nicht verdient oder nie eine Chance, bei ihrer Herkunft? Hat die Überflussgesellschaft sie der lebensnotwendigen Reflexe beraubt?

Einen Moment fragt er sich, wie es wäre, sich für einige Zeit auf einer einsamen Insel aussetzen zu lassen, um selbst diese Erfahrung zu machen. Doch der Blick auf die leidende Frau, die er vor sich hat, vertreibt diese Idee sofort wieder.

Je mehr sie berichtet, je tiefer sie schürft, desto mehr wird das Gespräch für Louise zur Therapie. Sie steht im Mittelpunkt, zum ersten Mal in ihrem Leben, sie spielt die Haupt- und nicht die Nebenrolle. Bis heute hat nur Ludovic ihr echte Aufmerksamkeit geschenkt. Zwar ist der Blick der Medien auf sie positiv, aber er bleibt oberflächlich. Doch hier, Auge in Auge mit Pierre-Yves, in der Abgeschiedenheit des kargen Raums, der dem Sprechzimmer eines Psychologen ähnelt, hat sie das Gefühl, wirklich zu existieren. Ihr Leben läuft noch einmal vor ihr ab, erhält einen Zusammenhang. Der tiefere Sinn ihres Abenteuers erschließt sich ihr zwar nicht, aber immerhin gelingt es ihr, die Puzzleteile der Vergangenheit zu ordnen und zu einem Bild zu fügen.

Höchst konzentriert notiert Pierre-Yves, was einen Wechsel in Louises Tonfall auslöst, wie am ersten Tag, als er sie auf der *Ernest Shackleton* angerufen hatte. Es gibt so viele heikle Themen, die er gern vertiefen würde, später. Er will ihr nicht zu nahe treten, erst recht nicht sie verletzen. Sie hat schon genug gelitten.

In einem Anflug von Zynismus hat er sich gefragt, ob er ein Verhältnis mit ihr haben könnte. Manchmal ist sie anrührend, zerbrechlich, zusammengekauert auf dem Bett, die grünen Augen ins Leere gerichtet, während ein Strahl der Novembersonne die blasse Haut unter dem schwarzen Pony betont. Die Antwort ist Nein. Er fühlt sich eher wie ihr großer Bruder. Wenn er sie in den Arm nehmen will, dann, um sie über den Verlust von Ludovic hinwegzutrösten, der unüberwindlich scheint, um sie vor der grausamen Welt zu schützen, die sie fallen zu lassen droht, wenn ihre Geschichte ausgereizt ist auf den besten Sendeplätzen. Ein Maler kann sich in sein Modell verlieben, das er in seinem Werk verherrlicht, aber Pierre-Yves will Louise gleichsam sezieren, diese acht verheerenden Monate unter die Lupe nehmen, um daraus ein paar unumstößliche Wahrheiten abzuleiten.

Es ist Louise nicht schwergefallen, ihm von dem Kampf beim Auftauchen des Kreuzfahrtschiffs und all den kleineren Unstimmigkeiten zu erzählen. Sie hat aber auch von den gemeinsamen Gefühlen gesprochen, von der Verbundenheit, dem Einverständnis, sodass die Dinge im Gleichgewicht stehen. Alles in allem haben sie eine ganz normale Beziehung geführt, in der es gute und schlechte Momente gab, ein wenig aufgeheizt vielleicht durch die besondere Situation. Das einzige Ereignis, über das sie nach wie vor nicht einmal andeutungsweise reden kann, ist die erste Hin- und Rücktour.

Pierre-Yves ist nicht entgangen, dass sie auf ungewohnte Weise die Hände verrenkte, als sie darüber sprach, wie sie nach Ludovics Tod weggegangen sei, und vermutete, dass sie etwas vor ihm verbarg. Doch schließlich hat er sich dieses Verhalten mit dem Schmerz erklärt, den sie bei der Erinnerung an den Todeskampf ihres Geliebten empfand. Alles ist plausibel: In der »40« zu bleiben verbietet sich nach seinem Tod, sie bricht auf zu einem Abenteuer, das an Selbstmord grenzt, aber sie findet zufällig die Forschungsstation. Warum also hat er in sein Heft notiert, dass sie noch einmal genauer darüber sprechen müssen?

Louise kann sich selbst nicht erklären, warum sie über diesen Vorfall schweigt, selbst diesem Mann gegenüber, dem sie völlig vertraut. Gewaltige Scham überkommt sie, lähmt ihr Gehirn, sobald sie auch nur versucht, daran zu denken. Sie müsste in Worte fassen, dass sie ihre Liebe verraten hat, ihre Kindheitsträume von Gerechtigkeit, ja, ihre Menschlichkeit. Je länger sie von ihrem Abenteuer spricht, ohne diesen Abschnitt zu erwähnen, desto unaussprechlicher wird er. Ihn jetzt preiszugeben wäre katastrophal. Seit ihrer Rückkehr gründet sich ihr Leben auf ein Image und auf die Zuneigung, die ihr als Wegzehrung bei dem Versuch dient, ins Leben zurückzufinden. Als Heldin gefeiert zu werden öffnet einem viele Türen. Aber eine Heldin darf sich keinen Fehltritt leisten. Sie muss rein sein, perfekt, unangreifbar. Auf einmal eine andere Version dieser Episode zu erzählen würde den gesamten Rest infrage stellen, Zweifel säen.

Weil sie ständig nur die halbe Wahrheit sagt, verliert sie den Bezug zur Realität. Wie hat sich all das wirklich zugetragen? Ist sie tatsächlich derart lange in der Forschungsstation gewesen vor der Rückkehr in die »40«? Sie hat die Tage schließlich nicht gezählt. Ist Ludovic womöglich leichtsinnig geworden und hat sich so die blauen Flecken an den Beinen eingehandelt? War es vielleicht gar nicht ihre Schuld?

Wenn Pierre-Yves und Louise meinen, dass sie genug gearbeitet haben, gehen sie oftmals Arm in Arm noch etwas trinken. Das Geräusch der Kaffeeautomaten und der Untertassen, die klappernd aufeinandergestapelt werden, die beschlagenen Scheiben, die das Bild der Stadt dahinter leicht verschwimmen lassen, der Geruch von regenfeuchten Mänteln: Louise ahnt, nach welcher Art von Leben sie sich sehnt. Einander gegenübersitzend sehen sie aus wie irgendein beliebiges Paar, das sich nach der Arbeit auf ein Bier trifft.

Genau das wünscht Louise sich: wieder ganz normal zu sein. Aber eine Heldin ist nicht normal.

Schließlich ruft Hélène doch noch an. Louise hatte schon gehofft, dass dieser Anruf nicht mehr kommen würde. Dass man Ludovic auf den Falklandinseln begraben würde, auf dem kleinen Friedhof mit den Levkojen, den sie entdeckt hatte. Aber nein, das Behörden-Wirrwarr hat sich aufgelöst.

»Die Beerdigung ist am Donnerstag. Wir treffen uns um zehn bei uns. Ich hab dir eine Liste mit den Leuten geschickt, die mir eingefallen sind, von denen ich die Adresse habe. Das sind etwa hundert, aber wenn dir jemand einfällt, den ich vergessen habe, schreib ihn ruhig noch dazu! Ich kannte ja nicht alle eure Freunde.«

Hélènes Stimme klingt ausdruckslos. Sie macht den Eindruck, als wäre es ihr ganz egal, wen Louise einladen möchte. Es ist ihr Sohn, der begraben wird, nicht Louises Partner. Louise will ohnehin nichts damit zu tun haben.

Auf dem Friedhof scheint die Sonne. Die Granitplatten glitzern im grellen Winteranfangslicht. Louise bemerkt, wie gut es tut, draußen zu sein. Seit ihrer Rückkehr hat sie alles gemieden, was sie an Natur erinnern könnte, selbst Spaziergänge im Parc Montsouris abgelehnt, die Pierre-Yves mehrmals vorgeschlagen hatte.

Wenn niemand bei ihr war, blieb sie ausgestreckt in ihrem Zimmer vor dem Fernseher liegen. Sie wollte weder Wind noch Regen spüren und vor allem keine Kälte mehr.

Alle sind sie da, Angehörige ebenso wie lockere Bekannte, Schulfreunde, die zu ihr kommen, um sich vorzustellen, weil sie sie noch nie gesehen haben, ein ganzer Schwung von Exfreundinnen, Phil, Benoît und Sam, die just am Morgen aus den Alpen angereist sind, beide Familien, Pierre-Yves, Alice … Der Sonnenschein schafft eine Atmosphäre, die einer Mischung aus Begräbnis, Gesellschaftstermin und Treffen unter alten Freunden gleicht. Man wischt sich eine Träne weg, hält sich fest im Arm, freut sich aber auch, den einen oder anderen wiederzusehen, und lacht durchaus, wenn jemand alte Geschichten heraufbeschwört.

Als Louise den Sarg gesehen hat, ist sie beinahe ohnmächtig geworden. Nur sie allein hat eine Ahnung, was sich darin verbirgt. Von dem durchtrainierten Körper, den alle kannten, dürfte nichts als Brei und Fetzen übrig sein. Auf einmal hat sie das Erlebnis mit den Ratten nach der großen Jagd vor Augen, und sie schreckt zusammen, als würde einer dieser blut- und schleimdurchtränkten Pinguine aus dem Sarg aufsteigen und sich aus dem Staube machen.

Für die Überführung nach Frankreich ist der Sarg versiegelt worden, selbst Jef und Hélène durften ihn nicht öffnen. Als er in die Erde hinabgelassen wird, ertappt Louise sich selbst bei dem erleichterten Gedanken: »Er nimmt mein Geheimnis mit ins Grab.«

Alles ist vorbei, er ruht in Frieden, wie man sagt, und auch sie wird wieder Frieden finden.

Die Zeremonie ist schnell vorbei. Als überzeugte Atheisten haben Ludovics Eltern keine Messe vorgesehen, stattdessen aber eine kleine Gedenkfeier, zu der sie alle, die gekommen sind, zu sich nach Hause bitten. Jeder hat etwas vorbereitet – ein Gedicht, eine kleine Geschichte, ein Lieblingslied von Ludovic, ein paar Fotos.

Hier nun begreift Louise, dass sie keinen Frieden finden wird. Jede Erwähnung quält sie unermesslich, sie weint so sehr, dass ihre Freunde nah daran sind, die Feier zu unterbrechen. Die freundschaftliche, liebevolle, fürsorgliche Unterstützung macht alles nur noch schlimmer, obwohl sie eigentlich als Trost gedacht ist. Jedes Wort lässt sie noch mehr verzweifeln. Ein einziger Gedanke tobt in ihr: Sie hat nicht die Wahrheit gesagt und alle hintergangen. Hätte sie Ludovic mit ihren eigenen Händen umgebracht, sie würde sich nicht mehr hassen, als sie es jetzt tut.

Mit Sorge sehen Alice und Pierre-Yves, wie ihr Schützling mehr und mehr die Fassung verliert, und beschließen einvernehmlich, Louise der Trauergesellschaft zu entziehen.

»Sorry für die Eltern und die Bergsteiger. Aber wenn sie hierbleibt, landet sie morgen in der Psychiatrie«, erklärt Alice bestimmt. »Wir trinken einen Tee bei mir und reden von was anderem.«

Die Wohnung von Alice im 19. Arrondissement ist wie ein kleines Schatzkästchen. Nicht sehr groß, als Freiberuflerin verdient man nicht gerade ein Vermögen.

Sie quillt über vor ausgefallenen Objekten, Einzelstücken und solchen, die fast schon kleine Sammlungen ergeben, Eulen in allen erdenklichen Größen beispielsweise, reihenweise Puppen in volkstümlichen Kleidern, afrikanische Masken, Gemälde, Fotos, die kreuz und quer mit Tesafilm oder Reißzwecken an der Wand befestigt sind. Nur mit Mühe erkennt man die Farbe der Tapete hinter all den Möbeln und Regalen. Doch der ganze Trödel verströmt genau die Lebensenergie der Frau, die hier zu Hause ist. Zu jedem Gegenstand in diesem wilden Durcheinander weiß Alice eine Anekdote zu erzählen. Pierre-Yves fürchtet schon, es könnte eine ganze Woche dauern, bis sie beim letzten angekommen ist. Aber Louises verquollenes Gesicht ist ihm Anlass, selbst ins Reden zu kommen. Er berichtet von seinem Einstieg bei der Zeitung, den ersten Hürden, von den Macken der Kollegen, den Skandalen der legendären Marion mit den roten Haaren aus der Kulturredaktion.

Der Jasmintee ist perfekt, die Macarons von Ladurée sind wunderbar, und man könnte meinen, ein paar Freunde säßen hier zusammen, um sich am späten Nachmittag den grauen Winterabend vom Leib zu halten – und vor allem die umgegrabene Erde auf dem Friedhof von Antony.

»Ich habe gelogen.«

Louise hat den Satz mit tiefer Stimme ausgesprochen, ganz schnell, als gerade niemand etwas sagte. Eine verwirrte Stille hängt im Raum. Die beiden anderen versuchen so zu tun, als hätten sie nichts gehört.

»Ich habe gelogen, ich habe euch alle angelogen. Es war ganz anders.«

Ihre Stimme wird schrill, wie die eines Kindes, das sich bei Erwachsenen Gehör verschaffen will.

Alice verzieht das Gesicht und rührt sich nicht, die Hand mit der Tasse in der Luft, die eigentlich zum Mund wollte. Der Ton verheißt nichts Gutes. Pierre-Yves berappelt sich als Erster. Das ist schließlich sein Beruf. Beinahe hätte er das karierte Heft aus der Tasche gezogen.

»Was hast du gesagt? Wann hast du gelogen? In welchem Zusammenhang?«

Louise senkt den Blick. Auf keinen Fall jemanden ansehen. Sie waren doch ihre Freunde. Nun werden sie sie hassen. Sie konnte keinen Widerstand mehr leisten, sie hat keine Kraft mehr. In dieser netten Wohnung, zusammen mit den beiden Menschen, die sie unterstützen, seit sie wieder da ist, hätte sie sich eigentlich geschützter fühlen müssen, als sie es je getan hat. Das Kapitel Ludovic ist zu Ende, nichts daraus wird sie künftig noch quälen können. Doch gerade das Ende der Bedrohung konfrontiert sie damit, wie die Dinge liegen: Wenn sie diese Last weiterhin allein mit sich herumträgt, wird sie niemals wieder auf die Beine kommen.

»Da war das Auge im Grab und blickte auf Kain«, sagte sie einst stotternd in der Schule auf.

Dieses Auge, das sie verfolgt, ist jenes, das sie vor Monaten aus den Stofffetzen angesehen hat und ihr noch immer keine Ruhe lässt. Sie kann diesen unendlich müden Ausdruck nicht vergessen, erstaunt und erleichtert zugleich, sie zu sehen, vor allem aber unsagbar traurig. Sie weiß nicht, was am Ende stärker war, die Verzweiflung über den Tod oder über den Verrat. Aber Louise kann mit diesem Blick nicht mehr allein sein.

Sie erzählt alles. Sie gibt sich keine Mühe, Erklärungen zu suchen für das, was unerklärlich ist, sie stößt nur Wort für Wort hervor, versucht die reinen Fakten nachzuzeichnen, einen nach dem anderen.

Es folgt ein langes Schweigen. Vielleicht warten die beiden anderen auf weitere Enthüllungen, vielleicht hängen sie den Gedanken nach und beobachten dabei, wie allmählich die Dunkelheit die Fenster in Besitz nimmt.

Alice löst die Erstarrung. Sie steht auf, setzt sich neben Louise und legt ihr, wie so oft, den Arm um die Schultern.

»Meine Liebe, und das treibt dich so um? Du hast doch alles richtig gemacht.«

Sie lässt ein paar Sekunden verstreichen, um sicher zu sein, dass Louise sie verstanden hat.

»Ja, du hast wirklich alles richtig gemacht, in jeder Hinsicht. Alles, was du von Anfang an von Ludovic erzählt hast, geht doch in dieselbe Richtung. Von einem ganz bestimmten Punkt an hat er aufgegeben, er hat aufgehört zu kämpfen. An jenem Tag ist er krank geworden, und auch wenn du nicht gegangen wärst – sein Schicksal war besiegelt. Natürlich ist das schrecklich, aber dich trifft keinerlei Schuld.«

Sie nimmt einen tiefen Atemzug und fährt dann fort:

»Ich hab dir doch erzählt, dass einer meiner Brüder

212

sich das Leben genommen hat. Das hat jahrelang gedauert, nach einem üblen Kleinkrieg auf der Arbeit hat
er nicht mehr gelebt, er hat nicht mehr gekämpft. Mein
anderer Bruder, meine Mutter und ich, wir haben alles
versucht. Wir sind mit ihm in Urlaub gefahren, haben
ihn zur Kur begleitet, ihn mit Freunden eingeladen. Ich
bin sogar für mehrere Wochen zu ihm gezogen, um ihn
abzulenken, mit ihm zu reden, ihn anzuflehen. Es hat
alles nichts gebracht. Du hast das gemacht, was du tun
musstest, du hast dich gerettet, dich selbst.«

Pierre-Yves begreift ganz plötzlich, dass es genau das
ist, das Teilchen, nach dem er von Anfang an gesucht
hat, das er gewittert hatte. Das ist es, der primitive Drang
zu leben, der zum Handeln zwingt und sich hinwegsetzt
über alle Regeln und Gesetze, ja, selbst die eigenen Gefühle. Das Geständnis von Louise wird zum Herzstück
seines Buchs. Die Geschichte bekommt damit univer-
selle Bedeutung.

Louise bricht in Tränen aus. Sie hat sich wie ein Baby
auf dem Sofa eingerollt. Ob sie die beruhigenden Worte
von Alice gehört, geschweige denn verstanden hat, weiß
keiner. Das Weinen schüttelt sie so sehr, dass sie kaum
noch atmen kann. Sie schluchzt, wimmert, erstickt fast,
als sei ihre Kehle zu eng, um diese Druckwelle heraus-
zulassen, in der sich Angst mit Abscheu paart. Die beiden anderen sind ganz verwirrt von dieser Heftigkeit.
Alice legt ihr noch einmal die Hand auf die Schulter
und versucht, etwas Beruhigendes zu sagen.

Pierre-Yves flüstert:

»Hm, ich glaube, sie braucht Schlaf. Kann sie heute

Abend bei dir bleiben? Sie kann unmöglich ins Hotel zurückgehen. Hast du ein Schlafmittel da? Die Arme! Wenn man bedenkt, dass sie all das die ganze Zeit für sich behalten hat.«

Alice schläft auf dem Sofa. Sie schafft es, Louise auszuziehen, die alles mit sich geschehen lässt wie eine Stoffpuppe und in einen bleiernen Schlaf gefallen ist, sowohl durch die Medikamente als auch von der Erschöpfung. Morgen wird Alice so früh wie möglich Valère anrufen, in Krisensituationen ihrer Klienten hat sie den Psychologen schon öfter zurate gezogen.

Es ist fast zehn Uhr. Louise taucht ganz verquollen aus dem Schlaf auf. Sie hat schon zwei Aspirin genommen, ebenso viele Becher Kaffee getrunken und knabbert nun an einem Croissant herum. Pierre-Yves kommt, mit Blumen in der Hand. Er hat dieselbe Hahnenfußjacke an, die er auch beim ersten Treffen in London getragen hat. Louise schreckt hoch bei diesem Anblick, der sie in die Realität zurückholt. Eine Weile plaudern sie vorsichtig über die Farbe des Weihnachtssterns, den Pierre-Yves mitgebracht hat, und das Schmuddelwetter, das den Himmel verdüstert. Niemand erwähnt die Beichte vom Vorabend, weil sie fürchten, einen neuerlichen Nervenzusammenbruch heraufzubeschwören, aber sie denken an nichts anderes.

»Na, wie fühlst du dich?«, fängt Alice schließlich an.
»Ich hab heute früh einen Freund angerufen, Valère. Er ist Arzt, ein wirklich netter Typ, Psychologe. Er bietet an, dass du ihn besuchst, wann immer du willst, und er dir

hilft. Ich habe auch eine Freundin, die ein Haus im Luberon besitzt, sie würde uns die Schlüssel geben, wenn dir das lieber ist.«

Louise seufzt, was Alice als Zustimmung interpretiert. Darum spricht sie weiter:

»Ich sag's noch mal: Du hast dich richtig verhalten. Jeder vernünftige Mensch hätte es genauso gemacht wie du …«

Sie hat keine Zeit für weitere Ausführungen, denn jetzt mischt Pierre-Yves sich ein:

»In den Luberon, das ist eine super Idee. Ich komme mit. Da haben wir drei Ruhe und können das Buch noch einmal ganz von vorne angehen.«

Er hat nachts gearbeitet und ist euphorisiert wie selten zuvor. Er weiß jetzt, dass dieser erste Hin- und Rückweg von Louise der Höhepunkt der Geschichte ist, der Knackpunkt. Er ist seine Aufzeichnungen noch einmal durchgegangen und hat festgestellt, dass alles ineinandergreift und just in dieser Episode mündet. Er kann den Widerstreit erklären, der sich im Kopf dieser hilflosen und ohnmächtigen Frau abgespielt hat. Auf der einen Seite die Liebe und die Menschlichkeit, auf der anderen der reine Überlebenswille.

»Nerv uns nicht mit deinem Buch. Louise braucht Ruhe und muss vergessen.«

Pierre-Yves gibt sich versöhnlich: »Okay, keine Angst, wir gehen spazieren, fahren nach Lourmarin, nach Gordes, nach Bonnieux. Ich kenne lauter gute Restaurants, zu dieser Jahreszeit ist da kein Mensch, und wir haben alles für uns. Sei unbesorgt, ich werd dein

Küken schon nicht zu sehr mit Arbeit überhäufen. Aber in einem Monat müssen wir das Manuskript abgeben. Es darf nicht zu spät erscheinen, und wir müssen jetzt ja alles noch mal durchgehen, wir haben alle Hände voll zu tun. Das meiste kann ich selbst erledigen, aber ein bisschen brauche ich Louise noch, sie muss mir einiges erklären. Und dann gibt's schließlich noch die Pressemeldung, da müssen wir zu dritt mal schauen, wie wir es machen wollen.«

»Welche Pressemeldung?«

»Na, wann wir der Wahrheit zu ihrem Recht verhelfen. Ich denke, wir sollten das lieber machen, bevor das Buch erscheint.«

»Der Wahrheit zu ihrem Recht verhelfen!« Alice funkelt ihn wütend an. »Na da schau her, Herr Staatsanwalt, was denkst du eigentlich, wo wir sind? Das ist hier doch kein Schwurgericht! Louise hat uns etwas erzählt, weil sie uns vertraut, nicht, damit wir es herumposaunen.«

»Vielleicht, aber jetzt, wo wir es wissen, können wir nicht so tun, als wäre nichts. Im Buch werde ich darauf zu sprechen kommen müssen.«

Für Pierre-Yves liegen die Dinge so klar auf der Hand, dass Alices Wutausbruch ihn gänzlich unvorbereitet trifft.

»Dein Buch ist uns egal!«

Alice hat sich auf dem Sofa aufgerichtet, als wolle sie ihn anspringen. Louise, die sie bislang nur lächelnd und entspannt erlebt hat, ist völlig verwirrt, sie nun mit blitzenden Augen und roten Wangen zu sehen.

»Sag nicht, dass du vorhast, sie in den Dreck zu ziehen. Mit welchem Recht? Du weißt genau, was passiert, wenn du die Sache erzählst! Du fällst Louise in den Rücken! Du kennst die Presseleute doch. Wir beide gehören auch dazu. Wir leben jeden Tag von den Geschichten, von den Geheimnissen, die irgendwer enthüllt.«

»Aber das wird durchsickern«, protestiert Pierre-Yves. »Louise hat es uns erzählt, sie kann es genauso gut jemand anderem erzählen. Im Gegenteil, wir müssen die Dinge so lenken, dass sie in geordneten Bahnen laufen. Noch haben wir es in der Hand, das müssen wir nutzen.«

»›Geordnet‹? Machst du dich lustig über mich? Das wird ein Riesenspektakel, das weißt du ganz genau. Sie werden sie genauso zerreißen, wie sie sie vorher beweihräuchert haben. Und schlimmer noch, weil sie glauben werden, dass man sie auf die falsche Fährte gelockt hat. Sie wird keine ruhige Minute mehr haben. Sie werden sich an die Eltern von Ludovic wenden und ein Ermittlungsverfahren wegen unterlassener Hilfeleistung einleiten. Ist es das, was du willst? Louise, sag auch mal was!«

Louise bleibt stumm. Sie hat sich unter den Kissen verkrochen und hört zu, was die beiden diskutieren. Als sie gestern ihr Herz ausgeschüttet hatte, war sie erleichtert gewesen. Heute Morgen tut sich vor ihr der nächste Abgrund auf. Sie wird dafür bezahlen müssen. Alices Worte haben sie verunsichert. Wird man sie wirklich jagen? Dann wird Schluss sein mit der Freundlichkeit, mit der sie selbst der Bäcker um die Ecke empfängt, mit den netten Moderatoren, all den Leuten, die sich fast für sie zerreißen, um ihr zu helfen. Sie sieht die Titelbilder vor sich: »Verräterin«, »Heuchlerin«, »Krankhafte Lügnerin«, mit einem denkbar grauenhaften Foto, auf dem ihr Blick ausweicht. Ihr wird klar, dass sie das Ausmaß dessen unterschätzt hat, was nun beginnt. Sie wird von ihrer eigenen Verwundbarkeit bestürmt. Ihr Schicksal hängt nicht länger von ihr selbst ab, sondern von diesen beiden Menschen, von denen sie annimmt, dass sie Freunde sind, und die sich doch untereinander bereits streiten. Und so sagt sie lieber nichts und streicht beharrlich die Armlehne glatt.

Louises Schweigen weckt Alices Mitleid, und sie beruhigt sich etwas. Eigentlich will sie sich nicht streiten mit Pierre-Yves. Sie schätzt ihn. Und den Job hat er ihr auch vermittelt. Sie ändert ihre Taktik.

»Hör zu, seit einem Monat bereite ich nebenbei und ohne einen Cent die Werbekampagne für dein Buch vor, okay? Ich hab mit allen französischen und englischen Sendern gesprochen, von *Télérama* bis *Voici*, von France Culture bis BFM. Louise ist inzwischen eine Heldin, alle kennen sie, alle lieben sie, es würde mich nicht wundern, wenn sie auf der nächsten Liste für die Ehrenlegion stehen würde. Sie hat gekämpft, sie hat Unglaubliches geschafft. Weder du noch ich würden einen Bruchteil davon schaffen, klar? Und du willst all das einfach wegwerfen, weil es ein Detail gibt, von dem sie bisher nicht gesprochen hat und das übrigens nichts an der eigentlichen Geschichte ändert. Du weißt genau, dass all die anständigen Leute, die vor ihrem Fernseher saßen, während sie fast verhungert wäre, sich dazu berufen sehen werden, ihr Verhalten zu kommentieren, sie zu verurteilen. Und dann wird es erst richtig eklig, weil all diese Leute nie etwas verstehen werden. Twitter, Facebook, alle Frustrierten dieser Welt haben eine Meinung, und es tut ja ach so gut, sich über jemand zu erheben, den man bewundert hat!«

Alice gibt sich jetzt Mühe, wieder den lockeren, professionellen Ton anzuschlagen, den man an ihr kennt.

»Nächste Woche hat sie einen Termin für Probeaufnahmen mit Miromont. Wenn das klappt, bekommt sie vielleicht eine erste kleine Rolle. Ich bin mir sicher, dass das klappt. Wenn du deine Sache gut machst, könnte man den Typ vielleicht für die Verfilmung deines Buches interessieren. Was meinst du? Aber sicher wird er sich nicht für eine Frau einsetzen, die als Verräterin und Lügnerin gilt.«

Pierre-Yves widerspricht. »Verräterin«, »Lügnerin«, das sind doch nur Wörter. Was ihn reizt, ist die Konfrontation mit der Realität.

»Nun gut«, sagt er mit geheuchelter Bedächtigkeit, »wir sind nicht auf derselben Wellenlänge. Ich denke das Gegenteil von dir. Was Louise uns gesagt hat, hat eine unglaubliche Zugkraft, und das wird noch mehr Leute interessieren als bisher. Ich bin mir überhaupt nicht sicher, dass sie sie fertigmachen werden.«

Er tut so, als suche er nach Worten.

»Du verstehst etwas von Kommunikation, ich von Journalismus. Wenn ich eine Information habe, dann ist es mein Job, sie zu bringen. Hab keine Sorge, ich weiß das schon ins richtige Licht zu setzen, vor allem will ich nichts Schlechtes für Louise. Das weißt du doch, Louise, oder?«, fragt er, um Bestätigung zu finden, und bleibt doch ohne Antwort.

»Ich sag's ganz ehrlich, ich hab von Anfang an gespürt, dass irgendetwas seltsam war an der Geschichte. Ich habe einen ziemlich guten Riecher«, fügt er hinzu und lässt die Stimme dabei ganz bescheiden klingen. »Wir fangen also ganz von vorne an. Louise, wir bleiben ein Team, aber ich bitte dich, mir ab sofort nichts mehr zu verheimlichen.«

»Den richtigen Riecher! Ins richtige Licht setzen!«, wieder geht Alice in die Luft. »Du bist genauso wie die anderen, du interessierst dich nur für dich. Dein toller Riecher ist nichts anderes, als dass du über ein schutzloses Mädchen herfällst. Du widerst mich an! Und dann unterstellst du auch noch, dass sie in anderen Punkten ebenfalls gelogen hat. Wer weiß, vielleicht hat sie ihren Freund heimlich umgebracht und das Schiff versenkt.«

»Ich weiß es nicht, nur Louise weiß es.«

»Dreckskerl!«

Pierre-Yves springt auf.

»Na komm, lass uns mit den Beschimpfungen aufhören. Ich glaube, wir müssen uns alle erst mal beruhigen. Louise, ich ruf dich morgen an, dann reden wir in Ruhe, du kannst sicher sein, es wird keine unangenehmen Folgen für dich haben.«

Eilig nimmt er seinen Mantel und verschwindet, lässt

die beiden bestürzten Frauen auf dem Sofa zurück. Alice drückt Louise noch einmal an sich.

»Du Arme, das hat dir gerade noch gefehlt. Der Idiot versteht rein gar nichts. Ich hab dir ja gesagt, dass ich auch schon Ähnliches erlebt habe. Ich denk noch immer manchmal, dass ich meinen Bruder hätte schützen können. Aber alle Psychologen wissen, dass man den Lebenswillen nicht erzwingen kann. Du und ich, wir haben ihn, andere nicht. Es ist schrecklich, aber so ist es. Hör zu, morgen musst du diesem verlogenen Journalisten sagen, dass du dich getäuscht oder irgendwelchen Blödsinn erzählt hast, weil du nach der Beerdigung in so einer schlechten Verfassung warst, dass du dir Vorwürfe machst, weil du Ludovic nicht retten konntest, und dir alles ausgedacht hast. Er kann zumindest nichts beweisen, und es wäre nicht gut für ihn, auch nur die kleinste Andeutung zu machen, ansonsten hat er sofort eine Klage wegen übler Nachrede am Hals. Das wird er nicht riskieren, und falls doch, dann werde ich für dich als Zeugin aussagen, und du wirst gewinnen. Ich würde dir wirklich empfehlen, die Sache mit dem verdammten Buch sein zu lassen, ich werd dir helfen, die Verträge aufzulösen.«

Sie holt tief Luft und lächelt auch schon wieder.

»Versprich mir, nie mehr mit irgendjemand über diese Geschichte zu reden. Höchstens mit einem Psychologen, falls dir das hilft. Ich hab ja schon gesagt, dass ich da jemand kenne, und der ist an die Schweigepflicht gebunden. Na los, versprich es mir.«

Sie greift nach ihrem Kinn, dreht das Gesicht zu sich

herum, wie man es mit einem Kind macht, dem man ein Versprechen abringen will. Sie erschrickt, als sie den leeren Blick der Freundin sieht, abwesend, versunken in innerem Schmerz.

Sie kennt ihn genau, diesen Blick. Er ist ihr oft begegnet, damals vor drei Jahren bei ihrem Bruder.

Louise hat alles falsch gemacht, alles verdorben, alles verloren. Ludovic ist tot, sie hat keine Arbeit, keine Wohnung. Ihre beiden besten Freunde haben sich ihretwegen gestritten. Ihre Zukunft liegt in Trümmern. Schluss mit dem ganzen Theater. Die ganze Welt wird sich gegen sie wenden und sie am Ende sogar vor Gericht stellen. Was Alice vorgeschlagen hat, ist letztlich keine Lösung, denn schließlich hat sie ihnen die Wahrheit gesagt, die Wahrheit, die sie seit Monaten quält. Sie weiß genau, dass sie sie nicht mehr zum Schweigen bringen wird.

Es ist noch nicht einmal Mittag, als sie ins Hotel zurückkehrt. Sie zieht sich aus, nimmt zwei Schlaftabletten und betrachtet die Packung eine ganze Weile. Dann legt sie sich ins Bett und schaltet den Fernseher ein. Auf diese Weise muss sie nicht nachdenken.

Der nächste Morgen ist wunderschön. Ein kräftiger Nordwind hat die Wolken verjagt. Louise schaut eine Weile aus dem Fenster, ohne recht zu wissen, wo sie sich befindet oder wie spät es ist. Und dann kommt alles zurück. Sie regt sich nicht, wartet, ohne zu wissen, worauf. Zwei Vögel fliegen vorbei, Gänse, wie sie meint, ungewohnt am Himmel von Paris, auf einer seltsamen Reise, die ihnen ihr Instinkt eingibt. Ganz allmählich setzt sich eine Klarheit in ihr fest, wie ein Licht. Sie wird es ihnen gleichtun: weggehen, oder eher fliehen, das ganze unentwirrbare Durcheinander hinter sich lassen, verschwinden, dieses Mal wirklich.

Von der Dringlichkeit der Situation getrieben, steht sie auf, duscht nicht einmal, lässt ihre Kleidung im Schrank hängen, nimmt nur den Laptop und das Telefon und geht hinunter, um die Rechnung zu bezahlen.

Sie ist auf der Straße, stürzt zur Metro: Montrouge, Montparnasse, der Air-France-Bus Richtung Flughafen Roissy, als wäre sie eine ganz normale Reisende mit einem echten Ziel. In der Halle schaut sie sich die große Tafel mit den Abflugzeiten für die nächsten vier Stunden an. Sie mochte das Gefühl schon immer, dass die Welt vor einem liegt, in Reichweite: Lima? Sie wäre fast schon einmal in den Ferien dort gelandet, wenn ihre Freunde nicht gemeint hätten, dass das Flugticket zu teuer sei … Warum nicht? Auckland, das wäre wirklich am Ende der Welt, genau das, was sie braucht! Doch beide Flüge sind schon voll. Sie probiert es mit Vancouver und Tahiti, ebenfalls erfolglos. Schließlich begnügt sie sich mit Glasgow. Weniger extrem, aber sie hat es eilig, sie muss weg. Sie erinnert sich an einen Ausflug auf den Ben Nevis, Schottlands höchsten Berg, zusammen mit Phil, Benoît und Sam, die Heide, die so gut roch, und die vielen kleinen Inseln, die man von dort oben sah. Jetzt zu Beginn des Winters wird dort niemand sein.

Mit letztem Schwung sendet sie, um ihr Gewissen zu beruhigen, eine Nachricht an die Eltern, an Pierre-Yves, Alice und ihre Freunde in der »40«:

»Ich brauche Urlaub. Ich fahre ein paar Wochen weg. Bin sicher nicht erreichbar. Macht euch keine Sorgen, mir geht es gut. Liebe Grüße. Louise.«

Sie hofft, das reicht, schickt aber doch noch eine SMS an Alice:

»Mir geht es SEHR gut.«

Es gibt nichts Tristeres als Glasgow im Dezember. Nur die Weihnachtsdekoration lässt die schmucklosen Fassaden hier und da ein wenig gelblich schimmern. So schnell wie möglich kauft sie eine Tasche und ein paar Kleider bei Debenhams und erkundigt sich nach einem Hotel, einer Mietwohnung, ganz egal, nach irgendetwas Ruhigem. In der Touristeninformation erzählt sie irgendwelchen Unsinn: ein Buch, an dem sie schreibt, dass sie sich konzentrieren und allein sein muss.

»Ah, ich verstehe. Da gibt's die Isle of Mull oder die Isle of Skye«, erhält sie zur Antwort. »Charmante Dörfer, die täglich mit der Fähre erreichbar sind ... Oder Islay, wo der Whisky herkommt ... Vielleicht nicht schlecht als Inspirationsquelle«, meint der Mann am Schalter völlig ernst. »Oder weiter weg? Noch einsamer?«

Er fragt sich, für welchen Gruselroman man wohl so eine Umgebung braucht.

»Vielleicht Jura, zweihundert Einwohner, nur ein Hotel, ich schaue mal nach, ob es zu dieser Zeit überhaupt geöffnet hat ... Auf jeden Fall gibt es kein WLAN, aber das Handy funktioniert, natürlich ... Die Steilküste am offenen Atlantik, die stärkste Strömung in Europa, das Meer schäumt da nur so, wirklich spektakulär ...«

Der Mann gibt sich alle Mühe, seine Ware anzuprei-
sen.

»Mit dem Zug dauert es anderthalb Stunden bis Cla-
chan, dann zwei Fähren nacheinander, die erste nach
Islay und dann nach Feolin, zum Anleger von Jura.«

Perfekt! Louise stürzt sich ins Abenteuer mit dem
Gefühl, eine Beschattung abzuschütteln: mit dem Bus
zum Bahnhof, dann der Zug, die Fähren, danach ist die
Strecke etwas verworren, aber je karger und verlassener
die Landschaft wird, umso besser fühlt sie sich. Als die
letzte Fähre an einem dürftigen Betonanleger festmacht,
atmet sie schon freier.

Der Hotelbesitzer, Mr. Terence, ein Typ mit rotem
Kopf und kurzen Beinen, der wie gemacht ist für den
starken Wind vor Ort, holt sie in Feolin mit einem Ge-
ländewagen ab, der offenbar schon einiges mitgemacht
hat. Es regnet Bindfäden, der Wagen schwankt unter
den Böen hin und her. Der Fahrer kommentiert mit
unerschütterlicher Ruhe jede Kurve der einzigen und
schlechten Straße, die kaum zu sehen ist durch die beschlagenen Scheiben, den Regenvorhang und die ein-
brechende Dunkelheit.

Das Zimmer mit der ausgeblichenen Tapete, die ge-
häkelte Tagesdecke, der kleine Schreibtisch aus Fur-
nierholz, alles riecht nach Feuchtigkeit, die sich durch
nichts vertreiben lässt. Wie meistens in den Ländern des
Nordens ist es drinnen warm. Louise öffnet ihre Tasche,
wie ein Seemann, der im Hafen ankommt.

Sie schaut ein letztes Mal auf ihren SMS-Eingang.
Pierre-Yves ist völlig außer sich. Etliche Nachrichten

hat er gesendet, ebenso wie ihre Eltern, die er offensichtlich kontaktiert hat, um ihre Spur aufzunehmen.
Sie schaltet das Gerät aus, ohne irgendwas davon zu
lesen, verstaut es zusammen mit dem Laptop im ural-
ten Schrank und verkriecht sich im Bett. Ohne es ge-
plant zu haben, beginnt sie eine regelrechte Schlafkur.
Es kommt ganz von selbst, endlich kann sie sich dem
unmenschlichen Druck entziehen, der sie seit jenem
Tag vor langer Zeit belastet, als sie mit Ludovic zusammen aufbrach, um einen ausgetrockneten See auf einer
einsamen Insel zu suchen.

Im Hotel hat sie wieder die Geschichte von der
Schriftstellerin erzählt. Sie steht um neun auf, verschlingt den Toast mit hausgemachter Blaubeermar-
melade, die Schüssel mit Eiern und fettem Speck und
die Bohnen in fader Tomatensauce, dann zieht sie sich,
angeblich um auf neue Ideen zu kommen, in ihr Zimmer zurück. Das Bett übt eine ungeheure Anziehungs-
kraft auf sie aus, sie rollt sich zusammen, verspürt eine
wahre Lust, sich die Decke unters Kinn zu ziehen und
dabei tiefe Seufzer auszustoßen. Selbst nach einer guten
Nacht schläft sie noch einmal fest ein, als würde diese
quälende Müdigkeit nie enden. Der Schlaf wirkt wie bei
einer Grippe heilend. Während sie schläft, so scheint ihr,
verbinden sich die Dinge in ihr wieder, auf geheimnisvolle, wohltuende Weise, sodass sich nach und nach die
Wunde schließt, die sie in ihrer Seele spürt.

Gegen dreizehn Uhr erwacht sie wieder, gibt vor, sie
habe gut gearbeitet, und nimmt einen Teller mit kaltem
Fleisch und Mayonnaise zu sich. Anschließend zieht sie

jeden Tag, egal bei welchem Wetter, den Parka über, den sie sich in Glasgow gekauft hat, und geht drei Stunden lang nach draußen. Sie hat keine Angst mehr vor Kälte oder Wind. Sie können noch so wüten, sie durchnässen, sie benommen machen oder durchschütteln. Wenn sie genug hat, warten Mr. und Mrs. Terence schon mit »tea and scones«, die Mrs. Terence ganz vorzüglich macht. Danach geht sie wieder auf ihr geheiztes Zimmer, in ihr Bett, ihr Schlupfloch, und hält ein weiteres Schläfchen bis zum Abendbrot, wenn ihr danach ist. Sie hat vor nichts mehr Angst.

In den ersten beiden Wochen geht sie, je nachdem ob das Wetter gut ist oder der Himmel grau, ob sie kämpferisch gestimmt ist oder friedlich, an der Küste entlang und sucht entweder den Wind oder den Windschatten. Die kleinen kahlen Bäume, das vom Winter trockene Gras erscheinen ihr genau im Einklang mit ihrer inneren Verfassung. Auch sie wartet auf den Frühling.

Sie geht schnell, lässt das Farnkraut und den Stechginster an den Pfaden ihre Hose durchnässen. Immer wieder hält sie an, beobachtet einen regungslosen Kormoran, der seine Flügel trocknet, als läge die Ewigkeit vor ihm, oder einen Reusenfischer, der mit den Vögeln kämpft. Die frische Luft macht sie benommen und entspannt sie, löst alles Abgestorbene tief in ihr. Inzwischen lässt sie sogar die morbiden Bilder wieder an die Oberfläche kommen, denn da, wo sie ist, fürchtet sie nichts. Sie kann alles in den Wind schreien, es hört sie niemand, der ihre Worte irgendwie missbrauchen könnte.

Sie geht, und indem der Körper sich bewegt, scheint

sie auch den Geist in Bewegung zu versetzen. In diesem einfachen Land, inmitten von Heide und heftigem
Wind, findet Louise das Gefühl wieder, das sie so oft in
den Bergen gespürt hat: Körper und Geist sind eins. Jeder Schritt auf dem schlammigen Weg, jeder gegen den
Wind gewonnene Atemzug regt unmerklich die Gedanken an, als würde sie den Geist entrosten. Sie vergleicht
sich selbst mit dem alten Werkzeug, das sie mit Ludovic
mühsam wieder instand gesetzt hat, um das Walfangschiff zu reparieren. Solche Gedanken, so frei, sind nicht
in einem engen Zimmer möglich. Nur im Rhythmus
ihrer Muskeln kommen die grauen Zellen in Bewegung.

Die Gedanken nicht mehr zu bekämpfen ist eine
unendliche Erleichterung. Sie kommt zufrieden wieder
heim, mit brennenden Augen vom Wind, mit einem
Herzen, das jedes Mal ein wenig leichter ist.

Eines Tages will sie das schöne Wetter nutzen und bis
ans Ende der Insel gehen. Mr. Terence fährt sie netter-
weise die fünfunddreißig Kilometer, die zwischen Craig-
house, ihrem Dorf, und der berühmten Straße von Cor-
ryvreckan liegen, der Meerenge zwischen den Inseln
Jura und Scarba weiter im Norden.

»Gehen Sie etwa vierzig Minuten auf dem Pfad, dann
kommen Sie zum alten Hof von Barnhill, danach durchqueren Sie die Heide Richtung Norden. Aber passen Sie
bei starken Böen auf, die können Sie die Klippen runter-
werfen. Ich hab jetzt zu tun, ich komme gegen sechzehn
Uhr und hole Sie ab.«

In dem Engpass, der an einer Seite zum Atlantik offen ist und in den von der anderen Seite das Wasser

aus dem Sund fließt, herrscht ständig eine bis zu neun Knoten starke Strömung. Ein Felsen in der Mitte macht die Meerenge noch schmaler und wilder. Schon bei ruhigem Wetter scheint es wie in riesigen Töpfen zu brodeln. Der Mann in der Touristeninformation hat nicht gelogen.

An diesem Tag ist der Westwind noch beständig, und die abfließende Flut leistet ihm Widerstand. Beide kämpfen, gönnen sich keine Pause. Das Meer spielt verrückt, ohne zu wissen, wem es folgen soll: dem Wind oder der Strömung. Die Wellen brechen sich in alle Richtungen, zischen wie Geysire, prallen von dem einsamen Felsen ab und überspülen diese dreißig Meter leichthin wie beim Bockspringen. Der durchgepeitschte Ozean schimmert zwischen Grau und Grün und treibt haufenweise gelben Schaum mit sich. Wenn die Sonne durchbricht, entstehen lauter Regenbogen in der aufspritzenden Gischt. Eine ursprüngliche, unbarmherzige Macht scheint am Werk, eine rohe Gewalt, von bösen Geistern entfacht. Noch schrecklicher sind die Geräusche, das wütende Grollen, das Pfeifen, das Fauchen der wutschäumenden Wellen, als hätten sie es eilig.

Louise wird beinahe andächtig bei dem Getöse. Die Natur behält wieder einmal die Oberhand, wie auf Stromness. In der Gegenströmung entlang der Steilküste sieht sie Zweige und zusammengeballte Blätter kleine Inseln bilden, denen die Flut stark zusetzt. Sie tanzen auf dem Wasser und werden hin und her geworfen, kreuz und quer. Kaum dass sie endlich zu stranden scheinen, ergreift die nächste Welle sie und zieht sie wieder in den Kampf. Sie sieht darin beinahe ein Sinnbild dieser letzten Monate. Sie selbst war jener Fötus, hin und her gerissen von den Umständen, unfähig, irgendwo anzulegen. Sie träumt von ruhigeren Gewässern, von einem sanften Strom, der sie wie ihre Mitmenschen durch einen eintönigen Alltag trägt. Und plötzlich bricht sie in Gelächter aus, angesichts dieses banalen Vergleichs. Sie lacht über sich selbst, einfach so, zum ersten Mal seit ihrer Ankunft im Hilton. Das ist schon so lange her. Es ist nicht mehr dasselbe Lachen. Das eine war nervös, angespannt, befangen, das heutige empfindet sie als frei, erleichtert. Denn jetzt gerade steht sie nicht im Zentrum einer Schlacht. Sie hält sich am Rand, im Schutz, und alles, was sie sieht, ist nur ein Schauspiel.

Sie schläft nun seltener fünfzehn Stunden am Tag. Um sich zu beschäftigen, leiht sie sich im Wohnzimmer zerlesene Taschenbücher aus – *Jane Eyre, Die geheimnisvolle Insel*, alles, was die dürftige Auswahl des Hotels zu bieten hat. Mit einem Bleistift versucht sie sich im Zeichnen, wie als Jugendliche, und durchstreift die Heide mit einem alten Skizzenheft, das Mr. Terence in seinem Lager gefunden hat. Hier begnügt man sich mit dem, was da ist, oder man improvisiert und wartet auf das Schiff, das die Bestellung von Islay oder vom Festland bringt.

Das einfache Leben trägt zu ihrer Heilung bei. Man braucht sich nicht den Kopf zu zerbrechen, es reicht, die Dinge so zu nehmen, wie sie kommen, sich dem Alltag ganz zu überlassen.

Immer häufiger plaudert sie mit Mrs. Terence, die, um ihr Rheuma zu lindern, vor der Elektroheizung sitzt, die rötlich schimmert wie ein falsches Holzfeuer. Die gute Frau ist äußerst stolz darauf, dass George Orwell hier vor langer Zeit *1984* schrieb. Bevor er den Bauernhof in Barnhill erwarb, verbrachte er einige Wochen im Hotel. Damals führten ihre Mutter und ihr Stiefvater das Haus. Sie erinnert sich noch an den düsteren Mann, an seine hagere Gestalt und die traurigen Augen. Selbst mit ihr, die damals noch ein kleines Mädchen war, lachte er nicht. So war sie nicht verwundert, dass er dieses schrecklich Buch schrieb, das ihr Albträume machte, als sie alt genug war, es zu lesen.

»Armer, untröstlicher Witwer«, sagte ihre Mutter.

Louise empfindet Mitgefühl für diesen Mann, der innerlich verletzt hier herkam und, genau wie sie, Frieden suchte.

Was Louise betrifft, hat Mrs. Terence ihre Vermutungen. Manchmal macht sie Anspielungen.

»Haben Sie Kinder …? Und zu Weihnachten, da geht's zurück zur Familie?«

Sie ist überzeugt, an der jungen Frau nagt der Liebeskummer.

In der Tat, Weihnachten rückt näher. Louise verbringt die Tage im Hotel, als einziger Gast, was ihr ein Stück der köstlichen gebratenen Wildgans beschert und des weniger köstlichen Puddings. Zwischen Weihnachten und Silvester schneit es kräftig. Sie geht weiterhin spazieren, in dicken Stiefeln, mit denen Mr. Terence sie ausgestattet hat.

»Von meiner Schwiegertochter. Tja, die Kinder kommen im Winter nicht mehr her. Sie fahren lieber auf die Balearen!«

Lebhaft wird es in dem verlassenen Dorf nur gegen siebzehn Uhr, wenn ein paar Arbeiter aus der Brennerei gegenüber vom Hotel auf ein Feierabendbier vorbeischauen. Es sind immer dieselben Männer, eine Handvoll Junggesellen und freitags zwei ältere Vorarbeiter und ein Buchhalter. Louise beneidet sie um dieses einfache Zusammenleben, das auch eintönig erscheinen könnte. Ein Bier, dann ein zweites, ein paar Worte über die Arbeit, Dorfgeschichten, Nörgeleien über »die aus London«, Versprechen, dass man für die Unabhängigkeit stimmen wird, und alles in diesem Akzent, der die Hälfte der Wörter verschluckt. Meist kehrt Louise um diese Zeit von ihren Spaziergängen zurück, und so wird sie manchmal ins Gespräch gezogen.

»Und, Mademoiselle, geht's voran mit dem Buch? Wenn mal wieder schönes Wetter ist, müssen sie zum Cap Fenearah gehen, von da aus sieht man Hirsche ...«

Mehr will niemand wissen, sie ist einfach die »französische Schriftstellerin«. Man fragt sie weder, woher sie kommt, noch, was sie erlebt hat oder worüber sie schreibt.

Einer der Jungs, Ed, hat einen Blick auf sie geworfen. Er hat ihr vorgeschlagen, sie am Samstag auf dem Motorrad zur Brennerei nach Islay mitzunehmen. Aber Louise fühlt sich zu keinerlei Beziehung in der Lage, noch nicht einmal zu einer völlig oberflächlichen. Doch auch in dieser Hinsicht ist sie auf dem Weg der

Besserung. Neulich nachts, bevor sie einschlief, hat sie eine Hand auf ihre Brust gelegt, die andere zwischen die Schenkel geschoben, vorsichtig, schüchtern, und schließlich ist sie gekommen. Es war rein sexuelle Lust, die sie als Zeichen dafür nimmt, dass sie ein Stück Normalität wiedergefunden hat.

Eines Abends stößt Louise auf *1984*, und sie nimmt das Buch mit ins Bett. Ein paar Erinnerungen hat sie noch daran. Die Folterszene mit der Ratte, die sie schon damals faszinierte, findet sie jetzt ganz besonders schrecklich, nun, da sie die Raubgier der Tiere selbst erfahren hat. Aber irgendetwas lässt sie innehalten, ein Funkeln, sodass sie die Stelle drei Mal liest. In dem Roman bekommt der Protagonist Winston ein Buch von einem gewissen Emmanuel Goldstein, der angeblich an der Spitze der Verschwörung gegen Big Brother steht. In seinen Schriften entlarvt der Dissident die Methoden des totalitären Systems, und im Kapitel über den Geheimdienst lässt ihr ein Satz das Blut in den Adern gefrieren: »Wer die Vergangenheit kontrolliert, der kontrolliert die Zukunft. Wer die Gegenwart kontrolliert, der kontrolliert die Vergangenheit.«

Dieser Satz berührt sie zutiefst. Noch nie hatte sie den Eindruck, dass die Literatur sich so direkt auf sie bezog oder ihr helfen könnte klarzusehen. Romane waren für sie Geschichten, jetzt entdeckt sie, dass sie durchaus in die Realität eingreifen können.

Diese Zeilen sind die Essenz von Orwells Idee. Die Gesellschaft gründet sich darauf, dass Big Brother unfehlbar ist. Die Vergangenheit der Gegenwart anzupassen ist also unabdingbar, wenn vermieden werden soll, dass die Geschichte aufgerollt, verglichen oder hinterfragt wird. Unter Stalin wurden die alten Fotografien des Politbüros retuschiert, damit die verschwanden, die im Gulag gestorben waren. Die Parteimitglieder leben also ständig in dem Glauben, dass Schwarz Weiß ist oder umgekehrt, Orwell nennt das »Doppeldenk«.

Genau das hätte sie beinahe selbst getan: ihre Vergangenheit verzerrt. Die Umschreibung der Geschichte hatte auch ihr Gutes, aber die Schuld war schließlich doch stärker. Wie Orwell ist sie geflohen. Ihren Schmerz in Worte zu fassen erleichtert sie, es ist der krönende Abschluss dieses Reifungsprozesses, den sie durchläuft, seit sie auf der Isle of Jura ist. Sie hat zwei Wahrheiten in sich getragen, eine zu viel. Es ist so einfach, die Dinge so zu sehen.

Sie steht auf, öffnet das Fenster, und ein eiskalter Luftzug strömt ins Zimmer. Nach dem Regen über Tag ist der Himmel nun im Mondschein wieder kristallklar. Jedes Wäldchen, jeder Baum, jeder Zweig hebt sich überdeutlich vom verschneiten Hintergrund ab. Genau das will sie: das Unverstellte, das Echte.

Sie stachelt sich selbst auf: Niemals wird sie sich ihrer Vergangenheit berauben lassen wie die Bürger Ozeaniens. Niemals wird sie wie Orwells armer Winston am Ende sagen, sie wisse nicht, was zwei und zwei ergebe. Bei diesem Gedanken fühlt sie sich wie eine Widerstandskämpferin.

Wird sie eines Tages die Gründe für ihr Verhalten auf Stromness durchschauen? Wozu sich auslassen über einen Trieb? Die Selbstbeobachtung ändert nichts, man suhlt sich dabei nur in Schuldgefühlen. Als Kind hat sie geträumt, sie sei eine Heldin. Aber dem Leben sind die Träume egal. Ihre dunkle Seite hat sie wachsen lassen. Sie ist nicht mehr die »Kleine«.

Louise fängt an, im Wind zu zittern. Doch sie bleibt beharrlich stehen, als ob ihr Körper sich genauso wie ihr Geist an diese einzigartige Stunde erinnern soll. Beinahe wäre sie mitten in der Nacht losgewandert zu dem Haus mit den blauen Fensterläden, wo ihr siebzig Jahre zuvor, wie ihr scheint, ein Mann die Hand gereicht hat.

Sie saugt die Luft tief ein. Der eisige Atem brennt ihr im Hals, und sie stellt sich vor, er reinigt sie von innen.

Am nächsten Tag weht ein kräftiger Wind. Kaum, dass er abgeflaut ist, macht Louise sich auf den Weg und kämpft sich ohne Pause fünf Stunden lang den Beinn an Òir hinauf, den 785 Meter hohen Gipfel der Insel.

Zunächst folgt sie dem Waldsaum, wo der Schnee weniger fest ist. Bald erreicht sie die Wiesen und verliert den Weg aus dem Blick. Je stärker der Hang ansteigt, desto anstrengender ist es, sich einen Weg zu bahnen. Sie ist hartnäckig, rammt die Fäuste in die dicke Schneedecke, um Halt zu finden, hebt die Knie bis zum Kinn, drückt selbst mit dem Bauch. Der Schnee gerät ihr in die Stiefel und kriecht in ihre Ärmel. Das Blut pocht in den Schläfen, ihr wird schwarz vor Augen. Es ist ihr gleich. Zu kämpfen macht ihr Freude. Je müder sie wird, desto mehr scheint endlich eine Lebenskraft in sie zurückzukehren. Diese Stärke macht sie aus, seit jeher hat sie sie dazu befähigt, standzuhalten, an sich zu glauben, als man sie als Kind nicht wahrnahm, ihren Weg durchs Leben zu finden, zu überleben, als sie verloren schien. Durch das Herumirren der letzten Monate war sie verschüttet worden, doch sie entdeckt sie wieder, diese Kraft, und verspürt darüber ein unsägliches Glück. Alice hat recht, sie kann nichts dafür, sie ist so.

In der vergangenen Nacht hat sie einen Schlussstrich gezogen. Das Leben geht weiter. Dabei wird sie immer irgendwo ein Schmerz begleiten, eine Trauer und ein Tod. Ludovics Name hinterlässt eine Narbe in ihr. Vor allem will sie nichts vergessen.

Je näher sie dem Gipfel kommt, desto mehr genießt sie den Blick, der sich ihr bietet. Endlich gelangt sie bis zur letzten Rundung, und die ganze Insel erstreckt sich ihr zu Füßen. Von hier oben hat sie eine überwältigende Aussicht, und mit ihr kehrt das Gefühl der Stärke wieder. Zur einen Seite die Inseln, so weit das Auge reicht, von Fjorden eingeschnitten, und die bläulich roten Ausläufer des alten kaledonischen Gebirges; auf der anderen Seite der Nordatlantik, grünlich grau mit weißen Sprenkeln von der niemals endenden Brandung.

Louise begreift, dass sie die schlichte Zuflucht auf der Insel nicht mehr braucht. Sie hat es sogar eilig, von hier fortzukommen, wie ein Genesender, der nicht länger liegen will. Sie wird wieder am Leben teilhaben, eine Arbeit aufnehmen, Freunde finden, lieben.

Oben auf dem Berg hockend, über den Inseln, die langsam in Rosa und Grau getaucht werden, starrt Louise geradeaus. Der Schweiß auf ihrem Rücken wird kalt. Ganz von selbst schwingt sie die Arme hin und her, um sich warm zu halten. Es ist Zeit, wieder hinabzusteigen. Es wird ihre letzte Wanderung auf dieser Insel sein.

Ihre Zukunft wird sich nicht in einem Film oder einem Buch abspielen … Das Nachrichtenrad dreht sich schnell. In ein paar Monaten wird niemand sie mehr kennen, in ein paar Jahren hat man ihr Abenteuer vergessen.

Und bis dahin? Im schottischen Nebel verschwinden? Ihr Diplom sollte auch hier gelten, und ihr Englisch ist nicht schlecht. Buchhalter werden sicherlich auch hier gebraucht, irgendwo in der Ölindustrie, in der Tourismusbranche oder im Bergbau. Sie ist bereit, alles zu tun: Übersetzerin, Reiseleiterin in Glasgow, Oban, Aberdeen. Das Gefühl, eine neue Seite aufzuschlagen, macht sie schwindelig und erregt sie zugleich.

Es ist kaum sechzehn Uhr, das Licht nimmt rasch ab. Louise lässt die Spur, die sie auf dem Hinweg gezogen hat, links liegen und stürzt sich beim Abstieg begeistert in den unberührten Schnee.

Genau ein Jahr ist vergangen, seit die *Jason* in den Beagle-Kanal einlief und zwei vom Glück berauschte Kindsköpfe auf eine vielversprechende Insel brachte.

»TEUFLISCH GUT.«

Frankfurter Allgemeine Zeitung

»WIE EINE BEGEGNUNG ZWISCHEN JOSEPH CONRAD UND CORMAC MCCARTHY.«

The New York Times Book Review

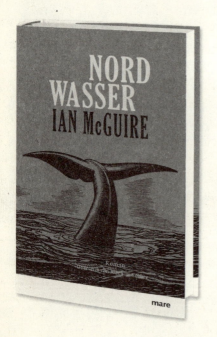

Ein Walfangschiff, das Kurs nimmt auf die eisigen Gewässer der Arktis. Mit an Bord: Henry Drax, ein gewissenloser Harpunier mit einem düsteren Geheimnis …

Roman
Übersetzt von Joachim Körber
304 Seiten,
gebunden mit Schutzumschlag und Lesebändchen
ISBN 978-3-86648-267-8
€ 22,00 [D]